KB267970

여름을 달리다

여름을 달리다

초판 1쇄 찍은 날 | 2013년 2월 22일
초판 1쇄 펴낸 날 | 2013년 2월 28일

지은이 | 김인숙
펴낸이 | 서경석

편집장 | 권태완
편집 | 장미연
디자인 | 이혜정

펴낸곳 | 도서출판 청어람
등록번호 | 제1081-1-89호
등록일자 | 1999. 5. 31
어람번호 | 제5-0328호

주소 | 경기도 부천시 원미구 심곡2동 163-2 서경B/D 3F (우) 420-822
전화 | 032-656-4452 팩스 | 032-656-4453
http://www.chungeoram.com
E-mail | chungeorambook@daum.net

ⓒ 김인숙, 2013

ISBN 978-89-251-3185-6 03810

Chungeoram romance novel

여름을 달리다

장편 소설

김인숙

청어람

c o n t e n t s

프롤로그

자전거는 빨간색이고 삼천리에서 나온 하운드 모델이었다.

승원은 자전거를 보자마자 빨간 하운드 모델에 착안하여 '적하운도赤夏雲道'라는 이름을 지어주었다. '빨간 여름의 구름 길'이라는 그 이름이 꽤나 시적으로 들려 마음에 들었다. 시승식을 마치고 돌아오는 길에 규원은 드디어 은현리로 내려가기로 마음먹었다.

"혼자 괜찮겠어?"

규원은 걱정스러운 눈으로 승원을 내려다보았다. 여름의 길목에 들어선 6월의 저녁 햇살은 어느새 따가움을 가득 품은 채 승원의 얼굴로 쏟아져 내렸다. 승원은 햇살이 성가신지 규원의

걱정이 성가신지 모를 표정으로 눈을 잔뜩 찌푸리며 올려다보다
가 물었다.

"언제 가?"

"모르겠어. 다음 달에나 아니면……."

"뭘 다음 달까지 기다려? 마음먹은 김에 내일 당장 떠나."

툭 던지는 건조한 음성이 규원의 마음을 불편하게 했다.

"너 화났어?"

착하고 순한 규원의 눈이 스륵 다가오자 승원은 거친 손으로
얼굴을 밀어냈다.

"징그러, 인마. 화는 무슨, 성가셔서 그런다."

아침마다 시간 맞춰 깨우는 것도 성가시고, 때 맞춰 밥 먹어
야 하는 것도 성가시고, 매일 운동하자고 끌고 나가는 것도 성가
시고…….

한마디로 규원의 모든 잔소리가 성가시다는 것이다. 마치 멀
리 여행을 떠나는 부모를 바라보며, 잠깐 주어질 자유에 들뜬 사
춘기 소년의 설렘 같은 것이 승원의 얼굴에 가득했다.

"내일이든 모레든 빨리 떠나주라."

약간의 농담이 섞인 그러나 단호한 진심이 느껴지는 승원의
말이었다.

답답했었나? 아니면……?

살짝 어두워지려는 규원의 얼굴을 올려다보며 승원이 다시
말을 이었다.

"여름에 놀러 갈게. 그때까지 꼭 애인 만들어놔야 해?"
장난기 가득한 반짝이는 눈.
이 녀석은 여전히 열다섯의 봄날에 갇혀 있는 것 같다.

#01

　누렇게 바랜 책더미에 코를 박고 있던 송아는 기어이 양손을 허리에 얹은 채 책상에 엎드리고 말았다. 어제 행사에서 이런저런 짐을 나르다 삐끗한 허리가 아무래도 심상찮았다.

　도담문화원 향토사료팀의 일원인 송아의 주 임무는 향토사 연구와 문화에 대한 자료 수집, 보존 및 보급인데 이건 뭐, 시군 행사 때마다 불려 다니며 먼지 뒤집어쓰고 청소하고 행사장 꾸미고 짐 나르는 것이 본업이 되어버린 것 같다.

　"채송아, 많이 안 좋아? 그러지 말고 한의원에 가보라니까."

　걱정이 담긴 이진규의 말도 들은 척 만 척하며 송아는 오래된 책에서 올라오는 퀴퀴한 냄새를 맡으며 스르르 눈을 감았다. 이

대로 딱 10분만 잤으면 좋겠다. 요즘은 왜 이렇게 몸이 나른하고 피곤한지 모르겠다. 아무래도 나이 탓인 게야, 하고 생각하던 송아는 흠칫하며 고개를 들었다. 할아버지께 꿀밤 열 대는 족히 맞고도 남을 말이다.

머리를 흔들어 몽롱한 정신을 털어내고 이미 다 식은 커피를 마저 마신 그녀는 가방을 챙겨 일어났다.

"아무래도 저 먼저 가야겠어요."

"한의원 가라니까."

송아의 성격상 집에 가서 찜질이나 하고 말 거란 걸 안다는 듯 이진규의 음성이 사뭇 나무라는 투다.

"침 맞기 싫어요."

"웬 겁이 그렇게 많아, 애처럼? 침 그거 하나도 안 아파. 내가 하나도 안 아프게 놓아주는 한의원 소개해 줄까?"

"겁나는 게 아니라 귀찮아서 그래요. 찜질 몇 번 하고 나면 금방 좋아질 건데, 뭐."

"그러다 고질병 돼. 시집도 안 간 처녀가 허리 병부터 앓으면 큰일 난다."

"선생님께서 걱정하실 일이 아니네요."

가벼운 농담으로 면박을 주며 일어서 가방을 챙겼다. 정말 침이라도 맞아야 할까 생각하다가 이내 고개를 흔들었다. 역시나 침은 무리다. 주사도 겁이 나서 못 맞는 주제에 침은 무슨.

아직 아이들이 마칠 시간이 안 되어서인지 버스 안은 한산했다. 차창으로 스쳐 가는 풍경을 멀거니 바라보던 송아는 율현리를 한 정거장 앞선 상계리 정류장에서 내렸다. 따스한 햇살을 받으며 걷고 싶었다. 오르막길을 조금 걸어 오르자 드디어 댐이 나왔다.

30여 년 전 만들어졌다는 저 댐 속에 일곱 개의 마을이 수몰되었다고 들었다. 유난히 고택이 많았던 지역이라 주민들의 심한 반대에 부딪쳤지만 결국 댐은 건설되었고, 많은 사람들이 고향을 떠났다. 송아의 고향 마을도 저 댐 속에 잠겨 있다. 다행히 할아버지가 계시던 수선제는 문중과 지방 문화재청의 도움으로 주춧돌 하나까지 모두 옮겨와 지금의 마을에 다시 지어졌다고 한다. 이 호수를 끼고 20여 분 걸으면 바로 그 마을이 나온다. 그녀의 부모님이 결혼을 하고 아이를 낳았던 마을. 그리고 그 아이를 버리고 떠난 마을 율현리.

송아의 얼굴에 살짝 그늘이 지는가 싶더니 이내 감추어졌다.

호수의 상류 즈음에서 누군가 그물을 던지고 있었다. 도담호는 가까운 큰 도시의 식수원이라 고기잡이가 금지된 곳이다.

누구지? 벌건 대낮에 간도 크네?

고개를 갸웃하던 송아는 이내 반가운 얼굴이 되어 뛰어갔다. 찻길에서 내려가 자갈길을 찰박찰박 달려간 송아가 막 그물을 던지려는 남자의 앞에 폴짝 다가섰다.

“아저씨!”

무뚝뚝하던 남자의 얼굴이 순식간에 환해졌다.

"송아네? 니 와 이래 일찍 오노?"

구수한 경상도 사투리가 흘러나오자 송아의 입가에 다시 배시시 웃음이 지어졌다.

큰길 위 '강나루 횟집'의 주인인 손태식은 송아보다 열네 살 많은 마흔 살의 노총각이다. 송아가 초등학교 다니던 때에 이곳으로 왔으니 벌써 십사오 년이 훌쩍 지났다. 경상도 어디쯤에 살았는데 여행하다가 잠깐 스쳐 간 도담호의 아름다운 풍경에 반해 홀어머니를 모시고 이곳으로 와서 횟집을 차렸다고 했다.

"허리가 아파서요."

"허리?"

"어제 시청 강당에서 우리 원장님 강연이 있었거든요. 책상이랑 의자 나르다가 삐끗했나 봐요. 아이고, 허리야."

송아는 그제야 하소연할 곳을 찾은 아이의 얼굴이 되어 허리를 구부리고 주먹으로 콩콩 두드렸다. 환하던 태식의 얼굴이 순식간에 험악해지며 소리를 버럭 질렀다.

"니가 와 그런 일을 하노! 이 선생도 참 희한한 사람 아이가. 책하고 씨름하는 것도 힘든 아한테 와 그런 일까지 시키노 말이다! 내 함 만나봐야겠다."

얼굴까지 붉어져서 버럭 하는 태식을 보며 송아의 입가에 웃음이 떠나지 않았다. 그는 송아에겐 언제나 내 편인 키다리 아저씨 같았다. 그래서 그의 앞에만 서면 늘 마음이 어려지는 송아다. 태식에게 멱살을 잡힌 채 쩔쩔맬 이진규가 떠오르자 이내 깔깔 소리 내어 웃었다.

"이 선생님이 시켰나, 뭐? 우리 문화원에 일꾼이 모자라니까 어쩔 수 없이 한 거지. 진짜 따지려면 시장님 찾아가서 우리 문화원 향토사료팀의 인원 좀 늘려달라고 하는 게 맞아요."

생글거리며 하는 송아의 말이 자신을 잔뜩 놀리고 있는 느낌이 들자 태식의 얼굴에도 기어이 웃음이 번지고 말았다. 그는 송아의 이마에 꿀밤을 먹였다.

"인마야, 시장님 찾아가서 그랬다가 미운털 박히면 나는 여기서 횟집도 못한다."

펼쳐 놓은 그물을 거두어들인 그는 물에 담긴 살림망을 건져 송아에게 자랑스럽게 보여주었다. 안에서 팔뚝만 한 고기들이 팔딱거렸다.

"와! 이거 다 아저씨가 잡은 거예요?"

"그래."

대답하는 목소리에도 기운이 잔뜩 들어 있다.

"근데 여기서 고기 잡는 거 불법이잖아요?"

신고 들어가면 벌금이 얼마더라? 최소한 100만 원에 얼마간 횟집도 문 닫아야 할걸.

송아의 눈이 게슴츠레해졌다. 순간, 태식이 겁먹은 강아지마냥 꼬리를 바짝 내렸다.

"니…… 신고할 거가?"

못할 것도 없지?

송아의 눈은 어느새 포상금을 가늠하는 듯 반짝였다. 그녀의 눈가에 자잘하게 붙은 장난기에 태식은 바짝 긴장한 얼굴이 되어 살림망 속을 살피더니 고기를 서너 마리 꺼내어 호수로 풍덩 던졌다.

"함만 봐조라. 이거는 안 된다."

살림망 속에서는 여전히 물고기가 펄떡이고 있었다.

"무슨 고기예요?"

"붕어하고 메기다. 이거 묵으면 금방 힘 생긴다."

태식은 뿌듯한 얼굴로 살림망 속을 들여다보았다.

어디 힘 빠진 사람이 있나?

"어르신이 영 힘을 몬 쓰시는 것 같아서 잡았다. 양식 고기는 몬 쓴다. 그러니까 함만 봐조라."

어느새 태식은 저만치 앞서 언덕을 올라가고 있었다. 송아는 뭉클한 마음을 밀어내고 다시 자갈길을 달려 얼른 따라갔다.

"좋아요. 포상금 받아서 할아버지 보약이나 지어드릴까 했는데, 한 번만 봐줬다."

달려온 송아는 태식의 옆에 바싹 다가붙으며 재잘거렸다.

어제 시청 강당에서 있었던 문화원 원장의 강연 주제는 무엇이었으며, 다음 달 출간될 소책자의 주제는 무엇이며, 어떻게 하면 사라져 가는 향토문화를 더 발굴할 수 있으며, 발굴한 그것들을 어떤 식으로 보존할 것인가 하는 태식으로서는 참으로 알아든

기 힘들고 이해도 잘 안 되는 어려운 이야기들을 종알종알, 재잘재잘, 강나루 횟집에 닿을 때까지 송아의 수다는 멈추지 않았다.

횟집에 닿아서야 오늘의 불법 어로 행위가 태식의 어머니인 양산댁과 태식이 공범이 되어 저지른 일이란 걸 알았다.

"우짜다가 송아한테 들켰노?"

"팔뚝만 한 붕어가 쑥쑥 올라오는데 아까워서 올 수가 있어야지요. 송아가 이래 일찍 올 줄 내가 알았겠십니꺼?"

"다른 사람한테는 안 들켰나?"

"걱정 마소."

워낙 목청이 큰 사람들이라 주방에서 속닥거리는 소리가 홀에까지 다 들렸다. 하여간 못 말리는 모자다. 송아는 못 들은 척하며 버릇처럼 방금 전 손님을 치른 테이블을 치웠다.

"송아야, 메기 매운탕 안치 주께 쪼매만 기다리라."

주방에서는 양산댁 할머니의 넉넉한 음성이 들리고, 벽에 걸린 스피커에서는 다시 '꿈꾸는 백마강'이 흘러나온다.

백마강 달밤에 물새가 울어… 저어라, 사공아, 일엽편주 두둥실…….

간간이 가수보다 더 가수 같은 양산댁 할머니와 태식 아저씨의 노랫소리도 섞여 들려오는, 도담호가 한눈에 내려다보이는 언덕 위의 강나루 횟집은 평화롭다.

어느새 주방에서 나온 태식이 기세 좋게 냄비를 내밀었다.

"양식으로 키운 거 하고는 맛이 천지 차이가 날 기다. 가져가

서 함 무봐라.”

송아는 얼른 뚜껑을 열어 코부터 들이밀었다. 아직 끓이지도 않은 거지만 양념 냄새만으로도 이미 군침이 돌 만큼 맛이 짐작이 갔다. 태식과 양산댁 할머니의 매운탕 솜씨는 따라갈 사람이 없으니까.

“와, 맛있겠다!”

송아의 환호성에 태식의 입이 귀에 걸려 버렸다. 이 맛에 매운탕을 만들어주는 거다.

“그라고 이 붕어는⋯⋯.”

냄비와 함께 붕어가 든 살림망을 내미는 순간 태식의 뒤통수에 불이 번쩍했다.

“야야! 얼라한테 그거를 생으로 주면 우짜라고? 시근머리 하고는, 쯧쯧쯧.”

혀를 차며 붕어를 도로 빼앗아 주방으로 들어가는 양산댁의 뒤통수를 손태식이 원망스럽게 노려보았다. 붕어를 핑계대고 송아를 집까지 데려다 줄 생각이었는데 다 틀렸다.

“혼자 갈 수 있겠나?”

냄비를 내미는 태식의 얼굴에 걱정이 가득했다.

만날 다니는 멀지도 않은 길을 왜 걱정하시나?

“허리 아프다 안 했나?”

아, 맞다! 허리가 아팠지.

“이상하네? 사무실에서는 분명히 아팠는데?”

허리가 거짓말처럼 하나도 안 아프다.

"꾀병이었나 봐요."

송아는 키득 웃으며 혀를 내밀었다. 어릴 적부터 이곳저곳이 아플 때마다 강나루 횟집에 찾아와 어리광을 잔뜩 부리고 나면 신기하게도 다 나아버리곤 했다. 아마 몸이 아픈 게 아니라 마음이 아파서 몸도 아프다고 느껴졌던 것일 거다. 엄마가 그립고 아빠가 그리울 때면 늘 이곳저곳이 아팠으니까.

송아는 잔뜩 요란한 감사 인사를 하고 횟집을 나왔다. 횟집 주차장을 빠져나와 걷는 걸음이 몹시도 바쁘다.

"아이고, 우리 송아 마이 컸다. 인자 시집가도 되겠네."

멍하니 내다보고 있는 태식의 옆으로 다가온 양산댁이 중얼거렸다. 순간, 태식의 눈이 희번덕이며 돌아갔다.

"어무이도 참 별소리를 다 하요! 아직 알라구만 시집은 무슨?"

"알라라니? 스물여섯이면 아를 낳아도 둘은 낳았을 나이구만. 누가 델꼬 갈란지 몰라도 우리 송아 델꼬 가는 놈은 복 터진 기다. 얼굴 참하지, 맘씨 곱지, 아 어른 구분 잘하지."

자신의 눈엔 마냥 어리기만 한 송아를 두고 시집이라느니 아기를 낳아도 둘은 낳았을 거라느니 하는 말을 스스럼없이 하는 양산댁의 말이 태식은 어이가 없고 화가 났다.

"아직 아무것도 모르는 알라를 놔두고 별소리를 다 하요. 거 참!"

태식이 불룩 성을 내며 횟집으로 들어가 버렸다. 그러거나 말거나 송아를 바라보는 양산댁의 눈은 애틋하기만 하다.

송아는 강나루 횟집이 생기던 그해부터 냄비를 들고 저렇게 수선제와 강나루 횟집을 오가곤 했다. 깡마르고 조그맣던 계집아이가 어느새 처녀가 되었다.

평생 글만 들여다볼 줄 알았지 돈이 뭔지 살림이 뭔지도 모르는 늙은 노인네와 겨우 열두 살 먹은 조그만 계집아이가 감당도 못할 수선제를 끌어안고 사는 모습이 하도 어이가 없어 이런저런 반찬거리를 나눠 주며 지낸 지 어느새 십수 년이 지났다. 어린것이 제 딴에는 그것이 고마웠는지 쉬는 날마다 횟집으로 달려와서 일을 도와주며 '할머니, 할머니' 하며 지내다 보니 어느새 양산댁에게 송아는 진짜 손녀 같은 존재가 되어버렸다.

매운탕거리가 들어 있는 냄비를 들고 집으로 향하는 송아의 발걸음은 봄바람보다 가볍다. 며칠 내내 입맛이 없다며 식사를 꺼리시던 할아버지 생각에 마음이 급했다. 그렇잖아도 할아버지께 얼큰한 매운탕을 끓여드리면 입맛이 돌아올지도 모르겠다는 생각을 하며 강나루를 힐끔거리던 참이었다.

하여간 눈치 하나는 무지 빠르다니까.

매운탕 냄비를 내려다보며 송아는 다시 키득 웃음을 흘렸다.

여름도 다가오는데 티셔츠라도 한 벌씩 사다 드려야지!

사뿐사뿐 걷는 걸음이 너무나 가벼웠던가? 무언가 둔탁한 것이 뒤에서 부딪쳤다. 하늘로 치솟는 냄비가 먼저였고 통증은 나중이었다. 앞으로 고꾸라지면서도 송아의 눈은 냄비를 따라가고 있었다. 냄비는 공중에서 빙글 돌아 내용물을 쏟아내고 아스팔트 위로 내동댕이쳐졌다.

안 돼!

"어떡해. 어떡해……."

울음 같은 소리를 흘리며 아스팔트 위에 내동댕이쳐진 냄비를 향해 다가간 송아는 넋을 놓은 듯 내려다보다가 주저앉아 버렸다. 아직도 살아 있는 듯한 메기의 싱싱한 몸통을 보니 너무나 속이 상해서 눈물이 다 찔끔 날 지경이었다.

속상해 죽겠다, 정말!

"괜찮으세요?"

머리 위로 그림자가 드리워지며 긴장된 남자의 음성이 들렸다. 송아는 들은 체 만 체 흩어진 양념들을 손으로 끌어모아 냄비에 담았다.

"어디 다친 곳 없어요?"

다시 들리는 조심스러운 음성에 순간 화가 치밀었다.

멀쩡하게 앉아 치우는 것 보면 모르나?

"도대체 눈을 어디다 두고 다니시는 거예요!"

발끈하며 돌아보는데 바짝 긴장한 얼굴의 남자가 빨간색 자전거를 붙들고 서 있었다. 그 자전거에 송아가 부딪친 모양이다.

"조심하셔야 할 거 아니에요! 이게 자전거였으니 망정이지 자동차였으면 어쩔 뻔했어요!"

팩 쏘아붙이는 목소리에 남자의 이마가 찌푸려졌다. 어이없게도 그는 화가 난 듯 보였다. 적반하장도 유분수지.

다시 한 번 쏘아붙이려던 송아는 이내 그만두었다. 이런 사람과는 상대해 보아야 좋을 것이 없다. 똥 밟았다고 생각하자. 쾽한 눈을 거두고 돌아서는데 등 뒤에서 다시 남자의 음성이 들렸다.

"정말 괜찮으신 거예요?"

"괜찮아요. 치료비 청구할 일 없으니까 그만 가보세요!"

송아는 흩어진 매운탕거리를 주워 담은 냄비를 들고 뒤도 돌아보지 않은 채 걸음을 재촉했다.

재수 없어!

새침한 걸음으로 저만치 멀어지는 여자를 물끄러미 바라보고 있던 규원의 눈이 다시 자전거로 향했다. 그리고 내리쬐는 햇볕을 받아 반짝이는 안장을 스륵 쓰다듬었다.

"괜찮아."

자전거를 위로하는 건지 스스로를 안심시키는 건지 모를 소리다.

여자가 시야에서 완전히 사라지는 것을 확인한 그는 다시 자전거에 올라탔다. 천천히 움직이던 바퀴가 이내 속도를 붙이며 바람처럼 도로를 질주했다.

내려오는 첫날부터 하필 자전거 사고라니, 기분이 찜찜했다.

그러나 잠시 우울했던 마음은 부딪쳐 오는 바람이 다 쓸어가 버렸다. 도담호에 저녁노을이 부서져 반짝이고 있었다. ‘은현리’를 알리는 팻말이 보이자 그는 더욱 힘차게 페달을 밟았다.

✳

엎질러 버린 매운탕 때문에 송아는 주말 내내 기분이 좋지 않았다. 딱히 매운탕을 못 먹은 것이 억울하다기보다는 불법 어로 행위까지 해가며 그것을 만들어준 횟집 할머니와 태식의 정성이 아까웠고, 그것을 할아버지께 드리지 못한 것이 속상했다. 그래도 할머니께 감사 인사는 드려야지 싶어 여름 블라우스를 한 벌 장만했다.

일요일 낮, 투덜거리며 빈 냄비를 들고 횟집으로 간 송아에게 할머니는 다시 푹 곤 붕어 국물을 들려주었다.

“원기 회복하는 데는 이기 젤이다. 참기름 마이 넣고 고았으니까 비린내도 안 날 끼다.”

“할머니⋯⋯.”

“우짜든지 어르신이 건강하셔야 니한테도 좋다. 알았나?”

양산댁의 진심 어린 걱정이 송아의 코끝을 찡하게 했다. 문중의 많은 어른들이 계시지만 모두들 말로만 할아버지의 건강을 걱정할 뿐 누구 하나 들여다보는 사람도 없고 실질적인 도움을 주는 사람도 없었다. 할아버지가 돌아가시고 나면 수선제를 어떻게 할 것인가 하는 궁리들만 하고 있었다.

"매운탕은 어떻더노? 맛나제?"

"예? 예, 정말 맛있었어요."

냄비를 받아 들며 묻는 양산댁의 물음에 얼버무린 송아는 다시 그날의 일이 떠올라 속이 상했다. 그 뻔뻔하고 재수 없는 남자에게 한바탕 퍼부어주지 못한 것을 내내 후회하고 있는 중이었다.

괜한 짓을 한다고 야단치는 양산댁에게 기어이 블라우스를 안기고 다시 수선제로 돌아온 송아는 오후 내내 청소하는 데 시간을 다 보냈다. 수선제가 제대로 된 관리를 받지 못하고 있다고 생각하는 문중의 어른들은 모를 것이다. 이 집을 이 정도로 쓸고 닦고 청소하는 것만으로도 송아가 얼마나 죽을힘을 다하고 있는지를 말이다.

"송아야."

사랑채 쪽에서 할아버지의 조용한 부름 소리가 들렸다.

"네! 가요, 할아버지!"

마지막으로 마루를 한 번 더 훔치고 일어서는데 또 허리가 욱신거렸다. 청소를 너무 무리하게 했나 보다.

"아이고, 내 팔자야. 내가 도망을 가든지 확 시집을 가버리든지 해야지……."

투덜거리면서도 얼굴에는 뿌듯함이 가득했다. 한바탕 청소를 하고 나니 수선제의 인물이 다 훤해졌다. 고고하고 멋스러운 선비를 닮은 서책방을 스륵 훑어보다가 몸을 돌렸다.

한껏 기분 좋은 얼굴로 중문을 넘어서니 할아버지 정암 선생이 느린 걸음으로 사랑채 정원을 거닐고 있었다. 봄부터 기운을 차리지 못하시더니 요즘은 산책하는 시간도 현저히 줄었다. 오랜만에 산책을 나온 할아버지가 반가워 송아는 밝은 얼굴로 다가섰다.

"볕이 참 좋아요, 할아버지."

"여태 청소를 한 게냐?"

송아의 콧잔등에 송골송골 맺힌 땀을 바라보는 정암 선생의 얼굴에 안쓰러움이 가득했다. '수선제'라는 이 큰 짐덩어리를 혼자 떠맡다시피 하고 있는 송아를 생각하면 늘 마음이 무겁다.

"은현리에서 최 선생이 온다는구나."

"전화 왔어요?"

"음."

최찬엽은 시내 중학교의 교장으로 지내다 정년퇴직을 하고 지금은 윗마을 은현리에서 조그만 농장을 경영하고 있었다. 송아의 아버지 채영인과는 절친했던 친구 사이로 영인이 죽은 후에도 잊지 않고 할아버지를 들여다보고 있었다.

할아버지의 말씀이 있은 지 채 20분도 지나지 않아 찬엽의 차가 수선제 앞에 도착했다. 차 소리가 들리자 대청마루에 앉아 햇살을 즐기고 있던 송아는 반가운 마음에 쪼르르 달려 나갔다. 그런데 운전석 문이 열리고 내리는 사람은 찬엽이 아니라 낯선 얼굴의 젊은 남자였다. 아니다. 아는 얼굴이네? 자전거로 남의 엉덩이 받아놓고 도리어 인상을 찌푸리던 뻔뻔하고 재수 없는 그남자다.

첫!

입을 삐죽하며 쌩하니 돌아서는데 찬엽의 음성이 들렸다.

"채송아!"

조수석에서 찬엽이 내렸다.

"아, 오셨어요."

얌전히 인사를 하는데 찬엽의 고개가 갸웃 기울어진다.

"너, 왜 그래? 어디 아프냐?"

나비처럼 팔랑팔랑 뛰어와서 팔에 매달리던 녀석이 갑자기얌전을 떠니 어째 이상했다.

"아, 아뇨. 들어가세요. 할아버지 기다리고 계세요."

환한 얼굴로 뛰어나오던 여자가 갑자기 쌩하니 돌아서는 순간, 규원은 지난 수요일에 자전거에 부딪쳤던 바로 그 여자라는것을 알아보았다. 뒤로 보이는 고택이 여자의 어린 얼굴과 비교되어 신기해 보였다. 외삼촌 찬엽이 존경하는 분을 뵈러 간다 하시기에 궁금하여 따라나선 길인데 이 여자를 맞닥뜨릴 줄은 꿈에도 몰랐다.

여자의 이름은 '채송아' 라고 했다. 순간 채송화라는 꽃이 떠올라 규원은 저도 모르게 웃음을 흘릴 뻔했다. 작고 순진무구한, 그러면서도 제 나름의 화려함을 가진 채송화. 그 이미지와 딱 어울리는 느낌의 여자란 생각이 들었다.

그녀를 따라 들어간 집은 TV의 사극에서나 볼 수 있는 아주 오래된 고택이었다. 웅장하고 크다는 느낌보다는 우아하고 고결한, 한편으로는 따뜻한 느낌이 드는 집이었다. 이런 고택에 청바지를 입은 젊은 여자가 살고 있다는 것이 왠지 이질감이 들었다. 깔끔하게 꾸며진 정원을 지나 사랑채에 다다르자 송아의 걸음이 팔랑팔랑 가벼워졌다.

"할아버지!"

부르는 소리 또한 경쾌하다.

"저 왔습니다, 어르신."

마루를 지나 방으로 들어가니 한복을 입은 정갈한 모습의 노인이 앉아 있었다.

"어서 오시게, 최 선생."

정중한 인사가 오가고 자리를 잡고 앉자 정암 선생의 눈이 규원에게 날아들었다. 여든다섯이라 믿어지지 않을 만큼 힘이 느껴지는 눈빛이다.

"이 젊은이는 누군가?"

"지엽이 큰아이입니다."

지엽이란 이름에 정암 선생은 따가운 눈으로 규원을 살폈다. 규원이 약간 불편해할 즈음 눈빛이 거두어졌다.

"모친을 많이 닮았구나."

스륵 거두어지는 눈빛이 왠지 따뜻하다는 것을 느끼며 규원은 방 안을 살폈다. 방 안의 풍경은 고택의 느낌만큼이나 소박하고 정갈했다. 상투를 틀고 망건을 쓴 근엄한 선비의 모습을 상상했는데 앞에 앉은 정암 선생은 머리를 단정하게 자르고 안경까지 쓴 꽤나 세련된 느낌의 할아버지다.

댓돌 위에 할아버지의 하얀 고무신과 두 켤레의 구두가 햇살에 반짝이고 있었다. 송아는 마루 끝에 앉아 두런두런 들리는 얘기 소리를 듣고 있었다. 고요하던 수선제가 이제야 조금 사람 사는 집처럼 느껴졌다.

근데 저 재수 없는 남자는 누구지?

커다란 구두를 내려다보며 생각에 잠겼는데 그 남자가 방에서 나왔다. 마루를 내려와 신발을 신고 잠깐 서성이던 그가 다가왔다. 그리고 서늘한 그림자를 드리우며 중얼거리듯 말했다.

"집이 참 멋져요."

"네."

송아는 짧게 대답하며 햇살에 반짝이는 긴 사랑채 마루를 돌아보았다. 남들 눈에는 멋져 보일지 모르겠지만 실상은 애물단지 같은 집이었다. 송아는 조그맣게 한숨을 내쉬며 정원으로 내려섰다. 규원도 따라 내려와 송아의 뒤를 따랐다.

이 집에 처음 들어설 때만 해도 어리고 귀엽다는 생각까지 들었는데 손을 뒤로 돌려 깍지를 낀 채 걷고 있는 송아의 모습은 왠지 좀 더 성숙하고 또 조금은 차갑게 느껴졌다.

부딪친 곳이 뒤늦게 아픈가?

"자전거에 부딪친 곳은 괜찮아요?"

또 똑같은 질문이다. 그저 자전거에 살짝 부딪친 것뿐인데 이 남자는 꼭 큰 교통사고라도 낸 사람 같은 질문을 자꾸 한다. 그것이 송아의 마음을 불쾌하게 했다. 정작 송아가 속이 상한 것은 엎질러진 매운탕 때문이었는데 이 남자는 그것에 대해서는 일언반구조차 없었다.

"너무 예민하신 거 아니에요? 제가 그런 일로 질척거리기라도 할 사람처럼 보여요?"

"그게 아니라……."

송아의 날카로운 반응에 규원은 난감했다. 그녀에게는 그저 스치는 작은 부딪침이었을 뿐이겠지만 자신에게는 찜찜하고 무거운 기억이었다는 것을 그녀가 알 리 없겠지. 자전거 사고라는 말 자체가 그에겐 지울 수 없는 치명적인 상처 같은 말이란 걸. 그래서 저도 모르게 자꾸 확인하게 되는 것이다. 규원은 예민했던 마음을 거둬내고 다시 진심으로 말했다.

"그날은 정말 미안했어요."

"일찍도 사과하시네요?"

"반짝이는 도담호 물빛이 너무나 아름다웠거든요. 그래서 잠시 정신을 놓고 있었어요."

송아는 순간 남자를 다시 보았다. 반짝이는 물빛이 정신을 놓을 만큼 아름다웠다는 그의 말에 전적으로 동의한다. 도담호의 아름다움을 알아보는 사람이었다. 그래서 뾰족했던 마음이 조금 누그러졌다.

"그 매운탕, 할아버지 드리려고 얻어오는 길이었어요."

그래서 그토록 화가 났었다는 얘기였다. 남자는 그제야 이해가 간다는 듯 고개를 끄덕였다.

"그쪽이……."

"규원입니다, 이규원."

"흠, 규원 씨가 실수한 점도 있지만 제가 너무 찻길로 들어가 걷기도 했어요."

송아는 화해의 손을 내밀었다. 뭐, 싸운 일이 없으니 화해할 일도 없었지만.

생각보다 시원시원한 성격이었다. 규원은 앞으로 불쑥 내민 송아의 손을 가만 내려다보다가 천천히 잡았다. 조그만 손이 촉촉했다.

"우리 꼭 엄청 싸우고 화해하는 사이 같은데요?"

"혼자 속으로 욕 많이 했어요."

그러면서 풋, 터뜨리는 송아의 웃음이 정원을 가득 메운 목단화처럼 아찔했다.

사랑채에서는 할아버지와 찬엽의 얘기가 길어지는 모양이다. 그동안 규원은 송아의 안내를 받으며 수선제를 구경했다. 송아는 어떤 관광지의 안내원보다도 더 해박한 지식으로 수선제의 구조와 건축 양식에 대해 꼼꼼하게 설명해 주었다.

"실례지만 무슨 일 하세요?"

“……?”

“너무 설명을 잘하셔서요. 혹시 이런 쪽 일 하십니까?”

“도담문화원 향토사료팀에서 일해요.”

대답하고 나니 왠지 머쓱했다. 향토사료팀이라고 해봐야 이진규와 채송아 두 사람뿐이니.

해가 뉘엿뉘엿 넘어갈 즈음 찬엽이 사랑채에서 나왔다. 규원이 할아버지께 인사를 드리러 들어간 사이 찬엽은 송아에게 봉투 하나를 내밀었다.

“힘들지?”

송아는 손사래를 치며 뒤로 물러났다.

“저도 돈 벌잖아요!”

찬엽은 매번 올 때마다 이런 식으로 봉투를 건넸다. 어릴 때는 멋모르고 받아 썼지만 이젠 그럴 수 없었다.

“너 돈 버는 거 안다, 이 녀석아. 그래도 이건 내가 주는 거니까 받아둬. 다른 데 쓰지 말고 어르신께만 써. 어르신께서 내 학비 보태주신 거 갚음하는 거니까.”

송아의 벌이야 두 사람 먹고살기에도 빠듯할 만큼 빠듯했고, 조금 남은 땅에서 나오는 소득과 문중에서 보태주는 돈으로는 이 너른 집을 유지하기에도 급급할 것이다. 몇 번 사양하던 송아가 배시시 웃으며 봉투를 받아 들었다. 도무지 앞이 보이지 않을 만큼 막막한데 이 녀석은 늘 밝았다.

채영인, 자넨 죄인이야.

찬엽은 또다시 죽은 친구가 원망스러워졌다. 사람만 좋았지 세상 물정은 모르던 친구가 느닷없이 사업을 하겠다고 나섰을 때 적극 말리지 못했던 것이 새삼 후회스러웠다. 동업을 하던 사람이 돈을 들고 사라졌을 때도 끝까지 믿고 기다리다 모든 것을 잃어버린 어리석은 친구였다.

규원이 사랑채에서 나오는 것을 보며 찬엽은 생각을 털어내고 송아에게 인사를 건넸다.

"혹시 어르신 몸이 불편하시거나 하면 곧바로 우리 집에 연락해. 저 녀석이 한의사거든."

댓돌에 놓인 신발을 신고 있는 규원을 턱으로 가리키며 말했다.

"어리지만 꽤 실력 있는 친구야."

가벼운 눈인사를 건네고 차에 오르던 규원이 생각난 듯 돌아보며 말했다.

"나중에 제가 매운탕 사드릴게요."

그 소리를 들었는지 찬엽이 창밖으로 고개를 뻗어 송아를 보며 물었다.

"매운탕? 무슨 매운탕?"

그러나 무어라 대답도 하기 전에 차는 떠나 버렸다.

쳇! 성질 한번 급하네?

2

"따르릉! 따르릉! 비켜나세요! 자전거가 나갑니다, 따르르르릉!"

뒷자리에 앉은 승원이 몸을 들썩들썩 흔들어대며 꽥꽥 소리를 질러댔다. 규원은 휘청휘청 흔들리는 자전거의 중심을 겨우 잡으며 울상이 되어 소리쳤다.

"제발 좀 가만있어, 이승원!"

그러나 들은 체 만 체 승원의 들썩거림은 여전했다. 오히려 긴 다리를 쭉 뻗으며 속력을 더 내라고 재촉했다. 들판은 지치도록 짙은 초록에 물들었고, 쏟아지는 아침 햇살은 눈이 부셨다. 그 빛 사이로 재잘거리며 학교로 향하는 아이들의 얼굴에서도 빛이 나는 찬란한 열다섯의 봄날이었다.

규원은 들판을 가득 덮은 짙은 초록 빛깔과 부서질 듯 쏟아지는 청명한 아침 햇살을 가슴에 담으며 자전거 페달을 밟았다. 뒤에서는 여전히 꽥꽥거리는 승원의 목소리가 들렸다. 이렇게 찬란하고 멋진 아침 등굣길을 승원과 함께해야 한다는 것이 불행처럼 느껴졌다. 그렇지만 막무가내로 달라붙는 녀석을 떼어놓기란 자신이 이유리를 생각하지 않는 것만큼이나 불가능한 일이었다.

저만치 앞에서 반짝이는 머리칼을 찰랑찰랑 흔들며 걷고 있는 여학생은 이유리였다. 규원은 제 속이라도 들킨 듯 얼굴이 붉어진 채 재빠르게 페달을 밟았다. 승원이 유리를 발견하기 전에 빠르게 지나칠 생각이었다. 그러나 이미 한발 늦은 듯하다. 잠시 멈추었던 승원의 노랫소리가 다시 들리기 시작했다.

"저기 가는 이유리……!"

자전거가 이유리의 옆을 휘릭 스치는 순간, 승원의 노랫소리가 갑자기 뚝 끊기더니 뒤편에서 유리의 고함 소리가 들렸다.

"이규원! 거기 서! 안 서!"

앗! 승원이 녀석이 유리에게 또 무슨 장난을 친 모양이었다. 이럴 땐 그냥 도망치는 게 최고다. 유리와 승원이 싸움이 붙으면 아무도 못 말릴 테니까.

규원은 승원의 응원 아닌 응원을 받으며 페달을 세차게 밟았다. 뒤에서 승원이 낄낄거리는 소리가 들렸다. 또다시 승원이 녀석과 공범이 되고 말았다. 일은 승원이 저지르고 뒤집어쓰는 건 언제나 규원이었다. 이유리의 마음속에 이규원에 대한 나쁜 기억이 또 하나 쌓였을 것이다.

원수도 이런 원수가 없다.

어쩌다가 이런 녀석이 내 동생으로 태어났을까? 그것도 쌍둥이로 말이다.

아침부터 승원과 다투고 싶지 않았고, 다퉈봐야 이길 재주도 없으니 울컥 치민 화를 자전거에 퍼붓듯 규원은 거칠게 페달을 밟았다. 그 순간 인생의 페달이 잘못 밟아지고 있다는 것을 두 사람은 꿈에도 몰랐다.

"야! 너무 빠르잖아! 속도 좀 줄여!"

그러나 규원은 속도를 줄이지 않았다. 아니, 줄일 수가 없었다. 아무래도 브레이크가 고장이 난 모양이었다. 저만치 큰길 너머 학교가 보였고, 자전거가 달리는 길은 심한 경사가 진 내리막길이었다. 자전거는 두려울 정도도 빠르게 달리고 있었다.

"줄이라니까!"

"안 돼!"

"에이 씨! 브레이크 잡으란 말이야!"

"안 된단 말이야, 안 돼!"

다급하게 소리치는 규원의 눈에 들어온 것은 빨간색으로 변한 학교 앞 큰길의 신호등이었다. 대형 트럭들이 바람을 가르며 그 길을 질주하고 있었다. 눈앞이 하얗게 변했다. 승원의 고함 소리도 들리지 않았다. 대형 컨테이너가 눈에 들어오는 순간, 규원은 본능적으로 핸들을 꺾었다.

끼이이익!

고막을 찢는 소리에 놀라 잠이 깬 규원은 눈을 깜빡이며 정신을 가다듬었다. 창으로 훤한 달빛이 스며들었고, 벌레 소리가 요란했다. 그제야 이곳이 은현리라는 것이 인식되었다. 태어나 지금까지 중에서 승원으로부터 가장 멀리 떨어졌다. 그런데 마음은 여전히 승원의 곁에 묶여 있었던 모양이다. 잊고 있었던 꿈까지 꾼 걸 보면.

자전거를 구입하고 시승식을 하던 날 승원은 자전거 바퀴도 둘이고 휠체어 바퀴도 둘이니까 우린 이제 똑같은 처지가 되었다며 낄낄거렸다. 도무지 진지함이라고는 없는 녀석. 그래서 안심이 되면서도 또 한편으로는 그 때문에 불안하기도 한 녀석이다.

승원은 그림을 그린다. 모든 것에 싫증을 잘 내는 승원이 유일하게 오래도록 붙들고 있는 것이 그림이었다. 그런데 그 그림이 그에게는 약이기도 하고 독이기도 했다. 사고 후 승원을 일으켜 세운 것이 그림이었는데 지금은 다시 그 그림이 승원을 무너뜨리고 있는 것 같았다. 승원은 날마다 그림을 그리고 그림을 찢었다. 그림을 그리며 술을 마셨고, 그림을 그리며 밤을 새웠다. 그리고 그림을 그리며 밥을 굶고, 그림을 그리며 칩거를 했다. 누군가 옆에서 조절해 주지 않으면 안 되는 불안한 미숙아 같았다. 규칙적인 생활을 하라고 잔소리를 하는 규원에게 승원은 그것을 벗어 던질 수 없는 예술가적 기질이라며 또 낄낄거렸다.

어쨌든 부모님이 돌아가신 후 한동안 계속된 그런 생활들이 승원의 건강을 급격하게 나쁘게 만들었고, 결국 신장에 문제가 생겨 병원에 입원까지 했었다. 부모님이 돌아가시고 혼자서 승원을 돌본 지 3년 만이었다. 규원은 승원을 돌보기 위해 다니던 한방병원까지 그만두고 말았다. 승원은 자신을 위해 모든 것을 희생하려는 규원의 그런 행동을 못 견뎌 했다. 결국 규원은 외삼촌의 권유와 승원의 성화에 못 이겨 떠밀리듯 은현리로 내려온 것이다.

오전 내내 꿈의 잔영에 시달리던 규원이 전화를 걸었을 때 승원의 목소리는 무언가에 잔뜩 신이 난 아이처럼 들떠 있었다.

〈초등학교 다닐 때 너랑 같이 만들어서 '과학의 날' 대상 받았던 글라이더 말이야……. 엄마도 참 미련 많은 건 알아줘야 해, 그걸 보관해 놨더라고.〉

"창고 뒤졌어?"

〈응. 심심해서.〉

말은 그렇게 하지만 승원이 창고를 뒤진 진짜 이유를 규원은 알았다. 사고 직후 병원에 실려 간 승원의 손에 들려 있었던 하늘색 머리띠. 아마도 승원은 그것을 찾고 있었을 것이다. 이유리의 머리띠일 것이 분명한.

사고 나고 10여 년이 지나서 승원은 느닷없이 그것을 찾았다.

갑자기 생각이 났다는 것이다. 승원은 사고 전후의 일에 대해 약간의 기억 장애를 갖고 있었다. 그래서 무언가 새로운 사실이 떠오르면 집요하게 파고들곤 했다. 그중의 한 가지가 이유리의 머리띠였다. 승원은 그것을 통해 또 다른 기억을 되찾고 싶어 했다.

"운동은 열심히 하고 있지?"

〈너보다 더 지독한 감시자를 붙여두고 갔잖아! 이건 약속이 달라!〉

규원이 은현리로 떠나며 별장을 관리하던 박씨 아저씨를 불러 올린 것에 대해 승원은 분노하고 있었다. 규원은 오랜만에 장난스럽게 낄낄거렸다. 그 넓은 집에 정말 혼자 두고 떠났을 거라고 생각하다니, 이럴 때 보면 승원도 순진한 구석이 있었다.

"아저씨 애 먹이지 마."

〈쳇!〉

여전히 분기 어린 투덜거림을 들으며 전화를 끊었다. 어느새 비가 내리고 있었다. 규원은 고개를 뻗어 밖을 내다보았다. 하늘은 검은빛이고 도담호 근처의 산들은 이미 먹구름에 가려 보이지 않았다. 가볍게 지나갈 비 같지가 않다.

장만가?

✳

때 이른 장마가 일주일간이나 계속되었다. 날씨 탓인지 내내 허리가 아팠고, 그래서 사무실 출근을 이틀이나 빠뜨렸다. 덕분에 집에서 푹 쉬게 되었으면 정말 푹 쉬어야 하는데 벌건 대낮에 누워 있으려니 도무지 좀이 쑤셔 누워 있을 수가 없었다.

병이다, 병!

투덜거리며 송아는 우산을 쓴 채 수선제를 구석구석 돌아보았다. 300년은 족히 넘는 목조 건물이라 비가 오면 늘 불안했다. 걱정이던 아래채는 지난봄에 보수공사를 한 덕에 비가 와도 이제 걱정이 없었다. 돈이 좀 깨지긴 했지만.

집을 한 바퀴 돌아본 송아는 강나루 횟집으로 향했다. 비가 오니 회를 먹으러 오는 손님도 없을 테고, 두 모자는 분명히 노래방 기계를 틀어놓고 노래 삼매경에 빠져 있을 것이다.

그 재미난 놀이에 채송아가 빠질 순 없지! 킥.

빗속을 쫄랑쫄랑 걸어 도착해 보니 웬일인지 횟집이 조용했다.

"할머니! 아저씨!"

호기 좋게 부르며 들어가는데 역시나 조용.

어디 가셨나?

돌아나가려는데 주방 옆 살림방의 문이 드르륵 열렸다.

"송아 왔나?"

양산댁이 흰 수건으로 이마를 질끈 동여맨 채 내다보았다.

"어디 아프세요?"

놀란 얼굴로 쪼르르 달려가니 방으로 들어오라고 끌어당긴다. 뭔가 하소연할 것이 있나 보다.

"태식이 때문에 내가 병이 났다 아이가."

그리고 양산댁의 하소연이 시작되었다. 스물셋에 청상이 되어 자식 하나 바라보고 살았는데 그 자식이 마흔이 되도록 장가를 가지 않고 있으니 생병이 난다는 것이었다. 오늘도 선 자리를 만들어두었더니 나가지도 않고 건넛방에 큰대자로 누워 잠만 자고 있다고 했다.

"무슨 놈의 병인지 장가 얘기만 나오면 저래 기겁을 하니 알다가도 모릴 일이다. 사나 구실을 몬하는 고자도 아이고……."

순간, 건넛방 문이 벼락처럼 열리며 태식이 버럭 소리를 질렀다.

"아 앉혀놓고 뭔 소리를 하십니꺼! 내가 알아서 한다는데 와 그래 난리요, 난리가!"

"하이고! 알아서 한다는 소리 들은 지 십 년이다. 십 년이면 강산도 변한다 카는데 니 말은 우째 그리 변함이 없일꼬?"

"사나자슥이 요래 헤딱, 조래 헤딱 해서 뭐에 쓰겠소!"

"아아, 니가 지금 심지 굳은 사나라꼬 자랑하는 기가?"

잔뜩 비꼬인 양산댁의 말에 희번덕이며 돌아가던 태식의 눈이 놀라 동그래진 송아의 눈과 마주치자 얼굴이 벌게져 버렸다.

"에잇!"

문을 쾅 닫고 나온 그는 우산도 쓰지 않은 채 밖으로 나가 버렸다. 태식이 저렇게 화가 난 모습은 처음 봤다. 송아는 양산댁을 달래주고 얼른 우산을 들고 횟집을 나왔다. 비가 억수같이 쏟아지고 있었다. 찻길을 건너서 보니 태식은 자갈밭에 말뚝처럼 서서 도담호를 바라보고 있었다.

"이렇게 마음 아플 거면서 왜 화를 내고 그래요?"

다가온 송아가 우산을 씌워주며 빤히 올려다보았다. 스륵 돌아보던 태식은 우산이 성가시다는 듯 한 걸음 물러나 다시 빗속에 섰다. 그의 눈은 호수 저편에 머물러 있었다. 항상 장난을 치며 웃게 만들어주던 태식이 무겁게 분위기를 잡고 있으니 어색했다.

"아저씨 정말 화 많이 나셨나 보다."

고개를 기울이고 들여다보는 송아의 눈을 견디지 못하고 그가 다시 돌아보았다.

"무섭더나?"

"조금."

"미안하다."

"나한테 미안한 게 아니라 할머니께 죄송한 거겠죠?"

송아의 말이 왠지 자신을 나무라는 듯 들려서 태식은 부끄러웠다.

"그래, 내가 어무이한테 그러면 안 되는데……."

왜 그렇게 울컥 화가 났는지 모르겠다. 양산댁이 송아를 앞에 두고 사나 구실 몬하는 고자도 아니고 어쩌고 하는 바람에 눈이 뒤집혀 버렸다. 어린 송아 앞에서 어떻게 그런 막말을 할 수가 있는지.

돌아보니 송아의 눈은 어느새 비가 쏟아지는 호수에 잠겨 있었다. 송아가 도담호를 바라보고 수선제를 바라보는 눈은 특별났다. 그냥 단순히 아끼고 좋아하는 것이 아니라 사랑하는 것 같았다. 가끔은 저 호수가 부러울 만큼.

"나는 말이다, 송아야. 혼자 사는 기 좋다. 어무이랑 내랑 횟집 하면서 오순도순 그래 살고 싶다."

그러나 양산댁이 그걸 원치 않으니 둘이서 오순도순 사는 건 아무래도 힘들어 보였다.

"결혼하세요, 아저씨!"

송아가 비가 쏟아지는 호수를 향해 장난스럽게 소리쳤다. 호수에 돋아 오르는 소름처럼 빗줄기가 살갗을 아프게 때렸다.

규원은 빗방울이 떨어지는 도담호를 구경하려고 집을 나섰다. 햇살이 쏟아져 반짝이는 도담호도 아름답지만 비가 오는 날 바라보는 도담호는 또 다른 운치가 있을 것이다. 우산을 쓰고 호수가 보이는 갓길을 따라 느릿느릿 걷다 보니 어느새 율현리다. 율현리는 마치 바다의 백사장처럼 호숫가에 자잘한 자갈이 넓게 깔려 있어 호수에 가장 가까이 다가갈 수 있는 곳이었다.

느릿느릿 걸어 자갈밭으로 내려가려다 보니 이미 누군가 그 자리를 차지하고 있었다. 노란 우산을 쓴 여자와 그 옆에 우산 밖으로 몸을 삐죽이 내민 남자가 보였다. 마치 한바탕 전쟁이라도 치른 연인처럼 여자는 혼자 우산 속에 꽁꽁 숨어 있고 남자는 쏟아지는 비를 고스란히 맞고 있었다. 분위기가 아마도 이 빗줄기만큼 살벌하지 않을까?

자갈밭에 있던 두 사람이 돌아 나오는 것이 보였다. 여자가 다정히 다가서며 우산을 씌워주자 남자가 다시 우산 밖으로 걸어 나갔다. 단단히 삐친 모양인데 어째 그림이 거꾸로 된 것 같다. 연인의 사랑싸움에 방해가 되고 싶지 않아 규원은 얼른 돌아섰다. 빗줄기가 점점 거세지고 있었다.

"아저씨!"

빽 지르는 고함 소리에 놀라 규원은 다시 몸을 돌렸다. 남자가 찻길을 건너 달아나고 있었고, 우산 속의 여자는 무엇이 분한지 폴짝폴짝 뛰고 있었다.

"그런 게 어딨어요? 내가 이기면 생각해 보겠다고 했잖아요!"

"결혼이 뭐 생각만으로 되는 거가? 마음이 동해야지. 나는 진짜로 아직까지 결혼할 생각이 손톱만큼도 없다!"

"그러다 정말 총각귀신 되는 수가 있어요. 옆에서 쑤셔주는 사람 있을 때 못 이기는 척 가는 게 좋을걸."

"총각귀신 되면 저승에서도 인기 좋을 기다!"

그러면서 남자는 키득키득 웃었다. 여자가 더욱 안달이 나서

폴짝폴짝 뛰었지만 남자는 여유 있게 손까지 흔들고는 언덕 위에 있는 강나루 횟집으로 뛰어올라 가버렸다. 실연당한 사람처럼 한동안 망연히 서서 횟집을 바라보고 있던 여자가 돌아섰다. 그제야 우산에 가려졌던 얼굴이 드러났다.

여자는 수선제에서 보았던 채송아였다.

규원이 다시 송아의 이름을 접한 것은 병원 로비의 책꽂이에서 우연히 집어 든 조그만 소책자에서였다. 댐이 건설되면서 도담호에 수몰된 일곱 개 마을에 산재되어 있던 고택과 유물의 자료 조사에 대한 보고서 형식의 글이었다. 그런 유의 글을 별로 좋아하지 않는 규원이 호기심을 가지고 읽기 시작한 것은 순전히 책자 앞에 찍힌 '도담문화원'이라는 글씨 때문이었다. 간간이 필자의 생각들이 가미된 열 쪽 분량의 글은 몰입하여 읽기에 충분할 만큼 흥미로웠다.

글은 수선제처럼 소박하고 정갈했다. 수선제를 바라보던 그녀의 시선처럼 따듯한 온기가 흘렀다. 글 중간중간 수록된 사진과 글만으로도 도담호에 수몰되어 버린 고택과 유물에 대해 글쓴이가 얼마나 안타까워하는지 고스란히 느껴졌다. 글이 사람을 끌어당긴다는 것은 이런 느낌을 두고 하는 말 같았다. 글 속에 채송아의 느낌이 비친 건지 채송아를 떠올리며 글을 읽었는지 모를 만큼 읽는 내내 송아의 얼굴이 연상되는 글이었다. 책자를 덮으며 규원은 뒤표지에 조그맣게 찍힌 글쓴이와 편집인의 이름을 다시 한 번 확인했다.

채송아.

자신이 알고 있는 그녀가 분명했다.

✱

"정암 선생님 기력은 좀 어떠셔?"

이진규가 커피를 건네며 물었다.

"봄보다 훨씬 좋아지셨어요. 걱정들을 많이 해주신 덕분이에요."

생긋 웃으며 커피잔을 받아 드는 송아의 얼굴이 사랑스럽다. 모두들 입으로만 걱정했지, 실질적인 도움을 주는 사람은 드물다는 것을 알기에 안타까운 생각도 들었다. 자신조차 입으로만 걱정했지 한 번 들여다보지도 못하고 있으니 말이다. 무엇이 그리도 바빴던 건지…….

오십을 바라보는 이진규에게 송아는 언제나 딸 같은 느낌이었다. 많은 후배들이 거쳐 갔지만 대부분 일 년을 버티지 못하고 떠나 버린 향토사료팀이 송아가 들어오면서 그제야 제자리를 잡기 시작했다. 나이도 어리고 성격도 여리고 순하게 생긴 아가씨가 일을 할 때면 얼마나 다부지게 덤비는지 가끔은 나이 많은 이진규가 따라가기에 벅찰 지경이었다. 그 열정이 어디에서 나오는가 싶었더니, 바로 할아버지의 영향이었다는 것을 안 것은 거의 반년이나 지나서였다. 채송아의 할아버지가 바로 수선제의 주인인 정암 채치용 선생이었던 것이다.

"허리는 좀 어때?"

"훨씬 좋아졌어요. 날이 더워져서 그런가?"

"그래도 방심하지 말고 운동을 좀 하든가 검사를 받고 치료를 시작하는 게 어때? 여름 지나면 또 재발할지도 몰라."

이진규가 걱정이 되어 하는 소리에 송아는 은근 겁이 났다.

정말 허리 강화 운동 같은 걸 해야 하나?

"시청 건너편 고려 한방병원에 실력 있는 친구가 하나 왔다던데 한번 가보는 게 어때?"

"또 침 맞으란 소리 하시려고 그러죠?"

"글쎄? 침을 놔줄지 운동 처방을 해줄지는 가봐야 알겠지? 이번에 새로 온 친구가 허리나 관절 뭐, 그쪽으로 꽤 관심이 많은 친구라고 하더라고. 그곳 병원장이 내 친구잖아."

"생각해 볼게요."

진심으로 걱정하고 있는 이진규에게 고마운 마음에 그렇게 대답했지만 침을 맞을 생각은 여전히 추호도 없었다.

왜냐면 무.서.우.니.까!

걷는 것이 허리 강화에 도움이 되리란 생각에 상계리 정류장에서 내려 호숫가를 걷던 송아는 느닷없이 울컥 다가온 자전거에 놀라 갓길로 물러났다.

뭐야?

퀭한 눈으로 노려보는데 낯익은 얼굴의 남자가 빨간색 자전거에서 내려 인사를 건넸다.

"안녕하세요!"

지지난 일요일 찬엽과 함께 수선제에 왔던 사람이다.

"아! 안녕하세요!"

송아가 반갑게 인사를 건네자 그가 다시 미소를 건넸다. 송아는 빨간 자전거를 흥미롭게 살피며 물었다.

"운동 다녀오는 길이세요?"

"아뇨, 퇴근길입니다."

은현리에서 도담까지의 거리야 얼마 안 되니 자전거로도 충분히 출퇴근이 가능한 거리지만 그래도 실제로 그런 모습을 보니 신선해 보였다.

"송아 씬 더운데 왜 걸어가세요?"

정말 어지간히 더운 듯 그가 빨갛게 익은 얼굴로 물었다. 이제 겨우 6월 중순인데 날씨는 한여름을 방불케 했다. 굵은 땀방울 하나가 헬멧 아래로 툭 떨어지는 것이 보였다. 송아는 조그맣게 미소를 짓고는 호수로 눈을 돌렸다.

"좋잖아요."

그리고 천천히 걸음을 옮겼다. 호수가 좋다는 건지 걷는 것이 좋다는 건지……. 규원은 얼른 자전거를 끌고 옆으로 다가갔다.

“예전에도 느꼈지만 여름의 도담호는 정말 아름다워요.”

“여기 자주 오셨나 봐요?”

“어릴 땐 자주 왔었는데 커서는 거의 못 왔어요. 거의 십 년 만인걸요.”

“아…….”

“자주 오진 않아도 은현리와 도담호는 늘 제 가슴에 있는 곳입니다.”

저녁 햇살에 잠긴 도담호를 바라보는 규원의 눈빛이 따듯했다. 그는 진심으로 도담호가 마음에 드는 모양이다.

“자전거 타는 거 좋아하세요?”

그래서 자전거로 출퇴근을 하느냐고 물었다.

글쎄, 좋아하는 걸까?

좋아한다기보다는 스스로를 위해서 타줘야 할 것 같아서 타는 거다. 자전거가 극복이 되면 승원에 대한 죄책감도 극복이 될 것 같아서다. 규원은 저도 모르게 손잡이를 꼭 쥐었다.

“이 녀석을 이겨보려고요. 프로젝트명, 극복!”

규원은 자전거 안장을 툭툭 두드리며 그렇게 말했다. 지난번 자전거에 부딪친 이후 그의 반응을 보며 느낀 거지만 그는 자전거와 관련해 무언가 사연이 있는 게 분명했다. 가령 자전거로 인해 큰 사고가 났었다거나 아니면 자전거 때문에 깊은 좌절감을 맛보았다거나.

송아는 무슨 말을 해야 할지 몰라 잠깐 망설였다. 상처가 있을지도 모르는 사람에게 섣부른 응원이나 위로의 말은 하지 않느니만 못하다는 걸 알기 때문이다. 어색한 침묵을 피해 호수로 눈을 돌리려는데 규원이 다시 자전거를 툭툭 두드리며 말했다.

“이 녀석 이름이 뭔지 아세요?”

“이름도 있어요?”

“적하운도예요.”

“적하운도?”

“빨간 여름의 구름 길.”

“아, 적하운도赤夏雲道. 이름이 너무 멋져요!”

“동생이 지어줬어요. 그림을 그리는 녀석인데……..”

자전거에 이렇게 멋진 이름을 붙여준 동생이 어떤 사람인지 궁금했지만 규원은 더 이상 말을 하지 않고 호수만 바라보았다. 그러다 문득 다시 입을 열었다.

“며칠 전 병원에서 송아 씨 책 읽었어요.”

“책?”

“도담호에 수몰된 고택들 이야기요.”

“아.”

지난해 출간된 소책자 얘긴가 보다. 수몰된 고택들을 조사하며 속이 많이 상했고, 그래서 다소 격한 마음으로 썼던 글이라 지금 읽으면 좀 부끄럽기도 하다.

“감동적이었어요.”

설마 감동까지나?

미심쩍은 눈으로 돌아보는 송아를 보며 그는 진심이라는 듯 고개까지 끄덕이며 다시 말했다.

"그런 쪽으로는 전혀 문외한인 저 같은 사람이 읽는 내내 속상하고 안타까운 생각이 들었을 정도면 충분히 감동적인 글이죠."

그의 진심 어린 칭찬에 송아는 은근 기분이 좋았다. 정말 심혈을 기울여 열심히 만들지만 정작 배포되면 과연 몇 사람이나 읽을까 하는 마음에 늘 자괴감이 들곤 했던 소책자 작업이다.

"고마워요."

감격한 듯한 송아의 모습에 규원은 왠지 미안한 마음이 들었다. 글이 감동을 준 건 사실이지만 채송아라는 이름을 몰랐다면 절대로 읽지 않았을 것이다. 자신이 정말 보았던 것은 수몰되어 버린 고택에 대한 안타까움이 아니라 채송아라는 여자의 속상한 마음이었고, 깔끔하고 매력적인 문체에 비친 그녀의 이미지였다는 것을 안다면 속상해할까?

규원은 다시금 그 이미지에 빠져들 듯 송아의 얼굴에서 눈을 떼지 못하고 있었다. 저녁노을에 반사된 물빛이 찰랑거리는 그녀의 머리칼과 얼굴에서 반짝였다.

무언가 따끔거리는 느낌에 고개를 돌리는데 규원이 달아나듯 얼굴을 돌리는 것이 보였다. 당황한 기색이 역력하다. 송아는 들키지 않게 웃음을 흘렸다. 쑥스러움을 많이 타는 남잔가 보다.

왠지 마음이 느슨해지는 기분이었다.

수선제로 들어가는 길목에서 규원은 아쉬운 눈빛으로 손을 내밀어 악수를 청했고, 송아는 자연스럽게 그 손을 잡았다. 손이 참 따듯하고 컸다.

태식은 호수 상류의 자갈밭에 서서 일렁이는 물결을 보며 담배를 피우고 있었다. 저녁 손님이 들이닥치기 전 호숫가로 나와 담배 한 대 피우는 이 짧은 시간이 그에게는 하루 중 가장 편한 시간이었다. 술을 마시지 못하는 태식에게 담배는 유일한 낙이기도 했다.

손님들 비위 맞추며 속없이 헤헤거리고, 정신없이 바쁘고, 열심히 돈을 세고, 그런 일에서 달아나고 싶을 때면 이곳으로 와서 호수를 바라본다. 그의 원래 꿈은 배낭 하나 메고 세계를 돌아다니는 것이었는데 어쩌다 보니 인생이 꼬여 버렸다.

담배를 비벼 끄고 돌아서던 그의 입가에 웃음이 번졌다.

송아네?

성큼 내딛던 걸음이 다시 우뚝 멈추었다.

"저넘아는 또 누고?"

잔뜩 차려입은 운동복에 헬멧까지 쓴 꼴을 보니 율현리 사람은 아닌 것 같고, 사이클을 즐기는 사람인가?

"운동하러 나왔으면 운동이나 할 것이지 와 남의 아한테 말은 걸고 지랄이고?"

　태식은 불끈한 얼굴로 피우던 담배를 집어 던지고 달리듯 성큼성큼 걸었다. 퇴근길에 도담호를 감상하며 걷고 있는 송아에게 웬 녀석이 치근대는 거라고 생각했다. 자갈밭을 벗어나 찻길로 뛰어오르는데 횟집 언덕에서 양산댁이 손짓하는 것이 보였다. 어느새 저녁 손님이 몰려든 모양이었다. 태식은 못 본 척 무시하고 수선제 쪽으로 성큼성큼 걸었다.

　나란히 걷던 두 사람이 수선제 앞에 멈춰 서서 무슨 얘긴가를 나누고 있었다. 자전거를 옆에 낀 녀석이 손을 불쑥 내밀었다. 송아도 그 손을 꼭 잡았다.

　저 새끼가!

　성큼성큼 걷던 걸음이 어느새 달리기로 변하는데 자전거가 순식간에 시야에서 사라져 버렸다. 수선제 앞에는 송아만이 동그마니 남았다. 따가운 저녁 햇살 아래 미동도 없이 자전거가 사라진 쪽을 응시하고 있었다. 무엇엔가 넋을 빼앗긴 듯.

　여름이라 문을 열어두고 잔 탓에 할아버지의 신음 소리를 들을 수 있었다. 송아의 방은 사랑채 마루를 사이에 두고 할아버지의 방과 나란히 있었는데 잠결에 들려온 것은 분명 할아버지의 신음 소리였다. 한순간 잠이 달아난 송아는 번개처럼 마루를 지나 할아버지 방으로 뛰어들었다.

“할아버지?”

“음…….”

얼른 불을 켜자 할아버지가 가슴을 움켜쥔 채 엎드려 있었다.

“할아버지, 왜 그러세요? 할아버지!”

“가슴이…… 답답하구나.”

돌아눕는 할아버지의 이마에 식은땀이 흥건했다.

“할아버지…….”

땀을 훔쳐 내는 송아의 손이 떨렸다. 잠자리를 봐드릴 때까지만 해도 멀쩡하셨는데 갑자기 무슨 일인지 모르겠다. 급하게 물을 내밀어 보지만 할아버지는 고개를 흔들었다. 시계를 보니 새벽 두 시다.

어떡하지?

“할아버지, 잠깐만 참으세요. 병원 가요, 병원.”

다급하게 태식의 전화번호를 누르던 송아는 다시 번호를 지우고 찬엽의 휴대폰으로 전화를 걸었다. 깊이 잠이 들었던 듯 한참 만에야 전화를 받았다.

〈어, 송아야.〉

“선생님! 할아버지가 편찮으세요.”

〈어디가? 어떻게 안 좋으신 거냐?〉

“모르겠어요. 가슴이 답답하시다고…… 식은땀도 흘리시고요.”

〈알았다. 잠깐만 기다려라. 침착해. 별일 아닐 거다.〉

전화를 끊은 송아는 할아버지를 일으켜 안았다. 앙상한 갈비뼈가 손에 잡혔다. 할아버지가 이렇게 여윈 줄 몰랐었다. 송아는 울컥해진 마음을 누르려 입술을 꼭 깨물었다.

정암은 가슴께에 놓인 송아의 손을 꼭 잡았다. 송아의 어린 떨림이 느껴져 마음이 아팠다.

“등을 좀 두드려 보거라.”

등을 두드린다고 하여 가슴의 답답함이 가실 것 같지 않지만 송아의 두려움을 달래주려는 마음에서였다.

“체한 모양이야.”

다시 안심시키듯 말했다.

10분도 채 지나지 않아 차 소리가 들렸다. 대문을 열어주자 다급히 들어서는 찬엽의 뒤로 규원이 따라 들어왔다. 그는 송아에게 잠깐 눈길을 주고 찬엽을 따라 황급히 사랑채로 들어갔다. 정암 선생의 얼굴은 창백했고 손발이 싸늘했다. 찬엽이 일으켜 안고 있는 사이 규원이 다가가 맥을 짚었다. 따라 들어온 송아가 규원의 옆에 앉았다. 그리고 할아버지의 야윈 팔목에 놓인 그의 긴 손가락을 절박한 마음으로 바라보았다. 한참 만에 규원의 목소리가 들렸다.

“저녁에 뭐 드셨어요?”

“특별히…… 아, 주무시기 전에 떡을 조금 드셨어요.”

“급체예요. 대야에 따뜻한 물 좀 담아 오실래요?”

나직하지만 완고한 명령이 느껴지는 목소리였다. 송아는 얼른 부엌으로 가서 물을 데워 들고 왔다. 그사이 규원은 할아버지를 눕히고 지압을 하고 있었다. 발가락 끝에서부터 손가락 끝까지, 규원은 자신만이 아는 어떤 부분을 찾아 치료를 하는 것 같았다. 송아는 그런 규원의 모습이 생소했다. 급체라고 하면서 손가락 끝을 찔러 피를 낸다거나 하는 일반적으로 알고 있는 그런 행위는 전혀 하지 않았다. 그는 할아버지의 몸을 비스듬히 일으켜 앉혀 따듯한 물에 발을 담그게 하고 가방에서 무언가를 꺼냈다. 동그란 통에서 그가 꺼내 드는 것은 송아가 보기만 해도 소름이 돋고 오금이 저리는 무시무시한 침이었다. 예리한 눈으로 뾰족한 침을 불빛에 비추어보던 규원이 할아버지의 손등에 침을 푹 꽂았다. 단 한 번의 망설임도 없이 푸욱! 그런데도 할아버지는 표정 변화가 전혀 없었다. 체한 곳이 너무나 아파 침이 들어가는 고통도 못 느끼시나 보다 생각했다. 손등 외에 침을 두어 곳 더 놓은 것 같은데 어딘지는 모른다. 더 이상 보지 않았으니까.

역시나 참 특이한 여자다.

새벽에 찬엽을 따라 수선제에 들어서며 규원은 그런 생각을 했다. 무엇이 특별나게 이상하다거나 색다르다는 뜻이 아니다. 단지 이규원의 마음이 채송아를 특별하게 바라보는 것이다. 언제나 소리 없이 고요하던 마음에 감정이 일렁였다. 끔찍했던 열다섯의 봄날 이후 규원에게서 사라져 버렸던 사람에 대한 기대감, 두근거림 같은 것이다.

"심장에 석고보드를 발라놓은 이규원으로서는 절대로 이해 못할 그런 게 있어."

승원이 새로운 연애를 시작할 때마다 늘 하던 말이다. 자신으로서는 도저히 이해할 수 없었던 승원의 연애 편력을 보며 혀를 찼지만 가끔은 궁금하기도 했다.

저렇게 한순간에 이성을 무너뜨려 버리는 감정이란 건 어떤 느낌인지, 도대체 그런 게 진짜 있기나 한 것인지.

그런데 채송아에게는 정말 무언가 있었다. 딱 꼬집어 말할 수 없는 어떤 무엇.

자전거 출퇴근을 포기해야 하나 하는 생각이 들 정도로 뜨거운 볕을 받으며 규원은 페달을 힘차게 밟았다. 수선제에 들르기 위해 두 시간이나 앞당겨 병원을 나온 길이다.

"지압하는 걸 따로 배웠던가?"

정암은 손을 꼼꼼하게 만지고 있는 규원에게 한결 편해진 얼굴로 물었다.

"누구에게 배운 건 아니고요, 한의학 공부하면서 배운 지식으로 혼자 해보는 겁니다. 그러니까 제가 하는 게 온통 사이비일 수도 있습니다, 할아버지."

그러면서 규원이 싱긋 웃었다. 얌전한 샌님인 줄만 알았더니 제법 농담도 한다. 게다가 '선생님'이나 '어르신'이 아닌 할아버지란 호칭이 정암의 마음을 흡족하게 했다.

"시원하네. 한결 나아졌어."

정말 답답하던 가슴이 거짓말처럼 편안해졌다. 특별히 약을 처방하지도 않고 체기를 말끔히 가시게 하는 재주를 가졌으니 이 순간만큼은 가히 명의라 불러도 틀린 말이 아닐 터이다.

"편해지셨다 해도 한동안은 조심하셔야 합니다."

"알았네. 한데 내 이번 일을 무엇으로 보답해야 할지 모르겠네."

정암은 진심으로 고마움을 표하고 싶었다. 그날 새벽의 일을 생각하면 지금도 가슴이 철렁 내려앉을 지경이니. '이렇게 해서 죽는구나. 송아를 어쩌나?' 하는 생각이 들었던 새벽이었다.

"보답은 필요 없고……."

목례를 하고 나가려던 규원이 다시 엉덩이를 붙이고 앉았다.

"가끔 수선제에 와서 공부 좀 할 수 있게 해주시면 됩니다."

"수선제에 와서 공부를?"

"예, 한의학을 공부하다 보니 제가 한자에 대한 지식이 부족하다는 걸 늘 느낍니다. 여긴 서책도 많고 또 할아버님이 계시니 여쭙기도 쉬울 것 같아서요."

사뭇 진지한 걸 보니 진심인 모양이다. 그러나 누군가를 가르친다는 것에 대해서는 회의가 많은 정암이다. 제 마음조차 온전히 다듬지 못하는 사람이 어찌 남을 가르칠까?

정암의 마음을 읽은 듯 규원은 더욱 간절한 얼굴로 부탁했다.

"부탁드립니다. 불편하게 하지 않겠습니다."

진지한 눈빛과 공손한 말이 정암의 마음을 흔들었다. 이 청년이 가끔 찾아와 주는 것도 좋을 것 같았다. 사실 송아와 둘이서만 지내는 수선제는 너무도 적막하다.

"그럼…… 가끔 와서 책이나 읽도록 하게."

그렇게 느닷없이 부탁을 한 것이 정말 한학을 공부하고 싶어서였는지, 수선제에 대한 흥미 때문인지, 아니면 채송아라는 여자에 대한 야릇한 호기심 때문이었는지는 스스로도 알 수 없었다.

드디어 주말 오후, 느긋한 마음으로 수선제에 들렀는데 송아가 없었다. 서책방에서 한 시간이나 책을 뒤적이다 나왔지만 그녀는 여전히 보이지 않았다. 규원은 천천히 걸음을 옮기며 지난번 송아가 안내해 준 순서대로 집을 살폈다.

수선제는 넓다기보다 깊다는 느낌이 드는 집이다. 고요하고 깊은 정암 선생의 느낌과 따뜻하고 소박한 채송아의 느낌이 고스란히 배어 있는.

"할아버지, 저 왔어요!"

사랑채 마당에서 송아의 씩씩한 음성이 들려왔다. 규원은 구경을 멈추고 얼른 중문 밖으로 걸어 나왔다.

"아저씨가 매운탕 만들어줬어요. 하여간 손이 어찌나 큰지 내일 아침까지 먹어도 남겠어요. 잠깐만 기다리세요. 제가 얼른……."

커다란 냄비를 들고 종알거리던 송아가 중문을 나오는 규원을 발견하고는 눈이 동그래졌다.

"어쩐 일이세요?"

"잠깐 집 구경 했어요. 아, 그러니까……."

"서책을 보며 한학을 배우고 싶다기에 내가 불렀다. 치료비 대신이다."

뒷짐을 진 채 툭 내뱉는 정암의 말에 송아의 눈이 더욱 동그래졌다.

"치료비요?"

송아의 동그란 눈이 얼굴을 스륵 훑으며 '치료비를 줘야 했던 거예요?' 라고 묻는 것 같다. 그러나 살짝 스치던 비난은 이내 사라지고 다시 친절하고 따듯한 눈의 채송아로 돌아왔다.

"그렇잖아도 감사 인사 드리려고 했는데 잘됐네요. 그날은 규원 씨 아니었으면 정말 큰일 날 뻔했어요. 고마워요."

"송아 씨, 그게 아니라……."

"아, 매운탕 좋아하세요? 끓일 건데 드시고 가세요."

그리고는 대답도 듣지 않고 부엌으로 들어가 버렸다. 졸지에 이상한 사람이 되어버렸다. 변명은 해야겠다 싶어 규원은 얼른 부엌으로 따라 들어갔다.

"송아 씨."

“네?”

“할아버지께 한학을 배우겠다는 거요, 치료비 대신이 아니라…….”

난감한 얼굴로 설명하는 규원의 모습이 재밌다는 듯 송아가 킥킥 웃었다.

“알아요. 그런 마음 아니시라는 거. 할아버지께서 장난치시는 거예요.”

“장난요?”

“네, 우리 할아버지가 얼마나 장난꾸러기신지 모르죠? 지금도 아마 규원 씰 놀렸다 생각하시고 혼자 재밌어하고 계실 걸요?”

규원은 얼른 정원을 내다보았다. 할아버지의 모습이 보이지 않았다. 규원은 고개를 돌려 다시 송아를 바라보았다. 부지런히 움직이는 손길이 경쾌하다. 고요한 수선제가 실은 마냥 고요하지만은 않을지도 모른다는 생각이 들었다. 그러나 밖에서 보면 한없이 정제된 공간, 이 정제된 공간을 들여다보고 싶은 호기심이 인다.

“정말 저녁 얻어먹고 가도 돼요?”

“그럼요. 그렇잖아도 매운탕이 너무 많아서 걱정하던 중이었어요. 대신 다른 반찬은 아무것도 없어요.”

송아는 생긋 웃으며 돌아섰다.

수선제는 예고 없는 손님이 잦다. 그래서 느닷없이 식사를 준

비해야 하는 경우도 많다. 규원에게 선뜻 그런 소리가 나온 것도 그 때문이다. 어릴 적부터 늘 그렇게 살아왔기 때문에 송아에게는 조금도 이상한 일이 아니었다. 손님을 그냥 보내는 것은 예의가 아니니까.

너무도 스스럼없는 송아의 모습에 규원도 한결 마음이 편해졌다.

"제가 뭐 도와줄 거 없어요?"

"아뇨. 간단하게 할 건데……."

방해하지 말고 조용히 나가 있으라는 눈빛이다. 단호한 눈빛에 한 발 물러났던 규원은 냉장고에서 꺼내어지는 오이를 발견하고 재빨리 팔을 걷고 다가갔다. 그리고 송아의 손에서 오이를 빼앗았다.

"오이무침은 제 전공이에요."

"앗! 안 돼요."

규원은 다가오는 송아의 손을 떨치고 오이를 높이 들었다.

"이래 봬도 제가 살림 경력 3년이에요. 한번 맡겨봐요."

좁은 부엌에 함께 있는 건 아무래도 불편할 것 같아 나가라는 건데 규원은 송아의 그런 난감함을 즐기는 듯한 표정으로 내려다보았다. 자신만만해 보이는 걸 보니 정말 살림을 해본 남잔가 보다. 살림 경력 3년인 남자가 해주는 오이무침 한번 먹어볼까? 송아는 가벼운 미소로 허락의 뜻을 비쳤다.

불편할 거라 여겼던 규원이 의외로 편했다. 함께 반찬을 만들

고, 맛을 보고, 상을 차리고 하는 내내 송아는 신이 났다. 마치
오랜 기간 함께해 온 사람처럼 손발이 척척 맞는 것은 물론 두
사람의 입맛까지 닮았던 것이다. 그날의 매운탕은 지금껏 먹은
것 중 단연 으뜸이었다.

#03

규원은 수선제로 들어가는 골목 앞에서 길을 막듯 자전거로 송아의 주위를 빙글 돌며 장난을 쳤다. 상계리 정류소에서 우연히 만나 함께 걸어오는 길이다. 송아는 자전거를 따라 몸을 돌리며 방금 들은 말을 되물었다.

"그러니까, 규원 씨가 정말 가출을 했었다 이거죠?"

이렇게 순하고 모범생같이 생긴 사람이 가출이라니 어울리지 않는다.

"네, 근데 이틀 돌아다니고 나니까 갈 곳이 없더라고요. 그래서 결국 은현리에 왔었죠. 그 겨울 내내 도담호를 거닐며 많은 위로를 받았었어요."

가출을 하고 내내 도담호를 거닐며 위로를 받을 만큼 규원을 힘들게 했던 것이 무엇인지 궁금했다. 그러나 송아의 궁금증 가득한 얼굴을 빤히 보면서도 규원은 끝내 아무 얘기도 해주지 않았다. 그저 빙긋 웃을 뿐이다.

"규원 씨 고2 때였으면 전 중2 때였네요."

그때 자신은 뭘 했을까 잠깐 생각하던 송아의 얼굴이 문득 어두워졌다.

"나 그때 무지무지 슬플 때였는데……."

그래서 내내 도담호를 바라보며 위안을 얻고 있었다. 어쩌면 그때 규원이 그녀 곁을 스쳐 갔을지도 모르겠다. 그러나 그때는 제 슬픔에 겨워 스쳐 지나는 사람을 돌아볼 마음의 여유가 없었다.

"뭐가 그렇게 슬펐어요?"

잠깐 생각하던 송아의 얼굴에 웃음이 번졌다.

"그냥, 사춘기 소녀에게 덮친 인생의 고뇌 같은 거죠."

그리고는 깔깔깔 웃음을 터뜨렸다. 빙글빙글 돌던 규원의 자전거가 휘청했다. 넘어지려는 자전거를 한쪽 발로 유지한 채 그는 이마를 잔뜩 찌푸리고 송아를 바라보았다. 무엇이 불편한 건지 아니면 부신 햇살 탓인지…….

"왜 그래요?"

규원이 현기증이 난 건지도 모른다는 생각에 송아가 저도 모르게 그에게로 손을 뻗었다. 규원의 옷자락을 잡으려는 순간 벼

락같은 고함 소리가 들려왔다.

"송아야!"

길가에 차를 세운 태식이 차창 밖으로 목을 길게 빼낸 채 이쪽을 바라보고 있었다.

"아저씨!"

"여서 뭐 하노?"

말은 송아에게 건네면서 태식의 눈은 규원을 노려보고 있었다. 차에서 내린 그가 어슬렁어슬렁 걸어와 규원의 자전거를 스륵 훑어보았다.

"누고?"

역시나 눈은 규원에게 두고 질문은 송아에게 했다. 바라보는 눈길이 너무도 험악해서 규원은 의아한 생각이 들었다. 한 발만 더 다가서면 주먹이라도 날아들 기세다. 송아도 그 낌새를 느꼈는지 얼른 태식의 팔을 붙들며 규원을 소개했다.

"이규원 씨라고, 최 선생님 조카 분이에요."

"은현리 교장 선생님?"

송아에게 치근대는 놈인 줄 알았는데 아니라니 다행이지만 그래도 영 미심쩍다. 태식은 여전히 게슴츠레한 눈으로 규원을 살폈다. 잔뜩 차려입은 운동복 하며 빨간 자전거까지 눈에 거슬리는 녀석이다.

송아가 이번에는 규원을 돌아보며 말했다.

"끝내주는 매운탕."

“아……!”

송아의 말에 규원이 짧은 감탄사와 함께 고개를 끄덕끄덕 했다.

끝내주는 매운탕?

의아한 태식의 얼굴을 건너다보던 송아가 다시 말했다.

“토요일 날 만들어주신 그 매운탕, 규원 씨랑 같이 먹었거든요.”

수선제에서 같이 저녁을 먹었단 얘기다. 정말 정성을 다해 만들어준 매운탕이었는데 엉뚱한 녀석의 입으로 들어가 버린 모양이다. 서운한 기색이 역력한 얼굴로 다시 규원을 스륵 살피던 태식이 들고 있던 비닐봉투를 내밀었다.

“뭐예요?”

“요구르트. 어르신 드리라.”

그리고 다시 한 번 규원을 스륵 살피더니 차에 올라탔다.

“아저씨!”

그러나 차는 순식간에 저만치 달려가 버렸다. 뭐가 저렇게 급하신가 싶다. 무안해진 송아는 규원을 바라보며 어깨를 으쓱했다.

“아저씨가 원래 성질이 좀 급해요.”

규원은 방금 보았던 차가 강나루 횟집으로 올라가는 것을 바라보았다.

느닷없이 나타나 공격적인 눈으로 자신을 노려보던 남자가 송아에게 요구르트가 든 봉투를 쥐어주고는 화가 잔뜩 난 사람처럼 떠나 버렸다. 그리고 그 남자가 올라가는 곳이 바로 비 오던 날 송아와 함께 자갈밭에서 사랑싸움(?)을 하던 남자가 올라가던 그 강나루 횟집이었다. 지금껏 그날의 풍경을 잊고 있었다. 규원은 잘못을 들켜 버린 아이처럼 당황한 눈으로 송아를 바라보았다.

"뭐 기분 안 좋은 일 있나?"

여전히 강나루 횟집을 바라보며 송아는 걱정스러운 표정을 지었다. 요구르트가 든 봉투를 건네고 돌아서던 태식의 표정이 왠지 화가 난 듯 보였다.

망설이던 규원은 용기를 내어 물었다.

"혹시 저분과 의논해야 할 일 있어요?"

"아뇨, 없는데요."

송아의 대답이 너무나 간결하고 무심해서 의아한 생각이 들었지만 규원은 다시 물었다. 이번에는 직접적인 물음이다.

"혹시…… 결혼하고 싶은 거예요?"

"네?"

"그러니까 저분이랑……."

정말 더위를 먹었나? 별 이상한 소리를 다 하네?

고개를 갸웃하며 빤히 쳐다보는 송아의 눈을 피해 자전거를 만지작거리던 규원이 한참 만에 다시 입을 열었다.

"비 오던 날, 두 사람이 자갈밭에 함께 있는 걸 봤어요. 그리고 찻길에서 나누던 얘기도⋯⋯.”

송아에게서 웃음이 터져 나온 것은 그 순간이었다. 배를 잡고 깔깔깔 웃던 송아는 아예 주저앉아 버렸다.

“어떻게⋯⋯ 어떻게⋯⋯ 하하하하! 아, 너무 웃겨.”

“아니에요?”

“아니에요. 하하하하! 어떻게 아저씨랑 내가 결혼을 해요?”

그제야 규원의 얼굴에 안도의 기운이 감돌았다. 묻는 목소리마저 활기찼다.

“친척 분이세요?”

“아뇨, 그냥 아저씨요.”

‘그냥 아저씨’ 가 어떤 관계를 말하는 건진 모르겠지만 어쨌든 그날의 모습이 사실이 아니라는 것에 규원은 안도의 한숨부터 내쉬었다.

“난 또. 그 사람은 싫다는데 송아 씨가 결혼하자고 매달리는 줄 알았어요.”

안도한 얼굴로 건네는 말에 송아가 다시 뒤집어질 듯 깔깔거렸다. 여름 햇살은 좀처럼 수그러들 줄 모르고 송아의 웃음은 규원의 가슴에서 열기로 피어났다. 자전거가 휘청거리고 더위를 먹은 듯 얼굴빛이 바래진 것은 송아의 저 웃음이 아찔해서였던가 보다.

〈애인은 만들었어?〉

전화를 받자마자 다짜고짜 승원이 묻는 말이다.

"여기 온 지 두 달도 채 안 됐어. 그새에 무슨……."

〈두 달이면 셋은 만들었겠다. 쳇!〉

"내가 넌 줄 알아?"

〈하긴, 석고 심장 이규원에겐 무리겠지?〉

그리고는 키득키득 웃는다. 정말 재미있는 건지 놀리는 건지 도무지 알 수가 없었다. 규원은 들리지 않게 한숨을 내쉬고는 매번 하던 말을 다시 되뇌었다. 식사 거르지 말고, 운동도 거르지 말고, 밤 새워 그림 그리는 일도 없도록 하고, 또…….

승원이 듣기 싫다는 듯 말을 끊었다.

〈요즘은 그림 안 그려. 창고에서 노는 게 너무 재밌어서.〉

"오늘도 창고 뒤졌어?"

〈엄마가 원래 꼼꼼한 건 알았지만 그 정도일 줄은 몰랐어. 우리 유치원 다닐 때 써준 쪽지 편지까지 다 모아놨더라고.〉

어머니는 모든 것을 소중히 여기는 사람이었다. 규원이 유치원을 오가며 꺾어다 주는 작은 풀꽃조차 함부로 버리지 못해 책 속에 넣어 말리던 따뜻한 감성을 지닌 사람이었다.

"그거 하나도 버리지 말고 잘 놔둬. 다음에 올라가면 나도 보고 싶으니까."

〈알았어.〉

전화를 끊고 다시 잠자리에 누웠지만 잠이 오지 않았다. 넘어갈 듯 까르르 웃던 송아의 모습이 머릿속에서 맴돌았다. 규원의 입에서 저도 모르게 웃음이 새어 나왔다. 누군가를 떠올리며 행복해지는 기분, 설레는 느낌. 정말 오랜만이었다.

규원은 상계리 정류장에서 송아를 기다렸다. 오늘은 송아의 퇴근 시간에 맞추려고 마지막 환자의 진료마저 팽개치고 도망 나온 길이었다. 웃음이 났다. 승원에게나 어울릴 법한 행동을 자신이 하고 있다는 것이 신기해서다. 승원을 기쁘게 하고, 슬프게 하고, 흔들리게 하던 감정들이 드디어 자신에게도 침범한 듯했다. 설레고 행복한 느낌이다.

"하긴, 석고 심장 이규원에겐 무리겠지?"

규원은 그 무리한 일이 지금 제 가슴에서 벌어지고 있다는 것을 깨달았다.

송아는 마치 약속이나 한 사람처럼 상계리 정류장에서 내렸다. 역시나 약속이나 한 것처럼 적하운도와 이규원이 그녀를 기다리고 있었다. 호숫가를 걸으며 송아는 규원의 입가에 지어진 미소를 훔쳐보았다. 그가 웃을 때면 얼굴 가득 덮고 있는 진지함을 한 번에 거두어가 버리는 짓궂음이 스며 나왔다.

가슴이 또 콩닥거렸다. 자전거를 타고 빙글빙글 돌며 장난을 칠 때도 그러더니. 당황한 송아는 얼른 그에게서 눈을 떼고 말을 걸었다.

"이곳엔 직장 때문에 오신 거예요?"

"아니…… 네, 뭐, 일단은 그렇죠."

대답이 이상하다.

"실은 동생한테 쫓겨났어요. 외삼촌도 내려오라고 성화시고."

그리고 그는 쿡쿡 웃었다. 도대체 무슨 소린지.

호수에서 바람이 불어왔다. 규원은 그 바람에 살랑 날리는 송아의 머리칼을 훔쳐보았다. 그 작은 풍경에도 마음이 설렌다. 승원이 들으면 웃겠지만.

"송아 씬 태어나서 쭉 이곳에서만 살았어요?"

"아뇨. 대학은 서울에서 다녔어요."

학교를 마치고 국립박물관에 자리가 생겼지만 과감히 포기하고 이곳으로 내려왔다. 모두들 이해할 수 없다는 반응이었지만 송아로서는 어쩔 수 없는 선택이었다. 할아버지와 수선제를 외면할 수 없었기 때문이다. 그토록 떨쳐 내어 버리고 싶었던 수선제가 언제부턴가 늙어가는 할아버지처럼 애틋하게 느껴지기 시작했다.

"그 4년 빼곤 내내 이곳에서 살았어요. 앞으로도 아마 쭉 그럴 거예요."

규원은 그 말에 응원을 보내듯 고개를 끄덕였다. 그러자 송아가 조금 의아한 얼굴로 물었다.

"규원 씬 제 말에 동의하시나 봐요? 제가 정말 수선제에서 평생 살 수 있다고 생각하세요?"

“그럼 아닌가요?”

“대부분 그렇게 생각 안 해요. 저는 언젠가는 결혼을 하게 될 거고, 그렇게 되면 결국은 수선제를 떠날 거라고 생각해요. 여자인 제가 물려받아 보존하기 힘들 거라고요.”

“그런 게 어디 있어요? 송아 씨만큼 수선제를 잘 아는 사람도 드물 거고 그만큼 아끼는 사람도 없을 것 같은데요?”

“그렇죠? 그런 건 돈과 능력으로만 보존되는 게 아닌 거죠? 수선제에 대해 가장 잘 알고 또 애정이 있는 사람이 지켜야 한다니까요!”

송아는 마치 대단한 응원군이라도 얻은 듯 흥분해서 말했다. 할아버지께서 돌아가시고 나면 수선제는 당연히 문중으로 넘겨야 한다고 생각하는 어르신들을 대할 때마다 송아는 언제나 화가 났다. 송아가 단지 딸이라는 이유만으로 권리와 책임에서 배제시키는 것은 정말 납득하기 어려웠다. 누구보다 수선제를 잘 보존하고 사랑해 줄 자신이 있는데 할아버지 정암 선생마저 그것을 원치 않고 있었다. 그런데 규원은 조금의 의구심도 없이 송아에게 수선제의 주인이 될 자격이 있다고 말해주었다.

“진심으로 절 이해해 주는, 음, 친구를 만난 것 같아 기분이 좋은데요?”

송아는 잠깐 망설인 끝에 ‘친구’란 단어를 끼워 넣었다. 그 말이 가장 무난하고 적절할 것 같아서였다.

✳

"똥 마려운 강생이처럼 와 자꾸 들락날락거리노? 정신 사납구만."

양산댁의 말대로 태식은 며칠 전부터 이 시간만 되면 밖을 내다보며 들락거리느라 일손을 놓고 있었다.

호수에 산그늘이 조금씩 내리고 있었다. 저 그늘이 호수를 반쯤 덮어오면 송아가 퇴근하는 시간이다. 다시 내다보니 호수를 따라 걸어오고 있는 송아와 자전거가 보였다. 태식은 재수 없는 빨간 자전거를 노려보았다. 저 자전거는 도대체 뭐 하는 녀석이기에 송아가 퇴근하는 시간에 딱딱 맞춰 나타나는 걸까?

수선제 골목에서 자전거가 송아의 주위를 빙글빙글 돌고 있었다. 그 모습이 흡사 길 가는 아가씨에게 치근대는 불량배를 연상케 했다. 자전거를 따라 몸을 돌리던 송아가 갑자기 허리를 꺾는 모습이 보였다. 까르륵 웃는 소리가 태식의 귀에까지 들리는 듯하다.

은현리 최 선생님이야 믿을 만한 분이지만 조카라는 저 자전거는 아직 믿을 수가 없었다. 만날 자전거나 타고 돌아다니는 걸 보면 백수건달일지도 모르고 여자 다루는 데는 선수 같은 녀석인지도 모른다. 송아가 누군가와 저렇게 많은 말을 하는 걸 본 적이 없는데, 하루가 멀다 하고 만나 얘기를 나누는 걸 보면.

한바탕 손님을 치르고 난 저녁, 송아가 왔다. 저녁 설거지라도 도와주러 온 모양이다.

"송아 니 오랜마이다."

태식의 음성이 왠지 퉁명스럽다. 그러고 보니 바라보는 눈도 곱지 않다. 수저통을 정리하며 송아가 물었다.

"아저씨, 저한테 뭐 섭섭한 거 있어요?"

"아이다! 내가 니한테 섭섭할 기 뭐 있다고."

정색을 하면서도 눈은 여전히 마주쳐 주지 않았다. 우울해 보이기도 했다.

아무래도 이상해.

송아는 폴짝 뛰듯 다가가 의자를 당겨 앉았다. 그리고 턱을 고이고 태식을 빤히 바라보았다. 15년 가까이 보아온 사이이니 눈빛만 보아도 마음이 가늠될 지경이다. 슬쩍 돌려지는 태식의 얼굴에 서운한 빛이 역력했다.

"내가 자주 안 와서 그러나? 아님 겁나게 바빴어요? 아! 아저씨 요즘 손님이 뜸해서 심심했구나? 노래 한 곡 불러줘요?"

송아가 수저를 마이크 삼아 한 곡조 뽑으려는 시늉을 하자 태식이 기겁하는 얼굴로 손사래를 쳤다.

"됐다, 인마야! 저녁 묵은 거 소화도 덜 됐구만."

그리고 도망치듯 밖으로 나가는 모습을 보며 송아는 깔깔 웃었다. 강나루 횟집의 두 모자가 가장 무서워하는 것은 바로 채송아의 노래였다.

송아는 할머니께 인사를 드리고 밖으로 나왔다. 태식은 마당

끝 언덕에서 담배를 피우고 있었다. 살짝 다가간 송아가 옆구리를 쿡 찌르며 진지하게 물었다.

"정말 뭐예요?"

무엇이 태식을 우울하게 하는지…….

담배를 비벼 끈 그는 진지한 얼굴로 송아를 바라보았다. 마냥 어린 줄만 알았는데 어느새 스물여섯. 양산댁의 말처럼 정말 시집을 가고도 남을 나이다. 그래도 태식에게는 자꾸만 어리게 느껴지는 송아였다. 그래서 항상 걱정이 되고 불안했다. 그는 밤처럼 어두운 눈을 가까이 가져가 진지하게 말했다.

"남자는 다 늑대다."

"네?"

"조심하라고. 보이는 기 다는 아니니까 잘 알아보고……."

뜬금없이 무슨 소린지…….

까맣게 반짝이는 눈이 다가오자 태식은 다시 고개를 돌려 버렸다.

그날 저녁, 규원은 외숙모의 심부름이라며 곰국과 밑반찬들을 들고 수선제로 찾아왔다. 안팎으로 신경 써주는 찬엽 부부에게 고마우면서도 미안했다.

"이러지 않으셔도 되는데……."

말은 그렇게 하면서도 반찬통 뚜껑을 하나하나 열어 맛을 보고 행복해하는 송아의 모습이 귀엽다. 좀 기분 나쁘긴 하지만 강나루 횟집의 손태식이 송아 곁에 있어 다행이고, 외삼촌 찬엽이 가까이 있어 다행이라는 생각이 들었다. 늘 이런 식으로 송아를 돌봐주었을 테니까.

규원은 온 김에 책을 한 권 빌려가겠다며 서책방으로 향했고, 송아는 그 뒤를 쫄랑쫄랑 따라갔다. 규원은 조용한 눈으로 서책을 살폈다. 열린 문으로 바람이 스며들고 벌레 소리가 들렸다.

찌르르…….

그 소리에 반응하듯 규원의 입가에 미소가 지어졌다. 순간, 송아의 눈에 오래전 기억에서 사라진 아버지의 형상이 비쳤다. 기억 속에 가물가물한 아버지도 저렇게 큰 키를 비스듬히 기울이고 책을 펼치고 있었던 것 같다. 마치 세상 행복이 다 그 속에 들어 있는 것처럼 미소를 머금고.

"이걸로 할게요. 주말에 가져오면 되죠?"

규원이 책을 뽑아 돌아서자 송아가 무엇에 놀란 듯 움찔 물러났다.

"그, 그러세요. 대신 깨끗하게 보셔야 해요. 이 서책방의 책들, 저한테 관리받고 있다는 거 알죠?"

"물론이죠. 아주 깨끗하게 보고 고이 모셔오겠습니다."

빙긋 웃으며 서책방을 나가는 규원의 모습이 왜 이렇게 아쉬운지 알 수 없었다. 자전거에 다리를 걸친 채 그만 들어가라며 재촉하는 그의 모습이 왜 이렇게 서운한지도 알 수 없었다.

"조심해서 가세요."

"송아 씨도 문단속 잘하고 잘 자요."

자전거를 타고 송아의 주위를 두어 바퀴 빙글 돌던 규원이 엉덩이를 살짝 들더니 페달을 힘차게 밟으며 어둠 속으로 사라졌다. 송아는 오래도록 어둠을 응시하다가 돌아섰다. 아무리 봐도 저 남자는 늑대 같지가 않다.

"채송아, 요즘 연애해?"

퇴근 준비를 마치고 거울을 들여다보고 있는 송아를 보며 이진규가 물었다.

"화장도 진해지고 옷도 그렇고?"

약간의 걱정과 호기심이 깃든 이진규의 눈을 보며 송아는 고개를 갸웃했다. 이상하다. 어제 태식의 행동도 그렇고 오늘은 이진규까지.

이 아저씨들이 뭘 보고 이러실까?

송아는 거울에 비친 제 모습을 보았다. 화장은 햇볕이 워낙 따가우니 평소보다 신경을 쓰는 거고, 그 외에는 평소와 다를 게 없는데? 또 장난인가 보다 싶어 송아는 피식 웃음을 흘렸다.

"연애할 남자라도 있었으면 좋겠네요."

"그 말 정말이지? 내가 당장 자리 만든다?"

"사양합니다. 전 인위적으로 만드는 그런 자리 정말 싫어요."

"많은 사람들이 그런 식으로 만나 연인으로 맺어져."

"어쨌든 전 싫어요."

“그럼 운명적인 만남, 뭐 그런 걸 원하는 거야?”

“글쎄요?”

거울을 다시 한 번 들여다보고 송아는 일어났다.

“저 먼저 갑니다!”

“그래…….”

인사도 다 건네기 전 송아는 이미 사라지고 없었다. 마감을 눈앞에 두고 칼같이 퇴근할 채송아가 아닌데 아무래도 수상쩍었다. 창밖을 내다보니 송아는 어느새 문화원 마당을 벗어나고 있었다.

가슴이 두근거리기 시작한 것은 버스가 시내를 벗어나면서부터였다. 평소와 다를 바 없이 달리는 버스가 느리게 느껴졌고, 자꾸만 창밖을 내다보았다. 상계리가 가까워지자 드디어 불안이 밀려왔다. 버스가 천천히 멈추자 차창 밖으로 규원의 자전거가 보였다.

따가운 여름 햇살 아래 오롯이 서 있는 적하운도, 그리고 이규원.

순간 송아는 자신을 안절부절못하도록 하는 이 불안이 규원을 향한 두근거림이라는 것을 어렴풋이 깨달았다. 우르르 내리는 학생들 사이로 규원의 얼굴이 스쳤다. 그는 내리는 학생들 사이에서 송아를 찾고 있는 듯했다. 얼굴이 화끈 달아오른 송아는 얼른 덩치가 커다란 남학생 뒤로 몸을 숨겼다. 이렇게 느닷없이 붉어져 버린 얼굴로, 두근거리는 마음으로 그를 볼 수는 없었다.

문이 닫히고 버스는 다시 출발했다.

할아버지 잠자리를 봐드리고 나오던 송아는 환한 달빛을 따라 마당으로 내려섰다. 우르르 내리는 학생들 사이로 스치던 적하운도와 규원의 얼굴이 떠오르자 저도 모르게 한숨이 새어 나왔다. 규원을 피해 버린 그 순간의 감정이 다시 생각해도 당황스러웠다.

뭐야, 채송아?

찬엽의 조카니까 남 같지 않아 스스럼없이 대했다. 도담호에 대한 남다른 시각이 반가워 친근감을 느꼈다. 난생처음 자신의 마음을 알아주는, 감성이 맞는 친구를 발견한 듯 반가운 마음도 있었다.

그러나 다음날도 송아는 버스에서 내리지 못했다. 도저히 내릴 용기가 나지 않았다. 아무렇지도 않은 듯 그를 보며 웃고 애기를 나누기엔 그를 향한 두근거림이 너무도 뚜렷했다.

별스럽다. 얼마나 보았다고. 마음에 들지 않는다, 이런 감정. 쯧.

송아는 어이없는 제 감정에 혀를 찼다.

밤새 개구리 소리 때문에 잠을 잘 수 없었다고, 피곤해 죽겠다고, 마감 원고를 이틀째 끌어안고 송아는 투덜거렸다.

"연애하냐니까?"

"선생님!"

발끈하며 노려보지만 왠지 반박할 자신이 없었다. 그러나 그렇다고 인정하기도 우스운, 스물여섯이란 나이에 처음으로 겪어보는 이상야릇한 감정. 이것이 무언지 선뜻 정의가 내려지지 않았다.

짝사랑일까?

"입맛이 없어요."

토요일, 태식이 안쳐 놓은 커다란 매운탕 냄비를 들여다보며 송아가 중얼거렸다. 아무리 봐도 할아버지와 둘이 먹기엔 너무 많았다.

"입맛이 와 없노? 몸살 난 거 아이가?"

태식이 걱정스러운 눈으로 바라보았다. 송아는 냄비 속 매운탕을 들여다보며 중얼거렸다.

"너무 많은 것 같아요."

"똑같은 양인데?"

그러게? 평소 가져가던 냄비랑 크기도 같고 양도 똑같은데 오늘따라 매운탕이 너무 많아 보인다.

집으로 돌아오니 규원은 여전히 오지 않았다. 상계리 정류장에 세워진 자전거를 보고도 사흘이나 내리지 않았다. 그리고 맞이한 토요일. 당연히 올 줄 알았던 규원이 나타나지 않으니 은근히 신경이 쓰였다. 대문 앞에서 서성이다가 들어오니 할아버지가 정원의 나무에 물을 주며 말씀하셨다.

"동생에게 간다더구나. 규원 군 말이다."

"아……."

고개를 끄덕이며 들어와 가스레인지 불을 켜는데 괜히 서운한 마음이 들었다. 그래서 할아버지께 하고 싶은 말인지 규원에게 하고 싶은 말인지 모를 말을 투덜거렸다.

"미리 좀 말해주면 안 되나?"

그랬으면 이렇게 배고프게 늦게까지 기다리지 않았을 텐데. 그러나 그런 얘기를 할 기회조차 주지 않은 사람은 자신이라는 걸 안다. 이번 주 내내 그를 피했으니까.

담장 아래 구석구석 풀을 뽑고, 하지 않아도 될 뒤채 청소까지 했는데도 해는 산자락에 걸려 떨어질 줄을 모른다. 시간이 참 더디게 가는 주말이다.

규원은 상계리 정류장에서 송아를 기다리고 있었다. 30분마다 한 대씩 지나가는 버스가 벌써 세 대째다. 송아는 오늘도 나타나지 않았다. 시계 바늘이 일곱 시를 가리키는 것을 보며 그는 자전거 페달을 밟았다.

송아는 일주일째 그를 피하고 있었다. 처음에는 그저 바쁘려니 했지만 시간이 지날수록 점점 송아가 자신을 피하고 있다는 생각이 들기 시작했다.

무엇이 불편해져 버린 건지…….

호숫길을 함께 걸으며 그녀를 훔쳐보고, 마음이 설레고, 수선제 앞에서 쉬이 발길을 돌릴 수 없어 서성이고…….

난생처음 경험하는 그런 감정들이 쑥스럽고 낯설어 내내 망설이는 마음이 있었다. 지난 일요일, 승원을 만나고 한층 홀가분해진 기분으로 은현리로 내려오며 규원은 생각했다. 보고 싶으면 달려가자고. 이런 감정은 쉽게 찾아오는 것이 아닐 테니까.

언덕을 올라서자 강바람이 시원하게 불어왔다. 저 멀리 하늘에 닿을 듯 끝이 보이지 않는 호수에 어느새 산그늘이 지고 있었다. 규원은 더욱 세차게 페달을 밟았다. 좌르르……. 바퀴 소리가 경쾌하게 들린다.

빵빵!

따라오던 버스에서 경적 소리가 들리자 그는 자전거를 갓길로 바짝 붙였다.

빵빵!

더 피할 곳도 없는데 버스가 다시 경적을 울렸다. 그다지 좁은 길도 아닌데 웬 요란일까? 다시 자전거에 속력을 내려는 순간 뒤따르던 버스가 굉음을 울리며 스쳐 지나가더니 규원의 앞에서 끼이익 멈춰 섰다. 그리고 버스 문이 열리면서 내리는 여자는 채송아다.

송아는 불안하고 우울하고 무료한 주말을 보내고 다시 사무실로 나와 하루 종일 생각했다.

오늘도 규원이 기다리고 있을까? 그렇다면 오늘은 도망치지 말아야지. 잠시 스치는 바람일 거다. 그 바람에 잠깐 쉬어가는 것도 괜찮겠지. 그동안 너무 심각하고 무료하게 살긴 했어. 일단 부딪쳐 보는 거다. 그러면 이 두근거림의 실체가 무언지 알 수 있을 테니까.

그런데 보현리 김도순 할머니를 찾아가 '논매기놀이'를 녹취하고 정리하느라 퇴근 시간이 너무 늦어버렸다. 오늘 먹은 마음이 내일 다시 변덕을 부리지 않기를 빌며 창밖을 보고 있었는데 저만치 앞에서 달리는 자전거가 보였다. 이미 어스름이 내리는 시각이었다. 설마 이 시각까지 기다린 건 아니겠지 생각하면서도 규원의 미련한 마음이 느껴져 저도 모르게 울컥해졌다.

송아는 얼른 운전기사에게 다가가 저 자전거를 좀 따라잡아 달라고 부탁했다. 힐끗 돌아보던 낯익은 운전기사가 장난스럽게 경적을 울리며 애를 달구더니 단숨에 자전거를 스쳐 지나 송아를 내려주고는 떠났다.

버스는 다시 부르릉 소리를 내며 떠나고 산그늘이 진 도로에 송아만 남았다. 할 말이 가득한, 그러나 또한 할 말을 잃어버린 사람처럼 한참을 서 있던 송아가 천천히 다가갔다.

"뭐야? 왜 이제 가요? 이때껏 상계리에서 기다렸던 건 아니죠?"

"맞아요."

"설마?"

"두 시간쯤 기다렸나?"

그리고 그는 싱긋 웃었다. 해는 이미 넘어가고 없는데 송아는 여전히 부신 해를 보는 듯 이마를 잔뜩 찌푸린 채 그를 바라보고 있었다. 약간 화가 난 듯도 하고 속이 상한 듯도 하다.

다가온 규원이 물었다.

"매일 이렇게 늦었던 거예요?"

송아는 대답 대신 같은 말로 되물었다.

"매일 그렇게 기다렸던 거예요?"

규원은 대답 대신 다시 싱긋 웃었다. 특별한 확인도 대답도 필요 없었다. 자신이 기다린 걸 그녀가 알았고, 달리던 버스에서 자신을 발견하고 버스를 세워 내렸다는 것, 지금은 그것만으로도 충분했다.

"수선제로 가는 중이었어요. 일주일이나 못 봐서 병이 날 것 같았거든요."

자전거가 송아의 주위를 빙글 돌았다. 송아는 자전거를 따라 얼굴을 돌리며 물었다.

"뭐예요?"

"뭐긴, 말 그대로 보고 싶었다는 뜻이죠. 지금은, 음, 치근대는 거예요."

진지한 송아의 얼굴에 비해 그는 장난스러웠다.

"친구라고 해놓고선 말도 없이 안 나타나고 말이야. 나빴어요."

"그게……"

빙글빙글 돌던 자전거가 눈앞에서 딱 멈춰 섰다. 그리고 규원이 눈을 가까이 가져오며 물었다.

"은근 미안하죠?"

착하고 순해 보이던 규원의 눈이 어느새 길 가는 여자를 붙들고 치근대는 건달의 눈처럼 호기심과 장난이 가득했다. 이러다간 나팔바지 펄럭이며 나타나 '아가씨, 차나 한잔할까요?' 란 말이 툭 튀어나오지 않을까?

근데 정말 그 소리가 들린다.

"미안하면 차나 한잔 사던가?"

"하하하하!"

어설픈 그의 장난에 송아는 진심으로 웃음이 터져 나왔다. 이렇게 어울리지 않는 장난을 치며 반가워하는 그의 마음을 자신이 어렴풋이 느끼듯 그를 피했던 자신의 마음도 규원이 알고 있다는 생각이 들었다. 그래서 어쩌면 어색해져 버렸을지도 모를 분위기를 이렇게 재미나게 풀어주는 규원이 고마웠다.

수선제에 도착할 때까지 규원은 자전거를 타고 빙글빙글 돌며 송아에게 장난을 쳤다. 전혀 그답지 않게 조금은 성가시다고 느껴지는 장난. 태식이 멀리서 본다면 웬 녀석이 치근대나 하면서 뛰어올지도 모를 그런 행동. 그러나 싫지 않았다. 무더운 여름, 어디선가 불어오는 시원한 바람처럼 나른한 쾌감이 밀려왔다. 설레고 또 조금 행복하기도 했다.

04

“점심엔 된장국 있는 거 데워 드세요. 냉장고에 장조림이랑 시금치나물도 있어요. 속이 편치 않으시면 죽을 데워 드셔도 되고요.”

아침상을 치우고 출근 준비를 하면서도 송아는 종알종알 말이 많았다.

“내가 알아서 챙겨 먹을 테니 걱정 그만하고 얼른 출근해.”

“또 점심 거르시면 저 화내요.”

“글쎄, 알았대도 그러는구나.”

정암 선생이 역정 아닌 역정을 내고서야 송아는 혀를 쏙 내밀고 신발을 찾아 신었다.

“그럼 다녀올게요, 할아버지.”

“오냐.”

팔랑팔랑 정원을 걸어 나가는 송아를 바라보며 정암은 다시 마음이 짠해졌다. 두 눈에 눈물을 그렁그렁 매단 채, 갑자기 사라져 버린 제 어미를 찾아 온 수선제를 헤매고 다니던 어린 송아가 떠올랐다. 차라리 그때 제 어미에게 딸려 보냈으면 이런 짐은 떠맡기지 않아도 되었을까 싶어 후회 아닌 후회도 해본다. 그까짓 핏줄이 무어라고 기어이 욕심을 부렸던 건지.

아침부터 무섭게 내리쬐는 볕을 내다보던 정암은 서안 위에 노트를 펴고 세필을 들었다. 원고를 더 이상 미루어서는 안 될 것 같다는 생각이 들었다. 이번에는 아주 특별한 문집이 될 것이다.

＊

〈함께 퇴근합시다.〉

오후 세 시쯤에 규원이 보내온 문자다. 몇 시에 어디서 만나 어떻게 퇴근하자는 건지……. 다음 문자를 기다렸지만 소식이 없었다. 퇴근 시간을 10분 앞두고 핸드폰을 만지작거리고 있는데 사무실 전화기가 울렸다.

〈손님 태워다 주고 드가는 길이다. 얼른 나온나.〉

태워다 주겠다는 태식의 전화다.

"아직 퇴근 시간 좀 남았는데……."

송아가 시계를 보며 조그맣게 대답하자 건너편에 앉은 이진규가 고개를 들었다.

"퇴근해. 마감도 끝났고 할 일도 없는데, 뭘?"

전화기 너머 태식의 음성도 들린다.

〈문화원 앞에서 쪼매 기다릴게.〉

"아니, 저……."

띠리링~ 다시 문자가 들어왔다. 규원이다.

〈5시 30분 문화원 앞 정류장.〉

송아는 문자를 들여다보며 얼른 말을 이었다.

"아저씨, 저 약속 있어요. 먼저 들어가세요."

송아는 재빠르게 수화기를 내리고 가방을 챙겼다.

누구와의 약속이기에 집까지 모셔다 주겠다는 태식의 제의까지 거절하고 저렇게 정신없이 뛰어나가는지? 궁금증이 가득한 이진규의 눈을 무시하고 송아는 정류장으로 뛰었다. 정류장에서 잠깐 기다리고 서있는데 맞은편 도로에서 누군가 손을 흔드는 것이 보였다.

"송아야! 채송아!"

태식이었다. 조금 아래쪽 횡단보도의 신호등은 초록불로 깜빡이고 있었고, 태식이 얼른 건너오라고 손짓했다. 도담에 나온 김에 그녀를 태워가기 위해 아마 한 시간 이상은 시내를 배회했을 것이고, 문화원 앞에서 퇴근 시간이 임박할 때까지 기다렸다가 전화를 한 것이 분명했다.

송아는 난감한 마음으로 태식을 건너다보았다.

"아저씨……."

혼잣말처럼 중얼거리며 걸음을 막 옮기려는 순간, 누군가 덥석 손목을 잡아당겼다. 머리칼이 촉촉이 젖은 규원이었다.

"미안. 마지막 환자가 말이 좀 많아서요."

때마침 버스가 도착했고, 송아는 건너편의 태식에게 눈인사도 건네지 못한 채 규원의 손에 이끌려 버스에 오르고 말았다.

"뭐 때문에 날마다 성질인지 내가 알 수가 없다."

토요일, 양산댁은 송아를 붙들고 하소연을 했다.

"저 더러븐 성질머리는 저거 아부지를 닮은 기라. 옛날에 태식이 아부지가 그랬다 아이가. 평소에는 천하 없이 좋은 사람이 뭐가 마음대로 안 되면 저래 성질을 부렸다. 사지 멀쩡한 사나가 와 장가가라는 말만 하믄 저래 발광을 하는지 모르겠단 말이다."

이런 얘기를 들을 때면 송아도 양산댁만큼이나 속상하고 답답했다. 태식은 정말 따듯하고 좋은 사람인데 유독 여자에게만은 도무지 관심이 없다는 게 문제다.

"아저씨도 생각이 있겠죠."

"생각은 무신 생각! 지도 답답하니 저래 성질을 부리는 거지."

횟집으로 들어오던 태식이 다시 몸을 휙 돌려 나가는 것이 보였다. 송아가 따라 나가려는데 양산댁이 먼저 붙들었다.

"니 아는 사람 없나?"

"예?"

"도담에 나가면 사람 마이 만날 거 아이가. 몸 튼실하고 마음만 착하면 된다. 보고 괜찮다 싶은 사람 있으면 내한테 귀띔해 줘라. 알았나?"

아저씨가 마음에 드셔야지…….

그러나 송아는 혀끝까지 밀려 나온 그 말을 하지 못했다. 다만 날마다 할머니에게 들볶일 태식이 걱정되었다. 태식은 무언가에 얽매이는 것을 지극히 싫어하는 자유분방한 사람이었다. 그러니 가정을 가진다는 것이 그에겐 쉽지 않은 결정일 것이다. 그러나 평생 혼자 살 생각이 아니라면 더 늦기 전에 결혼을 하는 것이 좋지 않을까? 정말 좋은 사람이 나타나서 태식의 마음을 잡아주었으면 좋겠다.

생각에 잠겨 걷다 보니 어느새 자갈밭이다. 태식은 호수를 바라보며 담배를 피우고 있었다. 송아가 옆에 슬쩍 다가서며 말을 건넸다.

"횟집에 손님 많던데……."

그러나 그는 힐끗 돌아보았을 뿐 말이 없었다.

"아저씨 독신주의자예요?"

“······.”

“혹시 동성애자?”

휙 돌아보는 얼굴이 잡아먹을 듯 험악했다. 송아는 장난스럽게 도망치는 시늉을 하며 저만치 물러가서 다시 물었다.

“그럼 왜 결혼 안 하는 건데요?”

호수는 햇살이 쏟아져 반짝였고, 그것이 너무나 눈부셔 태식은 눈을 제대로 뜰 수 없었다. 그 반짝임 속에 있는 송아가 불편했다.

“응? 왜 안 하는 건데요?”

“모른다, 나도. 그냥 싫다!”

여자가 싫다는 건지 결혼이 싫다는 건지······.

“아저씨, 연애해 본 적 한 번도 없어요? 생각만 해도 행복하고 마음이 찌릿한 그런 사람 없었어요?”

생각만 해도 행복하고 마음이 찌릿한 그런 사람?

태식은 송아의 입가에 지어진 행복한 미소를 보며 그 자전거 녀석을 떠올렸다. 자신을 보고도 못 본 척 그 녀석의 손에 이끌려 버스에 오르던 그날의 모습도.

태식은 다시 걱정이 되었다. 알게 된 지 얼마 되지도 않았는데 벌써 그런 마음이 든다면 큰일이다. 순진해 빠진 송아가 상처 입을지도 모른다.

“니 요새도 자전거하고 같이 댕기나?”

자전거?

"은현리 교장 선생님 조카라는 그 사람 말이다."

아……. 고개를 끄덕이며 송아는 키득 웃었다. 규원과 '자전거' 란 이름이 묘하게 어울렸다.

"요즘은 출퇴근을 거의 같이 해요. 규원 씨 다니는 병원이랑 문화원이 가까워서."

"병원?"

"고려 한방병원요. 거기가 규원 씨 직장이거든."

"하, 한의사가?"

송아가 고개를 끄덕였다. 자전거를 타고 빈둥거리기에 백순 줄 알았더니 그건 아니라니 다행이다. 그래도 아직은 믿을 수 없다. 겉이 번드르르한 사람이 성질머리 더러운 것도 여럿 봤다.

"니는? 니는 그런 사람 있나?"

"……?"

"생각만 해도 행복하고 마음이 찌릿한 그런 사람 말이다."

송아는 쉽게 대답을 못한 채 머뭇거렸다. 그러다 뾰로통한 눈으로 쏘아붙였다.

"뭐야? 내가 먼저 물었는데 대답도 안 하고 빠져나가면 어떡해요!"

"나는 그런 거 없다."

"거짓말! 40년을 살면서 어떻게 그런 게 없어요? 혹시 아저씨, 실연의 상처 때문에 여자를 기피하는 거 아니에요? 아니면 정말 동성애자?"

“까분다.”

“그러니까, 할머니 속 그만 썩이고 선보시라니까요. 제가 한 번 찾아봐요? 음, 일단 아저씨 이상형부터 먼저 말씀해 보세요.”

정말 사람을 소개시켜 주겠다는 듯 송아는 사뭇 진지하다. 호수에 쏟아지는 햇살처럼 반짝반짝. 그래서 오래 바라보고 있을 수가 없었다. 태식은 다시 호수로 눈을 돌렸다. 유난히 덥고 긴 여름이다.

태식과 헤어져 집으로 돌아오던 송아는 수선제 앞에 세워진 적하운도를 발견했다. 멀리서도 그것은 선명하게 보였다.

오늘 못 온다고 했는데?

송아의 입가에 미소가 지어지는가 싶더니 걸음이 빨라졌다. 그리고 다시 달리기 시작했다.

“할아버지!”

송아는 순식간에 정원을 돌아 사랑채 마당으로 뛰어들었다. 댓돌 위에는 할아버지의 하얀 고무신만이 햇빛에 반짝이고 있었다. 정암 선생이 무슨 일이냐는 듯 발을 거두고 내다보았다.

“규원 씨는요?”

정암 선생의 눈이 돋보기 너머에서 반짝였다. 그는 수선제에 들어서자마자 송아를 찾던 규원을 떠올렸다. 송아는 손부채를 흔들며 그 눈을 피했다.

“저기 그러니까…… 대문 앞에 적하운도가 있기에요.”

“적하운도?”

“규원 씨 자전거 이름이에요. 적赤, 하夏, 운雲, 도道.”

붉은, 여름, 구름, 길.

그 이름을 가만 되새겨 보던 정암 선생의 얼굴에 웃음기가 번졌다.

“서책방에 가보거라.”

말이 떨어지기가 무섭게 재빨리 돌아서는 송아를 정암이 다시 불러 세웠다.

“이 군에게 저녁 먹고 가라 해라. 내 긴히 할 얘기가 있으니.”

“네.”

공손히 대답하고 사랑채를 돌아 서책방이 있는 뒤채로 갔다. 활짝 열린 방문 앞 댓돌 위에 규원의 까만 구두가 가지런히 놓여 있었다. 규원은 서안 앞에 단정히 앉아 책을 읽고 있었다. 송아는 할아버지가 서책방에 계실 때 늘 그래 왔던 것처럼 소리 없이 살금살금 다가갔다. 가까이 다가가서 보니 규원은 책을 읽는 것이 아니라 종이 위에 무언가를 그리고 있었다.

“뭐 해요?”

“아, 송아 씨!”

그는 화들짝 놀라며 서안 위에 있던 종이를 아래로 숨겼다.

“뭐예요?”

잠깐 난감한 표정을 짓던 규원이 종이를 다시 서안 위에 올렸다.

“들어와 봐요.”

규원은 송아가 가까이 다가와 앉을 때까지 종이를 펼치지 않았다. 궁금증을 견디지 못한 송아가 바짝 다가앉자 규원이 천천히 펼쳐 보이는 종이 위에는 도담호를 배경으로 여자의 옆얼굴이 그려져 있었다. 송아는 단번에 그것이 자신의 얼굴이라는 것을 알아보았다. 더 자세히 보려는데 종이는 어느새 송아의 손에서 빠져나갔다.

“나중에 다시 그려서 줄게요.”

“왜요. 잘 그렸는데.”

다시 보겠다고 빼앗으려는 송아의 손을 피해 종이를 이리저리 돌리던 규원이 손을 재빠르게 등 뒤로 숨기는 순간 송아의 이마가 그의 가슴에 콩 박혔다. 이마 위에서 규원이 빤히 내려다보자 송아의 얼굴이 빨개졌다.

아, 민망…….

얼른 고개를 돌리고 종이를 숨긴 등 뒤로 손을 뻗으려는데 규원이 팔을 꼭 잡았다.

“어디 갔었어요?”

“어…… 강나루.”

“그 아저씨란 사람한테요?”

고개를 끄덕이던 송아가 다시 고개를 흔들었다.

“아니, 그게…… 할머니 일 도와드리려고요.”

날이 서려던 규원의 눈에 다시 웃음기가 번졌다.

“송아 씨 없어서 무척 섭섭했어요.”

“오늘은 못 올 거라고 했잖아요.”

대답 대신 규원의 눈이 송아의 하얀 이마에 닿았다. 그리고 다시 그의 다음 말을 기다리는 궁금증이 가득한 그녀의 눈을 빤히 내려다보았다. 아무리 더운 여름이라도 앞뒤로 문을 열어두면 맞바람이 불어 더운 줄 모르는 서책방인데 지금 이 순간 너무도 더웠다. 여전히 팔을 잡힌 채 엉거주춤 앉아 있던 송아가 손부채를 흔들었다.

아, 덥다.

잡힌 팔이 스륵 풀렸다. 그리고 규원의 대답이 들렸다.

“8월 마지막 주에 동생이 내려온대요. 그래서 올라가지 않았어요.”

아……. 고개를 끄덕이던 송아는 그제야 규원의 옷차림을 살폈다. 동생이 내려올 거라는 전화를 받자마자 옷조차 갈아입지 않은 채 수선제로 달려온 모양이다. 다시 가슴이 콩닥거렸다. 송아는 가슴께의 옷자락을 표 나지 않게 움켜쥐었다. 애는 주책없이 아무 때나 콩닥거린다. 그것을 규원에게 들킬까 봐 얼른 그의 등 뒤에 숨긴 종이로 관심을 돌렸다.

“맞다, 그림! 치사하게 정말 안 줄 거예요?”

“나중에 다시 그려준다니까요. 내 마음에 안 들어서 그래요.”

잘 그린 그림보다 첫 그림이 더 좋은데, 규원의 말이 너무나 진지해서 기어이 빼앗을 수가 없었다.

“좋아요. 그럼 다음에 꼭 그려줘야 해요?”

“나중에 동생 오면 그려주라고 할게요. 제법 실력 있는 화가예요, 내 동생.”

“전 실력 있는 화가가 그린 그림보다 규원 씨가 그려준 게 더 갖고 싶은데요?”

그녀는 진심으로 그렇다는 듯 진지한 얼굴로 말했다. 살짝 스쳐 보았지만 규원의 그림 솜씨 또한 보통은 아닌 것으로 보였다.

규원은 자신의 그림을 남에게 보여준다는 것이 왠지 쑥스러웠다. 꼭꼭 숨기고 있었던 혼자만의 비밀을 들켜 버린 듯한 느낌. 그러나 송아의 반짝이는 눈을 보니 거절할 수가 없었다.

“알았어요.”

싱긋 웃는 그 웃음에 다시 콩닥콩닥.

에구, 큰일 났다.

송아는 다시 손부채를 흔들며 일어났다.

“저녁 먹고 가요. 할아버지께서 하실 말씀이 있으신가 봐요.”

규원이 따라 일어났다.

“같이 해요.”

“아뇨. 책 보고 있어요. 오늘은 나 혼자 할 거예요.”

이런 상태로 같이 있다간 분명 실수를 하고 말 것이다. 손을 베이던가 간을 엉망으로 맞추던가.

식사가 끝난 후 사랑방으로 차를 들고 들어간 규원은 설거지가 끝나고도 한참 동안이나 나오지 않았다. 두 사람 사이에 좀처럼 없던 아주 긴 대화를 하는 모양이었다.

할아버지가 규원에게 무슨 긴요한 얘기를 하셨는지는 알 수 없다. 책에 관한 얘기거나 학문에 관한 얘기였으리라 짐작할 뿐이다. 할아버지는 종종 당신을 찾아오는 손님과 긴 토론을 할 때가 있었다. 대문을 나오니 개구리 소리가 더욱 요란했다.

"어두운데 괜찮겠어요?"

"조심해서 가면 돼요."

규원은 자전거를 타고 송아의 주위를 빙글 돌았다. 이런 행동을 할 때마다 그에게서 약간의 불량기가 느껴져서 송아는 웃음이 났다.

"그럼 조심해서 가요."

"빨리 가라고 막 미네?"

"늦었잖아요."

"내일은 뭐할 거예요?"

"빨래도 하고, 청소도 하고. 규원 씬요?"

"전 외삼촌 농장 일 도와드려야 해요."

그럼 못 오겠네?

송아의 얼굴에 실망이 드리워지는 것을 보지 못한 채 규원은 페달을 힘껏 밟았다.

"진짜 갑니다. 월요일 날 봐요!"

저만치 도로에서 손을 한 번 흔들어주고 자전거는 재빠르게 어둠 속을 질주했다. 지나는 자동차 불빛에 적하운도는 보이다

말다 했다.

　강나루 횟집에서 한 무리의 손님이 몰려나왔다.
　"잘 먹고 갑니다."
　"고맙십니다. 또 오이소."
　태식이 마당까지 나와서 손님들을 배웅하고 들어가려는데 누군가 인사를 건네 왔다.
　"안녕하십니까?"
　언덕 아래 큰길가에서 자전거를 탄 남자가 손을 흔들었다.
　"이규원입니다!"
　횟집 마당에 세워진 가로등 빛이 언덕 아래까지 환하게 비추었다. 태식은 빨간 자전거의 색깔을 보고서야 그가 누군지 알아보았다.
　"아, 예."
　"손님이 많으시네요?"
　주말이니 많지. 일주일 내내 파리만 날리고 있었구먼. 쳇!
　태식에게서 아무 반응이 없자 머뭇거리던 규원이 다시 말을 걸었다.
　"수선제에서 저녁 먹고 가는 길이에요."
　묻지도 않은 말을 그는 자랑하듯 말했다. 태식은 주먹을 꼭 쥐고 그를 내려다보았다.
　"다음에 송아 씨랑 매운탕 먹으러 한번 가겠습니다!"

밝은 얼굴로 인사를 건네더니 자전거는 이내 어둠 속으로 사라졌다. 내내 횟집 일 도와주고 피곤할 텐데 송아는 자전거 밥까지 해먹인 모양이다.

눈치, 코치, 염치도 없는 놈 아이가! 쉬는 날이면 집에서 잠이나 잘 것이지 와 남의 집에 가서 밥까지 얻어묵노?

태식은 불룩거리며 어둠 속을 노려보았다.

저 자전거가…… 참말로 싫다!

"사람이 사람을 좋아하는 데 걸리는 시간이 얼마 정도라고 생각해요?"

퇴근하는 버스 안에서 규원이 물었다.

그걸 어떻게 딱 꼬집어 말할 수 있을까. 첫눈에 반하는 사람도 있고 오랜 세월이 흘러 깨닫는 사람도 있을 텐데.

버스가 덜컥 흔들리자 규원의 손이 재빨리 다가와 기울어지는 송아의 어깨를 감쌌다. 방학이라 학생들이 타지 않은 버스 안은 텅 비어 있었다. 그래서 그의 목소리가 더 또렷이 들렸다.

"3일!"

고개를 돌려보니 규원은 앞만 응시하고 있었다. 잘못 들은 건가 생각하며 고개를 돌리려는데 다시 규원의 목소리가 들렸다.

"3일 만에 송아 씨가 좋아졌어요."

다시 차가 덜컥했다. 가슴이 두근거리고 얼굴이 붉어져 버린게 그 때문이라도 되는 듯 송아는 의자 손잡이를 꽉 쥐었다.

"자전거에 부딪쳤을 때 하루, 외삼촌을 따라 수선제에 방문했을 때 하루."

그럼 함께 호숫가를 걸었을 때가 나머지 하루?

그러나 규원에게서 들리는 말은 다르다.

"병원 로비에서 책자 속의 글로 만났을 때 하루."

좀 의외다. 그 짧은 글 속에서 규원은 채송아의 무엇을 보았을까? 궁금해하는 그녀의 눈을 보며 그는 그저 빙긋 웃을 뿐이었다. 무슨 말을 해야 할지 몰라 얼른 눈을 돌리는데 규원이 손을 잡아왔다. 송아가 당황하며 빼보려 했지만 그는 손을 놓아주지 않았다. 누군가로부터 '좋아한다'는 고백을 받는 것이 얼마 만인지 모르겠다. 학창 시절 스쳐 갔던 몇몇 얼굴이 떠올랐다. 그들에게 들었던 말도 기억났다.

"좋아해."

"나도 좋아해."

진심이었으나 그것만으로 끝이었던 어리고 가벼웠던 감정들. 그 순간들이 행복했지만 이렇게 두근거리지는 않았던 것 같다. 이렇게 기대되지도, 불안하지도, 그리고 무겁지도 않았던 것 같다.

"내려요."

규원이 손을 잡아끌었다. 창밖으로 수선제의 솔숲이 보였다.

차에서 내린 두 사람 사이에 잠깐 어색한 침묵이 흘렀다. 그의 고백에 대해 무언가 답을 해주어야 할 것 같은데 송아는 갑자기 마음을 가늠할 수가 없었다. 분명히 가슴이 두근거리고 행복한데 한편으론 불안하고 마음이 무겁다.

한참 만에 그가 물었다.

"제 말이 송아 씨를 불편하게 한 건가요?"

"그랬다면 사과할래요?"

송아의 입가에 번진 미소를 보고서야 규원의 얼굴도 한결 편해졌다. 따가운 햇살을 피해 솔숲 그늘로 송아를 이끈 규원이 다시 진지하게 말했다.

"친구하자는 말, 거절할래요."

그는 친구가 아닌 다른 이름으로 채송아에게 다가가고 싶다고 말했다. 그의 목소리는 조금 떨리는 듯도 했다. 반듯하고 여린 눈빛이 담고 있는 것은 진심처럼 느껴졌다. 송아는 다시금 불안하게 두근거리는 가슴을 진정시키며 규원을 바라보았다. 그녀도 규원이 좋았다. 좋은 만큼 경계가 되기도 했다.

"전…… 아직 잘 모르겠어요. 그런 말을 나누기엔 우리가 알고 지낸 시간이 너무 짧고……."

그러나 흔들리는 송아의 눈빛은 오히려 규원에게 확신을 심어주었다.

"오래 알아야만 진심을 알 수 있는 건 아니에요."

"스쳐 가는 바람일지 몰라요."

"그 바람에 씨앗이 날아온 건지도 모르죠."

규원의 얼굴이 코앞으로 다가왔다.

"규원 씨……."

"바보스럽게 들릴지 모르겠지만 처음이에요, 이런 감정."

꼴깍 침 넘기는 소리가 너무도 크게 들려 송아는 얼굴이 화끈 달아올랐다.

"제가 그동안 참 재미없게 살았거든요."

감정을 잃어버린 사람처럼 무심하고 덤덤하게. 그래서 어떤 사람들이 자신의 곁을 스쳐 갔는지조차 기억하지 못했다. 그 누구도 채송아처럼 자세히 바라본 적이 없었다.

진지하게 내려다보는 규원의 눈을 보며 송아는 자신에게 그 어느 해보다 뜨거운 여름이 찾아왔음을 알아차렸다.

도담으로 나가 이른 저녁 손님을 태우고 횟집으로 돌아오던 태식은 수선제가 가까워오자 버릇처럼 눈을 돌려 창밖을 살폈다. 우거진 솔숲 사이로 희끗희끗 보이는 기와지붕이 멋스럽다. 앞으로 돌아오던 태식의 눈이 무언가를 발견하고 다시 힐끗 돌아갔다. 아름드리 소나무 사이로 사람의 형상이 보였다.

커다란 나무에 기댄 여자와 그 여자의 몸을 반쯤 가린 채 비스듬히 선 남자.

두 사람은 금방이라도 입술이 닿을 듯 얼굴을 가까이 하고 있었다. 그러나 차가 순식간에 솔숲을 스쳐 지나며 두 사람의 모습은 아름드리나무에 가려 보이지 않았다. 그리고 수선제 앞에 세워진 빨간 자전거가 태식의 눈에 선명하게 박혀왔다.

그날부터였다, 밤에 잠을 잘 수 없었던 것이.

눈을 감으면 자꾸만 그 그림이 떠올랐다. 송아와 남자, 사랑, 키스. 이런 단어들이 잘 연결이 되지 않는다. 송아는 언제나 지켜주고 보호해 주어야 할 것 같은 어린아이의 느낌뿐이다.

어느새 14년이 흘렀나?

마당으로 나온 태식은 담배를 피워 물고 어둠 속의 도담호를 내려다보았다.

고향에서는 더 이상 버틸 수 없을 만큼 상처를 입었고, 하루도 그곳에서는 더 살고 싶지 않았다. 그래서 어머니를 모시고 무작정 흘러들어 온 곳이 도담호가 한눈에 내려다보이는 이곳 율현리였다. 이런 곳에서라면 더 이상 누군가를 원망하며 아파하며 살지 않아도 될 것 같아서였다. 그 선택은 옳았다. 마음이 이토록 너그럽고 평화로워졌으니.

“시간이 빨리 갔으면 좋겠어요, 아저씨.”

엄마, 아빠도 밉고, 할아버지도 싫다며 열다섯 살 송아는 자갈밭에 쪼그리고 앉아 그렇게 말했었다.

“와?”

“지금이 너무나 슬퍼서요.”

어린 송아는 지금이 너무나 슬퍼서 얼른 다음이 왔으면 좋겠다고 했다. 그도 그랬다. 슬픈 지금이 얼른 가고 망각의 강을 건너 다음을 만났으면 좋겠다고.

이제 다음에 닿았을까?

모르겠다. 다만 생각 속에는 솔숲에서 입을 맞추는 송아와 자전거 녀석만 맴돌 뿐이었다. 언제 자전거를 한번 만나봐야겠다. 도대체 무슨 생각으로 송아에게 접근하는지.

양산댁은 내내 잠을 설치고 있었다. 밤새 자지 않고 들락거리는 태식의 소리 때문이다.

다시 건넌방 문이 열리는 소리가 들렸다.

저놈의 자슥이 바늘이 필요한 기가? 뭐꼬?

청상과부가 열이 차오르는 밤이면 잠을 못 이루고 뒤척이다가 급기야는 바늘로 허벅지를 찔러 열을 푼다는 옛이야기들이 빈말이 아니란 걸 양산댁도 경험하며 살아온 사람이다. 마흔이나 된 남자가 혼자 밤을 보내자면 바늘이 아니라 쇠꼬챙이로 허벅지를 찌르고 싶은 날도 있을 것이다.

“휴…….”

양산댁은 몸을 돌려 누우며 태산 같은 한숨을 내쉬었다. 어떡하든 올해 안에는 태식을 장가보낼 생각이다.

손자는 한번 안아보고 죽어야 할 거 아이가!

이불 속에 누워 이리저리 생각을 굴리던 양산댁은 특단의 방법을 강구해야겠다고 다짐했다.

기어코 싫다면 모가지를 끌고서라도 선 자리에 나가든가, 아니면 여자를 하나 구해 와서 옆에 붙여주든가!

✳

규원에게서 저녁 먹은 것이 소화가 되지 않는다는 문자가 왔다. 왜 그럴까? 진지한 마음으로 마당에 나가 운동이라도 해보라는 문자를 보낸 지 10분 만에 다시 문자가 왔다.

〈좀 나와 볼래요?〉

뭐야?

긴가민가하는 마음으로 대문 밖으로 나왔는데 정말 그곳에 규원이 있었다.

"소화도 안 되고, 별도 너무 많고."

규원은 버릇처럼 자전거로 송아 주위를 빙글빙글 돌며 말했다.

"나랑 한 시간만 놀아줄래요? 그럼 잘 잘 수 있을 것 같은데."

싱긋 웃는 규원의 모습에 송아는 코끝이 시큰해진다. 혼자만 보고 싶었던 게 아니었나 보다. 몇 시간 전에 헤어진 사람이 다시 보고 싶어 쉽게 잠들지 못하고 있었던 자신처럼 규원도 그랬나 보다.

송아는 규원을 데리고 자갈밭으로 갔다. 강나루 횟집의 불이 그곳까지 비췄기 때문에 그다지 어둡지도 않았고, 규원에게 꼭 보여주고 싶은 것도 있어서였다.

넓은 호수의 물이 밤바람에 실려 찰랑찰랑 파도 소리를 내었다. 자갈밭 옆 풀밭으로 살금살금 들어갔던 송아가 손을 모은 채 걸어 나왔다. 그리고 규원을 가까이 불렀다.

"이거 한 번 봐요."

살짝 벌어진 송아의 손바닥 안을 들여다보던 규원이 놀란 듯 움찔 물러났다.

"뭐예요?"

"반딧불이요."

"반딧불이?"

요즘도 그런 게 있나?

놀란 눈으로 다가온 규원이 다시 송아의 손바닥 안을 들여다 보았다. 노랗던 불빛이 점점 연둣빛으로, 초록빛으로 변하더니 절정처럼 주홍빛을 뿜다가 노랗게 사그라졌다. 그리고 다시 연 둣빛으로 살아나는 반딧불. 깜빡깜빡 제 몸을 태우듯 빛을 내는 그 조그만 벌레의 생태가 경이롭다.

"처음 봐요."

규원의 목소리가 아이처럼 흥분되었다. 책이나 이런저런 매체에서 접했을 뿐 실제로 보는 것은 처음이었다. 규원은 송아의 손에 제 손을 겹치고 조심스럽게 들여다보았다.

"얘들은 풀잎에 맺힌 이슬을 먹고산대요."

"그래요? 그래서 이렇게 예쁜 빛을 내는 건가?"

여전히 반딧불에서 눈을 떼지 못한 채 들여다보던 규원이 중얼거렸다.

"송아 씬 뭐 먹고 살아요?"

"네?"

"얘들처럼 이슬만 먹나?"

무심히 내뱉는 그 말에 송아는 얼굴이 빨개져 버렸다.

무슨 농담을 이렇게도 진지하게 하는지.

잡힌 손이 오그라들어 더 이상 반딧불이를 잡고 있지 못하겠다. 오므렸던 손을 스르르 펴자 손바닥에 웅크리고 있던 반딧불이가 날아올랐다. 규원이 재빠르게 손을 뻗었지만 잡을 수 없었다. 두 사람의 주위를 한 바퀴 배회한 반딧불이는 수풀 사이로 사라졌다.

순식간에 사라져 버린 반딧불이의 뒤를 이어 찾아온 어색한 침묵.

괜히 놓아주었나? 흠…….

괜스레 목이 간지러워 헛기침을 흘리는데 규원이 손을 잡아왔다.

"반딧불이 만져서 냄새가 고약할 텐데요?"

규원은 오그라드는 송아의 손을 당겨 깍지를 꼈다. 고약한 냄

새가 나도 상관없었다. 저녁 내내 송아의 얼굴이 아른거려 견딜
수 없었다. 도무지 그대로는 잠을 잘 수 없을 것 같아 수선제로
달려왔다. 그리고 그녀를 따라와 만난 반딧불이. 그 영롱하고 아
름다운 불빛이 머뭇거리던 그의 의식을 일깨웠다. 지금 당장 눈
앞의 이 빛을 잡지 못하면 어쩌면 신기루처럼 사라져 버릴지도
모른다고.

“신기해요.”

“뭐가요?”

“승원이 말처럼 내 심장에 정말 석고보드가 발린 줄 알았거든
요.”

그리고 잡고 있던 송아의 손을 제 가슴에 가져가 대었다. 어
릴 적 열에 들떠 울렁이던 심장박동 소리가 손바닥을 타고 건너
왔다. 송아는 자신의 심장도 이것만큼 떨리고 두근거린다는 고
백을 하지 못했다. 그의 숨결이 코끝을 스친 탓이다. 그리고 떨
리는 그의 입술이 바람처럼 그녀의 입술을 훔친 탓이다. 쑥스러
움이 깃든 한숨 소리와 함께 다시 그의 입술이 다가왔다.

소곤소곤.

도란도란.

자갈밭에서 들리는 소리에 태식은 걸음을 멈칫했다. 손님을 태
워주고 잠깐 짬을 내어 담배를 피우러 나온 길이었다. 웬 어린것
들이 연애질인가 싶어 소리라도 버럭 질러줄 요량으로 다가서는

데 노란 불빛이 깜빡이며 날아오르는 것이 보였다. 반딧불이다.

송안가?

이곳에서 반딧불을 가지고 놀 사람은 송아뿐이었다. 고개를 스륵 기울여 살피니 역시나 자갈밭에 앉아 있는 여자는 송아다. 그리고 그 옆에 앉아 뚫어질 듯 송아를 바라보고 있는 녀석은 꼴도 보기 싫은 자전거 녀석이다.

저넘아는 이 시간에 잠도 안 자고 와 여기 있노?

들고 있던 담배 개비를 집어 던지고 울컥 걸음을 내딛던 태식이 다시 멈칫했다. 그리고 그는 그 자리에서 얼음처럼 굳어버렸다. 자전거의 얼굴이 송아를 향해 다가가고 있었다. 그리고 둘 사이를 비추고 있던 달빛이 가려졌다.

"거 누고!"

그 순간 소리를 지른 것은 무의식적인 행동이었다. 사실은 모른 척 뒤돌아설 생각이었는데 고함 소리가 목구멍 밖으로 먼저 튀어나와 버린 것이다. 그림자가 송아인 줄 뻔히 알면서 돌아설 수는 없었다. 저 엉큼한 자전거 녀석이 순진한 송아를 꼬드긴 것이 분명하니까.

버럭 지른 고함 소리에 그림자들이 화들짝 놀라 떨어지는 것을 보며 태식은 주먹을 불끈 쥐고 성큼 다가갔다.

"이 늦은 시간에 누고?"

"아, 아저씨."

"송아가?"

태식은 짐짓 놀란 척 가까이 다가가 얼굴을 살폈다. 송아는 당황함을 감추지 못한 채 얼굴을 돌리고 있었다. 제 발에 저린 듯 입술까지 꼭 깨문 채. 스륵 얼굴을 돌리자 자전거가 눈을 맞추어왔다.

"안녕하십니까?"

뻔뻔하게 인사까지 건넨다. 태식은 어둠 속에서 주먹을 그러쥐었다. 귀공자 같은 그 얼굴을 한 대 후려칠 생각으로 몸을 돌리는데 무엇을 느꼈는지 송아가 다급하게 태식의 옷자락을 붙잡았다.

"규원 씨랑 반딧불이 구경하고 있었어요."

험악해진 태식과 눈이 마주치자 송아가 갑자기 호들갑을 떨었다.

"앗! 너무 늦었다. 빨리 가요, 규원 씨. 아저씨도 얼른 들어가서 쉬세요. 내일 또 장사하셔야죠."

재수 없는 자전거 녀석이 두 번 다시 송아에게 치근대지 못하도록 혼을 내주어야 하는데, 송아가 폴짝 뛰며 호들갑을 떠는 바람에 태식은 떠밀리듯 자갈밭을 나오고 말았다.

이른 저녁 횟집으로 온 송아가 무슨 할 말이 있는 듯 태식의 주위를 빙빙 돌고 있었다. 만나기만 하면 쉴 새 없이 종알거리는데 오늘은 웬일인지 태식의 눈치만 살폈다. 더더욱 이상한 것은 태식의 태도였다. 아무리 화가 나는 일이 있더라도 송아만 보면 입이 귀에 걸리던 태식이 '왔나' 한마디 하고는 내내 똥 씹은 얼굴을 하고 있었다. 손님상을 치우던 양산댁이 고개를 갸웃하며 물었다.

"너거 둘이 뭔 일 있나?"

"일은 무슨! 아무 일 없심더."

"아, 아뇨!"

두 사람이 동시에 고개까지 흔들며 부정을 하자 더욱 의심이 갔다.

이상타. 뭔 일이 있는 기 분명한데.

게슴츠레한 눈으로 다가오는 양산댁을 피해 태식은 얼른 밖으로 나와 버렸다. 송아도 태식을 따라 나왔다. 태식은 마당에 서서 담배를 피우고 있었다. 송아는 침을 꼴깍 삼키고 가까이 다가갔다. 규원과 나누었던 짧은 키스를 태식에게 들킨 것이 신경 쓰여 이른 저녁부터 횟집을 찾아온 건데 태식은 내내 송아의 눈길을 피했다. 차라리 드러내 놓고 보았다고 말을 해준다면 덜 부끄러울 텐데 눈길을 피하는 모습을 보니 더욱 민망스럽다.

"아저씨."

"와."

"저기, 어젯밤에요……."

"반딧불이 보믄 그때 생각난다. 횟집 첨 차리가 손님도 없고 그럴 때 밤마다 저기 앉아서 니하고 반딧불이 구경하고 놀았다 아이가."

엄마도 싫고 아빠도 싫고 할아버지는 더더욱 싫고, 그래서 수선제에 가고 싶지 않다고 송아는 밤마다 자갈밭에 쪼그리고 앉아 있곤 했다. 태식이 없었다면 그 슬펐던 사춘기를 어떻게 이겨냈을까 싶을 만큼 송아의 어린 눈물과 아픈 고민을 모두 들어주었던 태식이다. 아련한 눈으로 어두운 호수를 바라보고 있는데 태식의 얼굴이 눈앞으로 불쑥 들어왔다.

"니 요새 고민 있나?"

"예?"

"자전거하고 고민 상담했던 거 아이가? 하긴, 자전거가 남의 고민을 잘 들어주게 생기기는 했다."

무심하게 내뱉고는 담배에 불을 붙였다. 그리고 길게 빨아들인 담배 연기를 어둠을 향해 토해내었다.

못 본 모양이네?

송아의 입가에 배시시 웃음이 지어졌다.

"아, 저, 그러니까…… 할아버지 때문에요. 지난번에 할아버지 급체하셨을 때 규원 씨가 봐줘서 나았거든요. 그러고도 내내 소화를 잘 못 시키시는 것 같아서 뭘 드시면 좋을까, 간단하게 운동이라도 하셔야 하지 않을까, 약이라도 지어드려야 하나, 뭐 그런 얘기요. 물론 그런 얘긴 출퇴근 시간에 해도 되지만 제가 요즘 자꾸 깜빡깜빡해서요. 근데 어제저녁에 갑자기 생각났지 뭐예요. 생각난 김에 물어보자 싶어서……."

"뭐에 정신이 팔려서 그래 자꾸 깜빡깜빡하노?"

“뭐에 정신이 팔리긴 제가 뭐에 정신이 팔려요? 그냥 너무 더우니까 그렇지.”

그리고 손부채를 팔랑거리며 소리 내어 웃었다. 태식은 그런 송아의 모습을 멀뚱히 바라보았다. 생전 안 하던 거짓말을 잘도 한다.

송아는 걱정거리 하나를 털어버린 듯 가벼운 걸음으로 팔랑팔랑 걸어 횟집을 나갔다. 어둑한 도로로 사라지는 송아를 보며 태식은 다시 담배를 깊이 빨았다. 양산댁의 말처럼 송아는 어느새 아이를 낳아도 둘은 낳았을 나이가 된 것 같다. 자신이 섣부른 간섭을 해서는 안 될 나이가 되어버린 것이다.

아무것도 아닌 사이지만, 그래도 자전거의 진의 정도는 알아볼 수 있지 않을까? 내가 만들어준 매운탕만도 백 그릇이 넘는데, 송아를 알아온 세월이 15년은 되는데 그 정도는 알 자격이 있다고 본다. 혹시라도 나쁜 놈한테 걸린 거면 우짜노?

태식은 규원이 정말 나쁜 놈이라도 되는 듯 주먹을 불끈 쥐었다.

조금 전부터 쉴 새 없이 밖을 내다보던 태식은 멀리 찻길에서 달려오는 빨간 자전거를 발견하고 얼른 언덕 아래로 뛰어 내려갔다. 그리고 우연히 마주치는 척 가장하기 위해 봉고차 문을 열어두고 어슬렁거렸다. 태식을 발견하자 예상대로 자전거가 멈춰섰다. 그리고 늘 그래 왔듯 자전거가 먼저 인사를 건네왔다.

"안녕하십니까?"

저 자전거는 언제 봐도 반듯하다. 원래 저런 녀석들이 속이 시커먼 경우가 많지. 흠.

"예."

태식은 시큰둥하게 대답했다.

"오늘은 손님이 많지 않은가 보죠?"

"아직 해가 안 졌으이 그렇지."

이번에는 혼잣말처럼 중얼거렸다. 머쓱해진 규원이 그만 가려는데 이번엔 태식이 말을 걸었다.

"퇴근하는 길입니까?"

"예."

"송아는?"

"함께 퇴근했어요. 방금 헤어지고 오는 길입니다."

태식은 송아 얘기가 나오자 표정마저 환하게 변하는 규원을 멀뚱히 바라보았다. 아무리 그래도 그의 진심이 의심되는 건 어쩔 수 없다. 송아는 너무나 순진하고 착해서 저런 녀석들의 본심을 제대로 파악하지 못할 것이다. 며칠 전 자갈밭에서 보았던 그림이 다시 떠오르자 태식의 얼굴은 순식간에 굳었다. 흘러나오는 목소리도 퉁명스럽고 다분히 공격적이 되었다.

"도담에는 언제까지 있을 깁니까?"

"예?"

"여기에 터를 잡고 살라꼬 내려왔나 묻는 깁니다."

규원은 의아한 눈으로 태식을 바라보았다. 그가 왜 이런 난데 없는 질문을 하는지 알 수 없었다. 게다가 지나치게 진지하다. 규원도 진지하게 대답했다.

"글쎄요? 아마 돌아가겠죠? 모교 병원에도 미련이 있고……."

무엇보다 승원을 오랫동안 혼자 둘 수는 없으니.

규원의 말이 채 끝나기도 전에 태식은 차 문을 거칠게 닫으며 그를 노려보았다.

내가 이럴 줄 알았다!

"그런 마음이면 송아에게 찝쩍이지 마소!"

태식의 말이 너무나 거칠고 느닷없어서 규원은 잠깐 대답을 못하고 있었다. 생각해 보니 태식은 만날 때마다 알 수 없는 적대감으로 자신을 대했던 것 같다. 규원은 조금 경직된 표정으로 물었다.

"무슨 말씀이신지 모르겠군요?"

"한국말 몬 알아들어요? 송아한테 장난치지 마라 이 말입니다."

발끈하는 그 말에 규원의 눈이 날카로워졌다.

"무례하시군요. 전 송아 씨를 상대로 장난을 치지도 않았고, 당신에게 이런 말을 들을 정도로 어리지도 않습니다."

지극히 예의 바르지만 노한 기가 느껴지는 음성에 태식은 잠깐 움찔했다. 규원의 표정은 너무나 정직하고 진지해 보였다. 태식은 자신이 과도한 걱정과 상관을 하고 있다는 것을 알면서도 그에 대한 반감을 멈출 수가 없었다. 그는 잠깐 머물다 떠날 사람이다. 그러나 송아는 도담호가 있고 수선제가 있는 한 이곳을 떠나지 못할 사람이다. 결국 송아만 상처 입고 말 것이다.

"언제든 떠날 생각을 하고 있는 사람이 평생 여기를 떠나지 못할 송아 마음을 건드리는 기 장난 아이면 뭡니까? 막말로 그쪽은 떠나 버리면 그만이지만 남아 있을 송아는 그기 아일 거란 말입니다. 내 말이 무슨 뜻인지 아시겠습니까?"

규원은 태식을 반박할 말이 떠오르지 않았다. 그는 자신이 아직 생각해 보지 못한 현실을 얘기하고 있었다. 당연히 생각해 보아야 할 문제지만 태식으로부터 이런 말을 듣는 것이 기분이 좋을 리 없었다. 그가 자신과 송아의 관계를 얼마나 자세히 알고 있는지 모르겠지만 송아에 대한 마음만은 누구에게도 의심 받고 싶지 않았다.

"그건 저와 송아 씨가 고민하고 결정할 문제지요. 어쨌든 고언은 잘 들었습니다."

가볍게 눈인사를 하고 규원은 다시 자전거 페달을 밟았다. 그리고 순식간에 태식의 시야에서 사라져 버렸다. 반듯하고 순하게 생겨서 말귀를 잘 알아들을 줄 알았더니 오히려 한 방 먹이고 가버리는 자전거다. 태식은 입술을 실룩거리며 규원이 사라져 간 은현리 쪽을 노려보았다.

#○5

고향에 다니러 간 양산댁이 웬 여자를 하나 데리고 나타났다.

"조혜림이라고 합니더."

떡 벌어진 어깨와 넉넉한 덩치, 그러나 흘러나오는 음성은 그에 걸맞지 않게 앳된 느낌이 들었다. 태식은 못마땅한 눈으로 여자의 아래위를 훑어보았다. 여기도 널리고 깔린 게 사람인데 기어이 고향까지 가서 사람을 구해온 양산댁의 마음을 도무지 이해할 수가 없었다. 게다가 숙식 제공은 물론 월급까지 이곳 사람을 쓸 때보다 두 배나 주겠단다.

"고향 떠나 멀리 왔는데 그 정도는 조야 안 하겠나?"

"그러이 뭐 할라꼬 그 멀리까지 가서 사람을 델꼬 오십니꺼?

여도 째고 쌘기 사람인데?"

"암만 사람이 째고 쌔면 뭐 하노? 일을 잘해야제! 쟈가 생긴 거는 저래도 일 하나는 야무지게 잘한다고 소문이 났더라. 청산댁 아제 안 있나? 그 아제가 그래 말하면 믿어도 된다. 딴소리하지 말고 내 방에 짐이나 들라 조라."

그리고 더 이상 말하지 말라는 듯 양산댁은 주방으로 들어가 버렸다.

"하이고! 답답해 죽겠네, 진짜."

주먹으로 제 가슴을 쾅쾅 쳐보지만 별 도리가 없었다. 어머니가 한번 결정한 일을 번복하는 걸 보지 못했고, 이 먼 곳까지 따라온 사람을 선 자리에서 돌아가라고 말하는 것도 도리가 아닌 것 같아서다. 두어 달만 데리고 있다가 내려보내야겠다 생각하며 태식은 벌컥벌컥 물을 마시고 있는 여자에게로 다가갔다. 덩치에 맞지 않는 단출한 가방 하나가 여자 옆에 놓여 있었다.

"보소."

"예?"

"짐이 그것뿐이라요?"

"예, 급하게 온다고……."

여자가 배시시 웃으며 대답하자 태식은 어이가 없었다. 짐도 제대로 챙겨오지 못할 정도로 양산댁이 다그쳤을 것이 분명했다. 하여간 번갯불에 콩 볶아 먹듯 서두르는 성미는 세월이 흘러도 여전하다. 그런 어머니에게 휩쓸려 이 먼 곳까지 따라온 이 여자도 참 대책 없다 싶었다.

"따라오소."

퉁명하게 내뱉고 돌아서서 휘적휘적 걷는 태식의 뒤를 여자가 가방을 안고 쫄랑쫄랑 따라왔다.

"할매가 미리 말씀을 해주셨지만 직접 와서 보니까 풍경이 진짜로 좋네예."

"방은 어무이랑 같은 방 쓰소."

"이런 데서 살면 누구나 시인이 될 것 같아예."

목소리만 듣고 있으면 문학소녀로 착각하겠다. 태식은 미닫이문을 드르륵 열고 가방을 받아 안으로 툭 던졌다.

"화장실은 뒤편으로 돌아가면 있고 빨래하고 씻는 거는 주방 옆에 세면장이 따로 있으니까 거기서 하면 됩니다. 좀 좁아도 지내는 데 불편하지는 않을 깁니다."

"와! 창밖으로 호수가 다 보이네예!"

태식이 하는 말은 듣는 둥 마는 둥 어느새 방으로 들어간 여자가 창밖을 내다보며 가슴에 두 손을 모은 채 감탄하고 있었다. 다시 보니 꿈꾸는 소녀처럼 눈까지 반짝인다. 그 모습이 어이없어 태식은 피식 헛웃음을 흘렸다.

"나이가 우째 돼요?"

여자는 여전히 창을 내다보며 대답했다.

"스물세 살요."

“스물세 살? 서른세 살이 아이고?”

“옴마야! 이 아저씨가 남의 나이를 열 살이나 더 덮어씌울라 카네?”

여자는 자신의 나이를 열 살이나 더 본 것에 대해 분하다는 듯 새침한 눈으로 노려보았다.

눈 흘기기 전에 거울이나 한 번 더 보지?

누가 저 여자를 스물세 살로 볼까 싶다. 어이없어하며 홀로 나오니 송아가 와 있었다. 그러고 보니 오늘이 바로 매운탕 만들어주기로 한 날이었다.

“아저씨!”

생기발랄한 인사에 태식의 입이 귀에 걸렸다.

“송아 왔나?”

“무슨 기분 나쁜 일 있었어요?”

“아이다. 우리 송아는 기분이 좋은 것 같네?”

“저야 뭐 언제나 맑음이잖아요.”

생글생글 웃는 송아의 얼굴을 보니 방금 전 그 여자로 인해 흐려졌던 마음이 한순간에 맑아졌다.

“쪼매만 기다리라. 금방 안치 주께.”

“천천히 하셔도 돼요. 할아버지랑 규원 씨, 지금 공부 중이라 일부러 피해 나왔거든요.”

“자전거가 수선제에서 공부를 한다고?”

급작스럽게 치켜 올라가는 태식의 눈보다 규원을 지칭한 ‘자전거'라는 말이 먼저 귀에 들어와 송아는 웃음을 터뜨렸다. 태식이 저렇게 부른다면 규원은 아마도 당분간 이 낯선 곳에서 이규원이라는 이름보다는 자전거라는 별명으로 불릴 공산이 크다.

"시간 날 때마다 수선제에 와서 할아버지께 한학을 배워요."

"아……."

탁자에 널린 그릇들을 거두어 가는 태식의 얼굴이 편치 않았다. 지난번 자신이 했던 말은 귀에조차 넣지 않은 모양이다. 모교 병원에 자리가 생기기만 하면 당장 보따리를 싸서 떠날 생각을 하면서 여전히 송아 마음을 이곳저곳 건드리고 있을까? 건방진 자전거 같으니라고!

"의사라면서 한학은 와 배우노?"

"한의사니까."

장난스럽게 대답한 말이었지만 태식의 눈엔 송아가 한의사란 규원의 직업에 대해 은근히 자부심을 드러내고 있다고 생각했다. 물론 절대 그런 것으로 사람을 가늠할 송아가 아니란 걸 알지만 비틀린 마음으로 보니 그렇게 보일 수밖에.

"사람이 배우고 몬 배우고, 직업이 좋고 나쁘고 그런 기 중요한 거는 아이다. 인간 됨됨이가 중요한 거지."

그리고 송아를 빤히 바라보았다. 눈을 똑바로 뜨고 규원을 판단하란 뜻이었는데 송아가 동의한다는 듯 고개를 까딱까딱한다.

"맞아요. 인간 됨됨이가 가장 중요해."

그리고 조그맣게 지어지는 미소에는 은근한 자신감마저 느껴졌다. 아무래도 송아의 눈에 콩깍지가 씐 게 분명하다.

"송아야, 니……."

그러나 태식은 뒷말을 잇지 못한 채 침만 꿀꺽 삼키고 말았다. 송아가 먼저 조그맣게 속삭였기 때문이다.

"규원 씨 이야기, 아직 할아버지껜 비밀이에요."

설렘이 가득한 눈으로.

불룩한 얼굴로 주방에 들어서는 태식을 보며 양산댁이 혀를 끌끌 찼다.

"얼굴 좀 펴라. 노총각 스트레스 받아주는 것도 디다."

얼마 전부터 양산댁은 이렇게 노골적으로 면박을 주고 있었다.

"송아 왔심더."

"송아? 그란데 니 입은 와 한 발이나 나와 있노?"

송아만 보면 입이 귀에 걸리는 태식이 불룩한 얼굴로 나타나니 의아한 모양이다. 태식은 아무 대답 없이 아껴두었던 쏘가리를 뜰채로 건져 올렸다.

차암 정성이다. 제 어미한테 저러면 효자 소리 들을 낀데.

양산댁은 입을 삐죽거리며 홀로 나갔다. 그사이를 못 참고 송아는 또 그릇을 치우고 탁자를 닦느라 정신이 없었다.

"송아 왔나?"

"어! 할머니 계셨네? 언제 오셨어요?"

"좀 전에 왔다. 그란데 우리 송아가 오늘 와 이래 기분이 좋아

보이노?”

양산댁의 인자한 웃음이 건너오자 송아의 마음은 한껏 어려졌다.

“토요일이잖아요! 그리고 아저씨가 매운탕 만들어주신다고 하셔서요.”

“매운탕이 그래 좋나? 우리 송아는 매운탕 집에 시집가야겠다.”

“할머니도 참. 매운탕이라고 다 매운탕인가, 뭐? 전 할머니랑 아저씨가 만들어주시는 매운탕만 맛있단 말이에요.”

“그라머 우짜노? 시집도 가지 말고 평생 여 붙어살래?”

“전 평생 수선제에 살면서 할머니랑 아저씨 괴롭힐 거예요.”

“평생 공짜로 매운탕을 묵겠다고? 아이고, 무서버라.”

“할머니, 매운탕 주세요! 아저씨, 매운탕 주세요!”

양산댁의 팔에 달라붙어 장난을 치는데 살림방 쪽에서 누군가 걸어 나오는 것이 보였다. 커다란 덩치의 여자다.

“야야! 피곤할 긴데 좀 누워 있지 와 벌써 나오노?”

양산댁의 목소리가 유난히도 살갑다.

“괜찮아예. 하나도 안 피곤합니더. 제가 뭐 할 일 없어예?”

여자는 당장에라도 팔을 걷어붙이고 덤빌 태세로 주위를 둘러보았다. 양산댁이 얼른 그녀의 손을 잡아 옆에 앉혔다.

“인사해라. 여는 송아라고, 나이는 스물여섯이고 내한테는 딸 같고 손녀 같은 아다. 그라이까네 우리 태식이한테는 동생 같고 딸 같은 아라고 보믄 된다. 우리하고는 한 식구나 마찬가지니까 잘 지내라.”

주방 쪽에서 우당탕 냄비가 엎질러지는 소리가 들렸다. 그 소리에는 아랑곳없이 양산댁은 다시 송아를 바라보며 말했다.

“내가 주방 일 좀 갈칠라고 델꼬 온 아다.”

“아! 안녕하세요.”

송아가 얼결에 인사를 건네자 여자도 배시시 웃으며 인사를 했다.

“조혜림이라예. 잘 부탁드립니더, 언니.”

언니?

자신보다 네댓 살은 많아 보이는 혜림의 입에서 언니라는 소리가 나오자 송아는 뜨악한 눈으로 그녀를 바라보았다. 그제야 배시시 웃는 웃음 너머 앳된 얼굴이 드러났다. 주방 쪽에서 다시 우당탕 하는 소리가 들리자 그제야 양산댁이 슬그머니 돌아보며 중얼거렸다.

“살림 다 부수겠다. 원래 노처녀 히스테리보다 노총각 히스테리가 더 무서븐 기다. 혜림아, 니가 주방에 함 가봐라.”

잠시 후, 주방에서 혜림의 놀란 음성이 흘러나왔다.

“옴마야, 이기 뭔 일이고!”

혜림의 놀란 음성을 듣고 달려가 보니 주방 바닥에 매운탕 냄비가 엎질러져 있었다. 온갖 양념을 뒤집어쓴 쏘가리와 야채, 그리고 흥건한 국물까지. 그것을 내려다보는 태식의 얼굴은 몹시도 화가 난 듯 상기되어 있었다.

"이기! 이기 뭔 일이고?"

한바탕 퍼부을 기세로 들어서는 양산댁을 비켜 태식은 주방을 나가 버렸다. 그리고 붙잡을 사이도 없이 횟집을 뛰쳐나갔다.

"아저씨!"

그러나 양산댁이 송아를 붙들었다.

"할머니."

"따라가지 마라. 놔둬라."

태식의 얼굴이 저렇게 붉어진 걸 보니 단순한 화 같지가 않은데 할머니는 왜 말리시는 것일까? 아무리 화가 나도 송아가 달래면 쉽게 풀리는 태식이다. 그래서 송아는 할머니와 태식 사이에서 늘 중재자 역할을 하곤 했었다.

"언제까지 따라댕기며 달래줄 기고? 마흔 살이나 처묵은 기지가 아직도 스무 남은 살 먹은 청년인 줄 안다 아이가. 나이 마흔이면 세상 보는 눈이 환히 터이야 되는 때인 기라. 길도 보이고, 사람도 보이고, 지 모습도 있는 그대로 보이고. 그기 마흔 살이다. 그란데 저넘은 아직 천지를 모린다."

엎질러진 매운탕거리를 손으로 그러담으며 양산댁은 중얼거렸다. 그때 뒤편에서 조그만 소리가 흘러나왔다.

"그래 한 번에 다 알아뿌면 삭막해서 우째 삽니꺼."

덩치에 어울리지 않게 잔뜩 놀란 얼굴로 구석에 서 있던 혜림이 흘리는 소리다. 양산댁이 희번덕이는 눈으로 돌아보았다.

“뭐라꼬?”

“사람이 좀 모자리고 못난 구석이 있어야 정 줄 구석도 있는
기지…….”

양산댁의 눈치를 보면서도 혜림은 제 할 말은 꼬박꼬박 다 했
다. 양산댁은 그런 혜림을 한동안 살피다가 마지못한 듯 웃음을
지었다.

“그래, 니 말이 맞다. 사람이 좀 모자리고 못나고 그래야 정도
가는 법이다. 그란데 세상이란 기 그런 사람한테는 정을 잘 안
주더라 이 말이다. 그런 사람한테 정 줄 줄 아는 사람이 이 세상
에는 참 드물다.”

혜림을 바라보는 양산댁의 두 눈에 따듯한 온기가 흘렀다.

“저기 물가 자갈밭에 가봐라. 거기서 담배 피우고 있을 기다.
니가 재주껏 달래가 델꼬 온나.”

양산댁은 송아 대신 혜림을 태식에게 보냈다.

“니한테 매운탕 만들어줄 기라고 아끼놓았던 쏘가리를 쏟았
으니 지 딴은 분이 난 기라. 내가 새로 한 냄비 안치 줄 테니까
들고 얼른 가라. 어르신 시장하시겠다.”

바닥을 다 치운 양산댁은 다시 뜰채로 쏘가리를 한 마리 건져
와 재빠르게 칼을 놀렸다.

“가자마자 회부터 먼저 묵어라. 알았제?”

“할머니…….”

이상하게 매운탕을 가져가는 것이 불편했다. 한 번도 이런 적

이 없었는데.

"아까도 말했지만 송아 니는 내 딸이고 손녀다."

그러니 아무것도 불편해하지 말라는 뜻이다.

"태식이하고 내하고 싸우는 기 어디 하루이틀이가? 걱정 마라."

가볍게 등을 토닥이는 손에 떠밀려 횟집을 나오는데 자갈밭에 나란히 서 있는 태식과 혜림이 보였다. 할머니와 태식에게서, 그리고 강나루 횟집에서 한발 밀려나 버린 느낌이 들었다. 그래서 서운하고 불편한 건지도 모른다.

✳

좌르르…….

자전거는 어둠을 가르며 은현리로 달렸다. 이미 자정이 가까워 오는 시각이다.

시간은 왜 이렇게 빨리 가는지, 은현리와 율현리의 거리는 또 왜 이렇게 멀게만 느껴지는지, 채송아는 아무리 보아도 왜 이렇게 보고만 싶은지…….

그런 생각을 하며 규원은 피식 웃음을 흘렸다. 자갈밭에서 반딧불이를 구경하던 날, 꿈결처럼 스쳐 간 송아의 입술은 며칠이 지난 지금까지도 여전히 잠을 설치게 만들었다. 송아와 함께 저녁을 먹고, 서책을 보며 차를 마셨고, 별빛을 밟으며 오랜 산책을 했다. 그 긴 시간이 찰나처럼 느껴진다.

생각에 잠겨 달리고 있는데 희끄무레한 그림자가 다가오는 것이 보였다. 규원은 힘차게 밟던 페달을 멈추고 브레이크를 잡았다.

끼이익!

다가온 그림자는 찬엽이었다.

"왜 이렇게 늦은 거냐?"

"죄송해요. 송아 씨랑 얘기가 좀 길어졌어요."

찬엽은 어둠 속에서 규원을 유심히 살폈다. 요즘 규원의 얼굴이 한층 가벼워지고 밝아졌다. 언제나 규원을 감싸고 있던 죄의식의 그림자가 거두어졌다. 그리고 대신 그 자리에 들어선 것은 낯선 설렘이다. 자전거를 사이에 두고 걷고 있던 찬엽이 얼굴을 스륵 가까이 가져왔다.

"송아가 은근 귀여운 구석이 있지?"

"네? 아, 예."

한동안 빤히 바라보던 눈을 거두고 찬엽의 얼굴이 다시 자전거 너머로 멀어졌다.

"그런 환경에서 그렇게 밝게 자라기 힘든데 아주 예쁘게 잘 컸어."

"많이 힘들었나 봐요? 그렇게 보이지 않는데……."

"다섯 살에 수선제에 맡겨졌어."

부모님이 일찍 곁을 떠났다는 말은 들었지만 그렇게 어린 나이일 줄은 몰랐다. 풀벌레 소리가 찌르르…… 아프게 들렸다. 말 없이 걷던 찬엽이 문득 물었다.

"넌 언제까지 이곳에 있을 참이냐?"

"글쎄요? 아직 잘 모르겠어요."

내려오기 전까지만 하더라도 이곳에서 일 년쯤 지내다가 다시 모교로 돌아가겠다는 구체적인 계획이 있었다. 한의학계에서 척추신경계 분야의 독보적인 존재인 하윤수 교수의 지도를 좀 더 받고 싶은 마음도 있었다. 그런데 지금은 잘 모르겠다.

"송아는 수선제를 떠나지 못할 거다."

뜬금없는 찬엽의 말에 규원이 문득 걸음을 멈추었다. 얼마 전 태식도 이런 말을 했다. 수선제가 있는 한 송아는 절대 이곳을 떠나지 못할 거라고.

그래서, 그것이 뭐 어떻다는 거지? 송아가 수선제를 떠나지 못하는 것과 자신이 그녀를 사랑하는 것이 무슨 상관관계가 있다는 건지 규원은 아직 잘 모르겠다. 다른 일은 나중으로 미루어 두고 지금은 그저 채송아와 사랑을 하고 싶을 뿐이다.

"혹시라도 가볍거나 장난스러운 마음이라면 당장 그만둬라."

단호한 찬엽의 말에 규원은 저도 모르게 발끈했다.

"전 승원이가 아니에요!"

그 밤 내내 규원은 잠을 설쳤다. 채송아와 수선제가 호수의 잔물결처럼 밀려와 가슴에 부딪쳤다 멀어지곤 했다.

퇴근 버스에서 내리던 송아의 발이 멈칫했다. 뒤따라 내리던 규원의 눈도 멈칫했다. 수선제 앞에 고급스러운 승용차가 세워져 있었다.

"송아 씨, 무슨 일……?"

규원의 물음이 채 끝나기도 전에 송아는 수선제로 뛰어들어갔다. 댓돌 위에 번쩍이는 구두들이 널려 있고, 사랑채에서 두런두런 말소리가 흘러나오고 있었다. 송아는 주먹을 그러쥐고 아랫배에 힘을 주었다. 그리고 전에 없이 목소리를 높였다.

"저 왔어요!"

사랑채에서 말소리가 뚝 멈추더니 풍채 좋은 중년의 남자가 마루로 불쑥 나왔다. 문중 회의 때 본 적이 있는 아저씨뻘의 먼 친척이다.

"이제 퇴근하는 길인 모양이지?"

그리고 빈들 웃으며 그는 송아의 아래위를 훑어보았다.

"오셨어요."

고개를 까딱 숙여 인사를 건넨 송아는 그의 눈을 무시한 채 마루로 올라섰다. 사랑방에는 서안을 사이에 두고 할아버지와 날카로운 눈매를 가진 남자가 앉아 있었다. 그는 젊지만 문중에서는 가장 큰 힘을 가진(실은 부를 가진) 사람이었다. 문중에서 수선제로 전해지는 얼마간의 돈도 실은 그에게서 나오고 있다는 것을 안다. 아버지와는 10촌이라던가, 12촌이라던가? 촌수마저 애매한 먼 친척 채석원이라는 사람이다.

할아버지의 얼굴은 전에 없이 어둡게 가라앉아 있었다. 송아는 그 모습이 마음이 아파 더욱 밝은 목소리로 인사를 하며 방으로 들어갔다.

"할아버지, 저 왔어요!"

그리고 눈을 돌려 서안 앞에 앉은 남자에게 인사를 건넸다.

"오셨어요?"

남자는 말없이 고개를 끄덕여 대답을 대신했다. 그는 늘 그랬다. 송아에게 단 한 번도 먼저 인사를 건네거나 직접적인 말을 걸어온 적이 없었다. 송아는 남자의 날카로운 눈초리를 피하지 않은 채 마주 보았다. 그가 왜 왔는지, 그리고 무슨 말로 할아버지의 마음을 괴롭혔는지 짐작이 간다. 조그만 주먹을 그러쥐는데 그가 먼저 송아의 눈을 피해 자리에서 일어났다.

"그만 가보겠습니다. 제가 드린 말씀 잘 생각해 보십시오. 어느 쪽이 모두를 위해 현명한 선택인지 말입니다."

마당으로 나간 남자가 뒷짐을 진 채 수선제를 한 번 스륵 살피더니 정원을 지나 밖으로 나가는 모습이 보였다. 송아는 다급히 그를 따라 나갔다. 그리고 막 차에 타려는 그를 불러 세웠다.

"잠깐만요!"

햇살이 부신 건지 자신을 불러 세우는 송아가 성가시다는 건지 모를 표정으로 그는 이마를 찌푸렸다. 그 모습이 왠지 위압적으로 느껴졌지만 송아는 주먹을 발끈 쥐고 또렷한 음성으로 말했다.

"지난번에 제 뜻을 분명히 전했을 텐데요?"

그는 말없이 송아를 바라보았다. 얼마나 지났을까, 그의 입꼬리가 보일 듯 말 듯 올라가는 것이 보였다. 그러나 그것이 다였다. 다시 본연의 차가운 얼굴로 돌아온 그가 천천히 입술을 움직였다. 생긴 것만큼이나 딱딱하고 차가운 음성이다.

"채송아 씨, 당신 뜻은 충분히 심사숙고하고 있는 중입니다. 그럼."

그가 차에 오르자 먼저 나와 운전석에 앉아 있던 풍채 좋은 남자가 다시 차에서 내려 답답하다는 표정으로 한마디 거들었다.

"이보게, 질녀. 왜 사서 고생을 하려고 그래? 회장님이 도와주신다고 할 때 받아들여."

"그만 가죠."

차 안의 남자에게서 들리는 소리에 그는 움찔하며 송아에게 손을 흔들어주고 얼른 차를 출발시켰다. 큰길로 나간 차가 멀리 사라질 때까지 송아는 성난 눈을 거두지 못했다. 조금 떨어진 곳에 서 있던 규원이 그제야 다가왔다.

"송아 씨, 무슨 일이에요? 저 사람은 누구죠?"

"수선제를 빼앗으려는 사람요."

"수선제를 빼앗아요?"

"전에 얘기 했잖아요. 문중에서 수선제를 관리하려 한다고요. 저 사람이 그 주동자예요."

송아는 분을 이길 수 없다는 듯 입술을 잘근 깨물었다. 규원을 보내고 다시 들어오니 할아버지는 조금 전의 그 모습 그대로 꼿꼿이 앉아 계셨다. 그것만이 당신이 보여줄 수 있는 마지막 자존심인 듯. 채석원이 무슨 제의를 하고 갔는지 물었지만 할아버지는 끝내 아무 말도 해주지 않았다.

일요일 아침, 규원은 외숙모가 만들어준 반찬과 먹을거리를 차에 싣고 수선제로 왔다. 그리고 송아를 도와 뒤채 청소를 했다. 구석구석 돋아난 풀을 뽑고 간단하게 먼지를 닦아내는 데만도 한나절이 지났다. 별것 아닌 일처럼 보였던 일들이 직접 해보니 보통 힘든 게 아니었다. 송아가 왜 월요일만 되면 허리가 아프다고 했는지 그제야 알 것 같았다.

"내가 만약 아들이었다면 그 사람들이 그렇게 함부로 말하진 못하겠죠? 이럴 땐 내가 남자로 태어나지 못한 게 너무나 화가 나요."

며칠이 지났는데도 송아는 여전히 그날의 화를 풀지 못하고 있었다. 송아에게 무언가 힘이 되어주고 싶지만 제 힘으로 해줄 것이 아무것도 없다는 것에 규원은 속이 상했다.

"힘내요, 송아 씨. 아무리 그래 봐야 법적인 권리는 송아 씨에게 있는 거잖아요. 그 사람들도 마음대로 하진 못할 거예요."

유산을 물려받는 데 있어서 남녀 차별은 이미 사라진 지 오래다. 이미 시집간 딸들도 문중의 유산을 나눠 달라고 소송을 걸어

승소하는 세상이다. 더군다나 수선제는 문중의 재산이 아니라 할아버지 개인 소유의 집이다. 할아버지의 의지만 뚜렷하다면 그들에게 넘어갈 일은 없을 것이다. 생각이 거기에 이르자 마음이 조금 누그러졌다.

"그렇겠죠?"

"당연하죠!"

"근데 할아버지가 문제예요. 할아버진 여전히 제게 수선제를 물려주는 것에 대해 망설이고 계세요."

규원은 정암 선생의 망설임을 이해할 수 있었다. 이 아름답고 수려한 고택이 송아에게 얼마나 큰 짐이 될지를 아시는 것이다. 당신에겐 평생 자존심이었고, 사랑이었고, 한편으로는 벗어 던질 수 없는 짐이었을 수선제. 어리고 애틋한 손녀에게 그 짐을 물려주고 싶지 않은 것이리라.

자신의 존재가 송아에게 도움이 될 수 있었으면 좋겠다고 생각하며 규원은 고개를 들어 수선제를 둘러보았다. 채송아만큼은 아니지만 자신도 이 집을 꽤나 좋아하게 된 것 같았다.

승원이도 이곳을 좋아하게 될까?

그러고 보니 승원이 은현리로 내려오겠다고 한 날이 다음 주다.

"다음 주에 동생이 내려와요."

"그림을 그린다는 그 동생요?"

"예."

그림을 그리고 자전거에 '적하운도'라는 멋진 이름도 지어준 걸 보면 예술적 감각이 뛰어난 사람인 것 같다. 그러고 보니 규원이 동생에 대해서는 한 번도 자세한 얘기를 들려준 적이 없었다.

몇 살일까? 여자일까, 남자일까?

궁금증이 가득한 송아의 눈을 보며 규원이 말했다.

"우린 쌍둥이예요."

"쌍둥이요?"

송아의 눈이 동그래졌다. 이규원과 똑같이 생긴 사람이 또 한 명 있다고 생각하니 신기하기도 하고 왠지 기분이 묘했다.

"헷갈리겠다."

"그럴 일 없어요."

"이란성이에요?"

"아뇨. 일란성인데 난 이렇게 서 있고 동생은 앉아 있어요."

"……?"

"어릴 때 사고로 다쳐 휠체어를 타고 있어요."

아, 그래서 규원이 그렇게 수원으로 자주 올라갔던 모양이다. 무슨 말을 해야 할지 몰라 잠시 망설이는 사이 규원이 다시 말을 이었다.

"아주 유쾌하고 재밌는 녀석이에요. 가끔은 그게 지나쳐서 성가시기도 하지만. 혹시 그 녀석이 무례한 행동을 하더라도 송아 씨가 너그럽게 봐주셨으면 해요."

미리 이렇게 양해를 구할 정도면 그 성가심이 조금 지나친 사
람일지도 모르겠다. 상상이 가지 않았다. 이렇게 조용하고 점잖
은 규원에게 성가실 정도로 유쾌한 동생이 있다는 사실이. 그것
도 쌍둥이라는 것이.

#06

　승원은 우거진 솔숲에 둘러싸인 고택을 호기심 어린 눈으로 살폈다. 어제저녁, 은현리에 도착하자마자 규원이 입에 침이 마르도록 자랑하던 수선제다. 그곳에 가면 수선제를 닮은 채송아란 여자와 정암 선생님이 살고 있다고 했다. 그들의 이야기를 하는 내내 규원의 눈이 얼마나 반짝였는지, 마치 열다섯의 빛나던 규원을 다시 보는 듯했다. 그래서 호기심이 일었었다.

　아침에 눈을 뜨자마자 그곳으로 가보자는 말에 규원은 갑작스러운 방문은 실례라며 다음에 가자고 말렸지만, 즉흥적이고 고집스러운 성격의 승원이 그 말을 들을 리가 없었다.

　"그럼 외삼촌께 부탁해야겠군."

승원이 기어이 찬엽을 부추겨 나서자 규원도 어쩔 수 없이 따라나섰다. 송아에게 승원을 이렇게 빨리 인사시킬 생각은 없었다. 가늠할 수 없는 승원의 성격이 송아나 정암 선생님께 무례하게 비치지는 않을까? 그래서 상처를 주지나 않을까? 그런 쓸데없는 걱정들이 그의 마음을 무겁게 했다. 휠체어를 내리고 다시 승원을 안아 내리는데 송아의 음성이 들렸다.

"오셨어요, 선생님?"

인사는 찬엽에게 건네며 송아의 눈은 규원에게로 향했다. 그리고 다시 규원에게 안겨 휠체어로 내려지는 남자에게로 향했다. 남자가 그녀를 빤히 건너다보았다. 정말 규원과 얼굴이 똑같이 생겼다.

"동생이에요."

규원의 소개에 송아는 고개를 끄덕이며 어색한 눈인사를 건넸다. 그리고 찬엽에게로 얼굴을 돌리려는데 남자가 다시 인사를 건네왔다.

"이승원입니다."

멀찍이 앉은 그가 악수를 청하듯 손을 내밀었기 때문에 송아는 어찌해야 할지 몰라 망설였다. 규원이 휠체어를 밀고 가까이 다가오자 앞으로 내밀었던 남자의 손이 불쑥 올라왔다. 송아는 얼결에 그 손을 잡았다.

"채송화 씨죠? 얘기 많이 들었어요."

"채송화가 아니라 채송안데요."

“그거나 그거나.”

규원의 말처럼 유쾌하고 재밌는 사람 같았다. 송아가 웃음을 숨기며 어색하게 인사를 건네고 손을 놓으려는데 그가 손에 힘을 꽉 주며 놓아주지 않는다. 그리고 투정을 부리듯 규원을 올려다보았다.

“뭐야, 이규원. 내 얘기 안 한 거야?”

그는 좀 더 반갑고 특별한 인사를 기대한 모양이다. 송아는 그제야 그의 뜻을 알아채고 얼른 규원을 대신해 대답했다.

“아뇨, 얘기 많이 들었어요. 만나서 반가워요.”

다정한 인사를 건네자 그제야 그가 손을 놓았다. 제 존재를 확실히 인식시켰다는 듯 입가에 만족한 미소가 지어졌다. 규원과는 사뭇 다른 사람이다. 처음 보는 순간부터 너무도 순하고 여려 보이던 규원과 달리 승원의 얼굴은 당당하다 못해 교만해 보이기까지 했다.

“우리 송아는 나날이 예뻐지는 것 같다?”

차에서 짐을 내린 찬엽이 다가서며 농담을 건네자 송아의 얼굴이 이내 어린아이처럼 새침해졌다.

“칫! 원래 예쁜 얼굴이었는데 그동안 선생님이 인정을 안 해 주신 거예요!”

그리고 다가서며 박스를 들여다보았다.

“뭐예요?”

“훈제오리랑 쇠고기 조금 하고 사골.”

"와, 맛있겠다!"

그리고 꽤나 무게가 나가는 상자를 가뿐히 들고 앞서 걸었다.

"귀엽네?"

사뿐사뿐 걷는 송아를 빤히 바라보던 승원이 들릴 듯 말 듯 중얼거리며 키득 웃었다.

수선제로 들어가 할아버지께 인사를 하고 찬엽이 할아버지와 얘기를 나누는 동안, 규원은 승원의 휠체어를 밀고 송아의 안내를 받으며 수선제를 구경시켜 주었다. 수선제가 언제 지어졌으며 도담호 안쪽 마을에 있던 이 집이 수몰 위기를 피해 어떤 방법으로 이곳으로 옮겨졌는지, 그리고 이곳으로 옮겨져서는 또 어떻게 관리되었는지. 송아는 아주 상세한 설명까지 덧붙여 가며 얘기를 들려주었다. 뒤채에 도착해서도 승원의 질문은 끝없이 이어졌다. 물론 그 질문의 절반 이상이 이미 설명했던 부분이거나 똑같은 질문을 말을 교묘히 바꿔가며 두세 번씩 하고 있었다. 승원의 장난이 시작된 거다. 규원은 그때부터 이미 슬슬 화가 나고 있었다. 자신에겐 어떻게 해도 좋지만 송아를 상대로 하는 장난은 싫었다. 규원이 얼굴을 찌푸렸지만 승원은 아랑곳하지 않았다. 서책방에 대해 똑같은 설명이 두 번째 이어지자 승원이 슬쩍 돌아보며 속삭였다.

"꼭 관광 명소 안내원 같네?"

그리고 키득 웃었다. 고요하던 규원의 얼굴이 일그러졌다. 이 녀석은 늘 이런 식이었다. 한 번도 진지하거나 심각해 본 적이 없다. 평소 같으면 원래 그러려니 이해할 수도 있는 일이었지만 장난의 상대가 송아라는 것이 규원을 참을 수 없게 했다.

"그만 갈래?"

"아니! 재밌는데 왜?"

"송아 씨 피곤해."

그리고는 곧장 휠체어를 몰아 사랑채 마당으로 나왔다. 승원이 거부의 뜻으로 휠체어 바퀴를 꽉 잡았지만 규원의 힘을 당할 수는 없었다. 마침 찬엽이 얘기를 끝내고 나오고 있었기에 별다른 실랑이를 할 필요도 없었다. 은현리로 돌아오자마자 규원은 불같이 화를 냈다.

"어떻게 그런 말을 할 수 있어? 넌 단 한 순간도 송아 씨의 설명을 진지하게 듣지 않았어! 그건 예의가 아니잖아!"

규원이 이토록 화가 난 모습은 처음이었다. 아니, 사고 이후 규원이 승원 앞에서 화를 내는 것 자체가 처음이라고 하는 말이 옳겠다.

"왜 그래? 장난 좀 친 것 가지고."

그다지 심한 장난도 아니었다. 자신으로서는 최대한 예의를 갖춘, '눈도장 찍기'와 같은 가벼운 인사에 불과한 행동이었다. 원래 장난스러운 성격이란 걸 모르는 것도 아니고.

"무슨 일이냐?"

화가 난 규원의 모습은 찬엽에게도 의아했다.

"제가 그 여자더러 꼭 관광 명소 안내원 같다고 했더니 이래요.”

승원의 말에 찬엽이 웃음을 터뜨렸다. 수선제에 대해 설명하는 송아의 모습을 그보다 더 잘 표현한 말은 없어서였다.

“틀린 말은 아닌데 왜?”

“외삼촌!”

버럭 소리를 지른 규원이 문을 박차고 나가 버리자 승원은 ‘휘유’ 하고 한숨인지 휘파람인지 모를 소리를 내었다.

“이제야 좀 인간 같네.”

“뭐?”

“화를 내니까 이제 좀 사람 같다고요.”

사고 후 승원이 다리를 잃었다면 규원은 감정을 잃어버린 사람 같았다. 한의대 합격 통지서를 들고 왔을 때 규원은 부모님보다 승원에게 먼저 그것을 보여주었다.

“조금만 기다려. 내가 공부 끝내면…….”

규원은 제 감격에 겨워 말을 잇지 못했다. 의학적으로 이미 마비 판정이 난 승원의 다리에 대해 규원은 여전히 미련이 남은 듯했다. 마치 그것이 목적인 것처럼 한의대를 택했던 것이다. 당장 때려치우라고 소리치고 싶었지만 그럴 수 없었다. 규원은 여전히 사고의 통증 속에 갇혀 있었다.

그래서 승원의 성격이 더욱 장난스러워진 건지도 모른다. 어떡하든 규원에게 자신은 아무렇지 않다는 걸 보여줘야 했으니까. 그래서 사고를 치고 장난을 치면 달려온 규원이 뒤처리를 했다. 자신이 무슨 짓을 하던 원망도 화도 낼 줄 모르던 규원. 그런 녀석이 드디어 화를 냈다. 승원은 저도 모르게 빙긋 웃음을 지었다.

무엇이 규원의 마음을 흔들어놓은 걸까?

승원은 수선제에서 보았던 그 여자를 떠올렸다. 소박한 들꽃처럼 귀엽던 여자.

승원의 얼굴에 스치는 미소가 여전히 장난기인지 안도의 미소인지 찬엽은 알 수가 없었다.

"송아가 아무리 그렇게 보였어도 초면에 그런 말을 한 것은 예의가 아니었다. 규원이 성격에 난감할 만했어."

찬엽의 나무람에 승원은 건성으로 고개를 끄덕였다.

"근데 그게 그렇게 기분 나쁜 말이었어요?"

"그 말보다 너의 태도가 문제였겠지. 진지하게 설명을 하고 있는 사람 앞에서 넌 처음부터 장난스러운 마음이 있었던 것 아니냐?"

그 말은 맞았다.

"그 여자도 기분 나빴을까요?"

"글쎄다."

송아 성격에 듣는 순간은 기분이 안 좋았겠지만 금방 이해하고 잊었을 것이다.

"너도 이제 나잇값 좀 해라. 말투도 좀 진중하게 고치고. 언제 까지 어린애처럼 살 거냐?"

"동심을 잃어버리면 그림이 재미없어져요."

그것은 사람들로부터 철 좀 들라는 소릴 들을 때마다 승원이 펼치던 논리였다.

"그래도 송아에겐 그러지 마. 앞으로도 볼 일이 많을 텐데."

그 여자를 볼 일이 왜 많은지 설명해 주지 않은 채 찬엽은 나가 버렸다. 어쨌든 수선제라는 곳이 꽤 흥미로운 곳이니 자주 들르게 될 것 같긴 했다.

규원은 자신이 승원에게 왜 화가 났었는지에 대해 곰곰이 생각해 보았다. 단순히 송아에 대한 무례함 때문만은 아니었던 것 같다. 송아를 향해 반짝이는 승원의 눈이 불안했었다. 승원이 장난스러운 말을 걸 때마다 송아의 얼굴에 번지던 웃음기가 싫었다. 바보처럼, 어린애처럼. 사랑을 하면 유치해진다더니 자신이 꼭 그 짝이란 생각이 들었다.

그는 쓴웃음을 지으며 가운을 벗고 가방을 챙겨 들었다. 좀 이른 시간이었지만 문화원 앞 버스 정류장에서 송아를 기다렸다. 팔랑팔랑 나비처럼 문화원을 걸어 나올 그녀를 상상하며 가슴이 설레었다.

버스 정류장 플라타너스 나무 아래 규원이 서 있었다. 감색 바지에 연한 하늘색 셔츠를 받쳐 입고 서류가방을 어깨에 멘

모습이 영락없이 착한 직장인의 모습이다. 좀처럼 흐트러지지
도 않고 변하지도 않을 것 같은 남자. 그래서 언제나 잔잔한
도담호의 물결을 닮은 남자. 그 남자에게서 어제 새로운 모습
을 발견했다. 짓궂고 장난스러운 승원의 뒤에서 굳은 얼굴로
서 있던 규원의 눈빛이 얼마나 불안해 보였는지, 승원의 장난
스러운 말에 자신이 웃음 지을 때마다 그의 눈빛이 또 얼마나
사나웠는지 규원 스스로도 모를 것이다. 그래서 잔잔하고 수
줍기만 하던 채송아의 사랑에 조그만 파문이 인 날이었다, 어
제가.

살금살금 다가간 송아가 규원의 등을 덥석 짚었다.

"왁!"

놀라 돌아보니 이마에 땀방울이 송골송골 맺힌 송아가 깔깔
웃고 있었다.

"벌써 마친 거예요?"

그녀는 고개를 까딱까딱하며 규원의 팔을 잡아끌었다.

"나랑 잠깐 어디 갈래요?"

"곧 버스 올 텐데?"

"좀 늦게 가지, 뭐. 해도 긴데."

평소답지 않게 그녀는 조금 들떠 있는 것 같았다. 팔을 잡아
끌던 손을 스륵 내려 규원의 손에 깍지를 꼈다. 내리쬐는 8월의
태양이 무색할 만큼 따듯한 손. 그 보드랍고 다정한 느낌에 규원
의 얼굴에 행복한 미소가 번졌다.

송아의 손에 이끌려 들어간 곳은 시내 번화가에 있는 '뒤란'이라는 커피 전문점이었다. 그러나 메뉴판에는 커피보다 생과일 주스의 이름이 더 많이 적혀 있었다. 송아가 메뉴판을 살피는 사이 규원은 손님으로 꽉 찬 실내를 둘러보았다. 세련된 인테리어와 생기 넘치는 사람들, 그리고 추울 정도로 켜진 에어컨 바람이 어느새 생소했다.

"이러고 있으니까 진짜 데이트하는 느낌이네."

혀끝을 톡 쏘는 키위주스를 한 모금 들이켜며 그녀가 혼잣말처럼 중얼거렸다.

"혹시 이런 거 하고 싶었어요?"

규원이 조금 놀란 눈으로 물었다.

"아뇨. 그냥 우리가 항상 맴맴 돌던 공간을 벗어나니까 새로운 느낌이 든다는 뜻이에요."

송아의 눈빛이 전에 없이 반짝거렸다. 얌전하고 조심스럽던 채송아에게 무슨 일이 생긴 것일까? 짧은 연애에 어느새 권태기가 온 건가?

규원이 조금은 근심스러운, 또 조금은 장난스러운 눈으로 그녀를 바라보았다.

"무슨 일이에요?"

송아는 대답 대신 자신이 물고 있던 빨대를 규원의 입 쪽으로 돌렸다. 그리고 규원에게 얼른 먹어보라고 권했다. 잠깐 망설이던 규원이 그녀가 물었던 빨대를 입으로 가져가 무는 순간 송아는 규원이 마시던 아이스커피를 당겨 빨대를 물었다. 그리고 다시 들릴 듯 말 듯 조그만 목소리로 말했다.

"그동안 규원 씨를 만나면 참 편하고 좋다 이런 느낌이었는데……."

참 편하고 좋던 이규원이 갑자기 불편해지기라도 했다는 소린지…….

규원의 얼굴이 바짝 긴장해서 가까이 다가왔다. 그리고 이어지는 그녀의 말을 듣기 위해 귀를 쫑긋했다. 송아는 다시 커피를 한 모금 꼴깍 하고 말을 이었다.

"갑자기 불꽃이 빵!"

불꽃이 빵?

고개를 갸웃하던 규원은 송아의 얼굴이 살짝 붉어진 걸 보고서야 그녀의 말뜻을 알아차렸다. 고요하고 수줍던 채송아의 마음에 불꽃이 일었다는 말이다. 이규원을 향한 마음이 뜨거워졌다는 고백이다.

규원은 감당할 수 없는 마음이 되어 송아를 바라보았다. 사랑이 고요하고 잔잔하다고 해서 뜨겁지 않은 것은 아니라고 생각한다. 자신이 송아를 사랑하는 마음은 그 어떤 격렬한 감정보다 뜨거울 것이다. 그러나 송아는 미처 그것을 알아채지 못했던 건지도 모른다. 규원이 손을 바짝 잡아당기는 순간 송아가 다급히 말했다.

"터, 터질 뻔했다고요, 어제."

“어제?”

“승원 씨 뒤에서 날 살피던 규원 씨 모습이 얼마나 불안해 보였는지, 사나워 보였는지 모르죠?”

“설마?”

불안하긴 했었지만 사납기까지나?

“조금 더 있다가는 소리라도 지를 기세던데요? 그래서 일찍 돌아갔던 거 아니에요?”

맞다. 규원은 어제의 제 감정이 떠올라 씁쓸한 미소를 지었다.

“유치했어요. 반성하고 있습니다.”

“전 좋았는데요?”

“……?”

“막연했던 내 마음이 확연해졌다고나 할까요? 뭐 그랬다고요, 어제.”

그렇게 말한 송아는 쑥스러운 듯 규원의 눈길을 피하고 있었다. 규원은 그녀의 손을 꼭 잡은 채 그곳을 나왔다. 격렬한 파도가 가슴을 때리는 것 같았다. 무슨 말이든 해주어야 할 것 같은데 떠오르지 않는다. 그저 채송아와 함께 있고 싶다는 것, 잡은 이 손을 절대로 놓고 싶지 않다는 것, 그 생각만 머릿속을 맴돌았다.

버스에서 내린 규원은 이미 어두워진 솔숲으로 송아를 이끌었다. 그리고 아름드리 소나무 기둥에 기대어 그녀를 격하게 안았다. 가슴이 터질 것처럼 두근거렸다. 그녀의 더운 숨결, 두근거리는 심장 소리, 꼭 움켜쥔 조그만 주먹, 그 모든 것이 떨리도록 사랑스러웠다.

"할아버지…… 기다리실 거예요."

꼼짝 않고 안겨 있던 송아가 중얼거렸다. 그러나 가슴에 기댄 얼굴을 들진 않았다. 귓전에 울리는 그의 심장 소리가 너무나 좋아 떨어지고 싶지 않았다. 말이 씨가 된 것처럼 빵 터져 버린 마음이 좀처럼 가라앉질 않았다.

승원이 수선제에 다시 나타난 것은 규원이 동료 의사들과 함께 2박 3일 일정으로 의료봉사를 떠난 첫날이었다. 송아가 조금 이른 퇴근을 하여 수선제에 들어서는데 정원의 나무 그늘에 휠체어를 탄 승원이 있었다. 그의 앞에는 캔버스가 놓여 있고 할아버지가 그의 주위를 서성이고 계셨다.

"할아버지!"

"그래, 오늘은 퇴근이 이르구나."

"네, 책자가 마감돼서 좀 여유로워요."

할아버지와 인사를 다 나눌 때까지 승원은 돌아보지 않았다. 그림에 깊이 빠진 모양이었다. 인사를 건네려고 잠깐 기다리던 송아가 그냥 돌아서는데 그가 먼저 인사를 건넸다.

"안녕하세요?"

돌아보니 그의 눈은 여전히 캔버스에 머물러 있었다. 방금 들은 인사말을 잘못 들은 건가 착각할 지경이다.

"네…… 안녕하세요?"

인사를 건네며 살펴보지만 그는 여전히 눈길을 주지 않았다. 그림에 완전히 몰입되어 있거나 예의가 없는 사람이거나 둘 중 하나일 거라 짐작하며 안으로 들어갔다. 그리고 옷을 갈아입고 부엌으로 가 얼음을 띄운 미숫가루를 타서 들고 다시 마당으로 나왔다. 할아버지는 미숫가루를 두어 모금 마시고는 다시 내려 놓았다.

"조금만 더 드세요."

"아니다. 속이 편치 않아."

"많이 불편하세요? 규원 씨도 없는데……."

급체를 치료해 준 그날 이후 내내 규원이 할아버지를 살펴왔 기에 어느새 의지하는 마음이 컸다. 할아버지는 걱정할 정도는 아니라며 웃어 보이고 사랑으로 들어가셨다. 송아는 그제야 남 은 미숫가루를 들고 승원에게 다가갔다. 그는 여전히 그림에 몰 입해 송아가 다가가는 것도 모르는 것 같았다.

재빠른 손놀림이 아니라면 그림을 그리고 있다고 느끼지 못 할 만큼 그의 얼굴은 마치 규원을 보는 듯 나른하고 평화로웠다. 미숫가루를 건네야 하나 말아야 하나 망설이던 송아는 은근한 호기심에 그의 뒤편으로 살금살금 다가갔다.

그림은 수선제의 사랑채였다. 무겁고 미끄러운 기와 곡선과 살짝 치켜든 처마 끝이 선비의 눈빛처럼 단정하고 말끔한 수선제. 그 특징을 정확히 짚어낸 듯한 그림을 송아는 잠깐 호흡을 멈추고 바라보았다.

"마음에 들어요?"

갑작스러운 물음에 송아는 깜짝 놀라 한 발짝 뒤로 물러났다. 승원은 피식 웃으며 연필을 놓고 손을 내밀었다. 새삼스럽게 악수를 청하는 건지 아니면……?

송아가 고개를 갸웃하자 그가 말했다.

"미숫가루."

컵을 받아 단숨에 들이켠 그가 다시 물을 달라고 했다. 마치 오래 알아온 사람처럼 그의 행동은 머뭇거림이 없었다.

"규원이랑은 친해요?"

"뭐, 그냥……."

느닷없는 질문이라 당황하여 그렇게 얼버무렸다. 규원이 자신들의 사이에 대해 승원에게 아무 말도 하지 않은 모양이다. 다행이다. 아직 할아버지와 찬엽에겐 들키고 싶지 않으니까.

"그렇죠? 워낙 말도 없고, 그 녀석이 원래 친해지기가 좀 힘든 구석이 있어요."

아닌데?

규원과 자신이 너무도 자연스럽게 가까워졌기에 승원의 말에 동의할 수 없었다. 그러나 송아는 그 말을 삼켰다.

"나이가?"

"그쪽보다 세 살 어려요."

아, 가볍게 고개를 끄덕이던 승원이 들고 있던 연필을 툭 떨어뜨렸다. 휠체어 바퀴 아래로 닿을 듯 말 듯 뻗는 승원의 손을 바라보던 송아가 얼른 다가가 주워주었다.

"땡큐, 아가씨."

그리고 한쪽 눈을 찡긋하는 승원이다. 개구쟁이 같은 그 모습에 송아는 저도 모르게 피식 웃음을 흘렸다. 왠지 미워할 수 없을 것 같은 사람이다.

✳

커다란 덩치에 비해 혜림의 몸놀림은 재바르다. 한 번 가르쳐 준 음식은 곧잘 따라 만들고, 눈치까지 빨라서 다른 아주머니들에게처럼 잔소리할 일도 없었다. 게다가 싹싹하기까지 하니 나무랄 게 없다. 덕분에 셋이나 두고 있던 아주머니 중 둘을 내보내고도 일이 버겁지 않을 정도였다.

"봐라! 돈까지 더 얹어주면서 씰데없이 먼 데서 델꼬 왔다고 난리 치더만 잘했제?"

양산댁의 자찬에 태식은 그저 시큰둥했다. 알아서 척척 일도 잘하고, 음식 솜씨 좋고, 손님들에게 싹싹하니 뭘 더 바랄 게 없을 지경이지만 태식은 여전히 그녀가 달갑지 않았다. 혜림이 옆을 스칠 때마다 통로가 좁아 몸을 비틀어 빠져나와야 하는 것도 마음에 안 들고, 덩치에 어울리지 않는 애교 어린 목소리도 불편하고, 어린 나이도 마음에 안 들고. 무엇보다 그 먼 곳까지 가서 그녀를 데리고 온 양산댁의 저의가 의심스러워서 더더욱 혜림을 받아들이기가 힘들었다. 이제 겨우 스물셋에 부모는 물론 일가친척 하나 없는 애다. 그런 애를 덥석 데리고 온 양산댁이나 가잔다고 겁도 없이 따라나선 혜림이나 태식으로서는 두 사람을 다 이해할 수 없었다.

어느 날 술을 한잔 걸친 태식이 작정하고 양산댁에게 물었다.

"어무이, 저 아를 여기 데리고 온 진짜 이유가 뭡니꺼?"

저나 나나 이미 짐작하고 있는 일인 것을 새삼스럽게 따지듯 묻는 태식이 미워 양산댁은 게슴츠레한 눈으로 노려보았다.

"다 알면서 새삼스레 와 묻노? 니 짐작이 맞다."

"어무이!"

"와! 내가 뭐 몬할 짓 했나?"

"이제 겨우 스물세 살입니더. 아무것도 모르는 아를 델꼬 와가 이러는 거는 잘못하는 깁니더."

"억지로 같이 살라는 것도 아이고 같이 지내다가 서로 마음이 맞으면 짝을 지으면 되는 기다. 저 아가 생긴 건 저래도 어디 하나 빠지는 기 있나? 내가 이때껏 살면서 저래 속이 꽉 찬 아는 몬 봤다. 그러이 딴생각하지 말고……."

"아무도 없는 아라고 어무이 마음대로 해도 되는 거 아입니더!"

"내가 뭐를 마음대로 했다고 그라노? 내가 내 욕심만 채우자고 델꼬 온 줄 아나? 여기 오면 돈도 마이 벌고 주방 일도 가르쳐 준다 하니까 욕심이 나서 지 스스로 따라온 기다. 오고 가는 거는 혜림이 자유다 이 말이다. 인제는 니 하기에 달렸다. 떠나 버리기 전에 저 아 마음을 잘 좀 잡아보란 말이다."

어머니가 얼마나 답답했으면 이런 일까지 벌였을까 싶어 죄송한 마음이 들었지만 그 뜻을 받아들일 수는 없었다. 담배를 피우러 나온 자갈밭으로 혜림이 따라 나왔다. 혜림은 태식이 담배 피우는 곁에 쪼그리고 앉았다.

"여기 가만히 앉아서 들으면 개울물 소리가 납니더."

듣고 보니 호수 물이 밀려왔다 나갈 때마다 자갈 사이로 빠져나가는 물에서 정말 개울물 소리가 들렸다.

"이 물이 처음 길을 떠났던 그곳에서도 이 소리가 났겠지예?"

이런 데서 살면 누구나 시인이 될 것 같다고 하더니 정말 어느새 시인이라도 된 듯 혜림의 말은 모두가 시 같다.

"니는 이 먼 데까지 와 왔노?"

"돈 벌라꼬예."

혜림이 호수로 돌멩이를 풍당 던지며 대답했다.

"일이 쪼매 힘들지만 그래도 숙식까지 제공해 주고 이만큼 월급 마이 주는 데는 없어예."

이제 겨우 스물세 살 먹은 여자가 너무 일찍 돈에 눈을 뜬 건가 싶어 측은한 마음이 든다.

“돈 벌어가 뭐 할라고?”

“묵고살고, 저금도 하고…… 나중에 공부 할라고예.”

“공부?”

“예, 대학교에 갈 깁니더.”

호수를 바라보는 혜림의 눈이 다부졌다. 태식은 새삼스러운 눈으로 혜림을 내려다보았다. 손님들이 모두 ‘아줌마, 아줌마’ 하고 부르니 태식마저도 ‘아줌마’ 소리가 저절로 나올 만큼 나이 들어 보이던 혜림이 그제야 어려 보인다.

“아저씨는 와 장가 안 가시는데예?”

태식은 혜림의 눈을 피해 호수로 눈을 돌렸다.

“할매랑 얘기하는 거 다 들었어예. 할매가 얼마나 답답하셨으면 이런 일을 벌였겠십니꺼.”

나무라는 말투가 꼭 송아 같았다.

“울 어무이 말 신경 쓰지 마라. 나는 그럴 마음도 없고 그런 짓도 하면 안 되는 기다. 떠나고 싶으면 언제든지 얘기해라.”

빤히 올려다보던 혜림이 다시 호수로 눈을 돌렸다.

“저는 나중에 작가가 될 겁니더. 시인이 될 거라예.”

햇살이 부서져 반짝이는 호수를 바라보며 혜림은 시심에 젖어들었다.

“송아네?”

중얼거리는 듯한 목소리가 들리더니 찰박찰박 자갈밭을 벗어나는 발걸음 소리가 들렸다. 돌아보니 태식은 어느새 저만치 도로 위로 달려가고 있었다.

　송아의 그림자를 따라 달려간 수선제에서 휠체어에 앉은 사람과 맞닥뜨렸다. 처음에는 그 녀석이 자전거를 타다가 다리를 심하게 다친 줄 알았다. 그러나 다시 보니 휠체어에 앉은 사람은 자신이 알고 있는 자전거 녀석이 아니었다. 자전거가 순둥이처럼 착해 보이는 눈을 가졌다면 휠체어에 앉은 남자의 눈은 상대를 주춤거리게 만드는 강렬함이 있었다.
　"자전거는?"
　"규원 씬 봉사활동 갔어요. 모레쯤 올 건데, 무슨 전할 말 있으세요?"
　"아, 아이다. 어무이가 김치 담가놨다던데?"
　"아, 맞다! 김치 떨어졌는데."
　그러면서 송아는 배시시 웃었다. 만날 이렇게 얻어먹으니 김치 담그는 법도 잊어먹을 지경이다. 얼른 부엌으로 달려가 빈 통을 챙겨 나온 송아가 태식을 따라나서려는데 승원이 재빠르게 휠체어를 밀고 다가왔다.
　"멀지 않으면 같이 가요."
　승원이 자신의 무릎을 툭툭 치며 말했다.
　"여기에다 김치통 올려서 오면 하나도 안 무거울 텐데?"
　태식과 송아의 눈이 동시에 휠체어에 올려져 있는 그의 다리를 내려다보았다. 그러자 승원이 다시 제 다리를 툭툭 치며 말했다.

"이 나무토막이 그래도 가끔은 쓸모가 있어요."

그리고는 키득 웃었다. 난감하고 아픈 말을 참 쉽게도 하는 사람이다. 조금은 당황스러웠지만 한편으로는 그의 가벼움이 좋았다. 그래서 송아는 얼른 휠체어 뒤로 가서 손잡이를 잡았다.

"그래요. 같이 가요."

송아의 소개로 규원의 동생이라는 승원과 어색한 인사를 나누고 불룩한 얼굴로 휘적휘적 걷던 태식이 뒤를 돌아보았다. 무슨 얘기를 그렇게 재미있게 하는지 송아는 걷는 내내 웃음이다. 횟집에 들어서자마자 승원은 휠체어를 밀며 정신없이 홀을 휘젓고 다녔다.

"와! 여기에서 내다보는 풍경이 정말 좋은데요? 저기 보이는 게 도담호라고 했죠? 송아 씨, 우리 나중에 규원이랑 회 먹으러 한번 옵시다!"

송아가 있는 주방 쪽에 대고 큰 소리로 말하더니 다시 태식에게 말했다.

"형님이 여기 주인이세요?"

형님? 지가 나를 언제 봤다고.

송아가 김치통을 들고 나오자 승원이 얼른 받아 제 무릎에 올리며 장난스럽고 개구진 표정으로 물었다.

"이거 배달해 주면 저한테 뭐 해줄 거예요?"

“네?”

“모델 어때요? 제 그림 모델.”

“그건……..”

“좋았어요. 그럼 출발합니다!”

양산댁에게 인사를 건네는 사이 이미 승원이 마당으로 나가고 있었다. 그리고 순식간에 내리막길 쪽으로 휠체어를 밀고 갔다.

“잠깐만요! 거긴 내리막길이라 위험한데!”

그러나 승원은 이미 시야에서 사라졌다. 놀란 태식과 송아가 마당으로 뛰어나가 내려다보니 휠체어는 쏜살같이 내리막길을 내려가 도로에 닿자마자 급커브를 틀어 마주 오는 자동차를 아슬아슬하게 피했다. 송아는 할머니께 인사를 하는 둥 마는 둥 하고 뛰어 내려갔다.

“위험해요, 승원 씨!”

“괜찮아요! 제가 휠체어 운전 경력 14년입니다. 누가 먼저 가나 시합할래요?”

그리고 바퀴를 힘껏 밀며 달리기 시작했다.

“같이 가요! 서라니까요!”

송아가 발을 동동 구르며 소리쳤지만 이미 재미가 붙은 승원이 멈출 리가 없었다. 정말 시합을 벌이듯 힘차게 달리는 휠체어 뒤를 송아가 정신없이 달려갔다. 태식은 불안한 마음으로 그들을 내려다보았다. 자전거보다 저 휠체어가 더 위험해 보이는 건

왜일까?

　주말 아침부터 수선제에 나타난 승원은 규원이 할아버지와 공부를 할 동안 휠체어를 밀며, 청소하는 송아의 뒤를 졸졸 따라다녔다. 그는 자신의 그림 모델을 눈으로 익히는 중이라고 했다. 돌계단 아래에서, 댓돌 아래에서, 혹은 방문 앞에서 지켜보는 승원의 눈 때문에 마음대로 청소를 할 수가 없었다. 걸레질을 하면서도 엉덩이를 번쩍 들고 마루를 달릴 수 없으니 무릎을 꿇고 다소곳이, 비질을 하면서도 아래에 있는 승원에게 먼지가 날아갈까 조심조심, 그러니 일이 더딜 수밖에 없었다.

　"청소 끝나면 얌전히 앉아 모델 서줄 텐데요?"

　"허수아비 인형처럼 앉아 있는 모델은 싫어요."

　"그렇게 따라다니니까 제가 일을 하기가 힘들잖아요."

　"내가 뭐 일을 못하게 막기를 하나, 방해하기를 하나, 뭘 어쨌다고? 자기가 빨리 못하면서 가만히 있는 나한테 덮어씌우네?"

　승원은 빈들빈들 웃으며 휠체어 바퀴로 장난을 쳤다. 그러다 비질해 모아놓은 쓰레기들을 덮쳐 어지르기도 했다. 하여간 잠시도 가만있지를 못하는 사람 같았다. 김치를 가져오던 날도 그랬지만 잠깐만 함께 있어도 혼을 쏙 빼놓기 일쑤였다. 그를 보면 죽어라고 말 안 듣는 말썽꾸러기 사내아이의 모습이 연상된다.

　"어머니께서 무척 힘드셨을 것 같아요."

한껏 어질러진 쓰레기를 다시 쓸어 모으며 송아가 말했다.

"우리 엄마요? 그랬죠. 나 하나 키우는 게 규원이 같은 애 열 명 키우는 것보다 더 힘들다고 하셨어요. 아, 나도 안 그러려고 했죠. 근데 눈에 보이는 걸 어떡해요. 보이는 건 만져 봐야 하고, 궁금한 건 물어봐야 하고, 탐나는 건 가져야 직성이 풀리는 걸."

그리고는 송아를 빤히 바라보았다. 그림에 빠져 있던 그때처럼 무언가에 몰입된 강렬한 눈빛. 순간 송아는 가슴이 서늘해졌다. 저런 식의 눈빛은 쉽게 외면할 수도 없지만 오래 대하고 있을 자신도 없다. 너무도 닮았지만 다른 사람. 그러나 무심히 바라보다가 순간 가슴이 콩닥 뛰게 하는 이규원이 훨씬 내 취향이다 생각하며 미소를 짓는데 다시 승원의 음성이 들렸다.

"규원인 달랐어요. 그 녀석은……."

"왜 형이라고 안 불러요?"

"네?"

"규원 씨가 형이잖아요."

묻는 송아의 음성이 왠지 화가 난 듯 들려서 조금 당황스러웠다. 규원을 형이라고 부르지 않은 것은 사고 이후였던 것 같다. 그 무렵의 기억이 없으니 추정일 뿐이다. 사고 후 승원은 집안의 왕이었고, 가지지 못할 것이 없었다. 부모님께 부리던 막무가내의 투정을 규원에게도 부리며 자연스럽게 '이규원'이란 호칭이 입에 붙어버렸다. '이규원' 한마디면 규원은 모든 것을 들어주었으니까.

"혹시 규원 씰 무시하는 마음이 있어요?"

"No!"

승원은 단호하게 머리를 흔들었다. 그런 마음은 결단코 없었다. 단지 이게 편할 뿐이다.

"우린 어릴 때부터 친구였어요. 겨우 1분 차이인데, 뭐. 그래도 형은 형이니까 고쳐 불러야겠죠? 애인 생기면 내가 형이라고 불러준다고 했는데."

그리고 키득 웃었다. 송아는 들고 있던 빗자루를 꼭 쥐었다.

"뭐가 그렇게 즐거워?"

뒤뜰로 들어서던 규원이 질문은 승원에게 던지며 눈은 송아를 바라보았다. 마치 '왜 그래요?' 하고 묻는 듯 걱정스러운 표정이다. 송아는 그의 눈을 피해 다시 비질을 하려고 돌아섰다.

"내가 할게요."

어느새 다가온 규원이 빗자루를 빼앗아 들었다.

"청소 얼른 하고 우리 횟집 가요."

"강나루예요?"

"음."

그가 다정하고 순한 눈으로 고개를 끄덕이자 송아의 입가에 미소가 지어졌다. 규원을 마주하고 있으면 언제나 마음이 편했다. 승원으로 인해 일었던 조그만 화가 어이없어질 만큼.

"어때, 승원아? 너도 괜찮지?"

동의를 구하듯 바라보는 규원의 얼굴에 온화한 기운이 감돈
다. 그 기운이 건너간 듯 살짝 날이 서 있던 채송아의 얼굴에도
온화한 미소가 깃들었다. 똑같이 생겼지만 언제나 달랐던 부분,
자신이 다소 거칠고 수선스러웠다면 저 녀석은 언제나 따듯하고
온화했다. 그것이 때론 답답함으로 비치기도 했는데 수선제에서
는 아니다. 잘못 끼워진 단추처럼 어색한 그림인 자신에 비해 채
송아의 옆에 선 규원은 전혀 이질감이 없었다. 처음부터 이 흑백
의 필름 속에 존재했던 사람처럼. 저렇게 밝은 모습의 규원도 처
음이고, 저렇게 당당한 규원의 모습도 처음이고, 또 저렇게 행복
해 보이는 규원의 얼굴도 처음이었다. 승원은 게슴츠레한 눈으
로 두 사람을 살폈다.

무언가 있다, 둘 사이에.

강나루 횟집에 가서 점심을 먹고 다시 수선제로 돌아온 세 사
람은 정원의 나무 아래에서 송아가 만들어온 매실 음료를 마셨
다. 간간이 바람이 불긴 했지만 몹시도 더운 날이었다. 승원은
내내 그림을 그렸고, 규원은 그 곁에서 자잘한 심부름을 하다가
부채를 들고 와 부쳐 주기도 했다. 규원이 잠시 송아의 곁에 앉
아 있으려 치면 승원이 심통을 부리듯 다시 불러 이런저런 부탁
을 하곤 했다. 송아는 그 모습을 바라보다가 방으로 들어갔다.

책을 꺼냈다가, 음악을 틀었다가, 다시 정원을 살피다가, 몹
시도 무료한 오후가 가고 있었다.

“이규원, 솔직히 말해. 채송화랑 무슨 사이야?”

이른 저녁을 먹고 방에 들어온 승원이 다짜고짜 물었다. 바짝 올려다보는 눈에 호기심이 가득했다. 조심한다고 했는데 눈치를 챈 건지 아니면 그냥 넘겨짚어 하는 말인지 승원의 속내를 가늠할 수가 없었다. 머뭇거리는 규원을 보며 승원이 다시 확신에 찬 음성으로 말했다.

“내가 연애로는 너보다 대선배야. 내 눈은 절대 못 속여.”

하긴 눈치 빠른 승원이 몰라봤을 리가 없다. 녀석이 보는 앞에서 내내 설렌 눈을 굴려댔으니.

“하여튼 귀신이라니까. 언제부터 눈치챈 거야?”

“첫날 나한테 수선제 자랑할 때부터, 그리고 거기 다녀와서 나한테 화낼 때부터 무언가 있다 싶었지. 너 그렇게 흥분하고 화내는 거 처음 봤거든.”

“그날은…….”

“채송화도 너 좋아하는 거 맞지?”

“그래.”

승원은 흥분을 감추지 못하겠다는 듯 주먹으로 규원의 복부를 찔렀다.

“축하해! 드디어 이규원의 첫사랑이 시작되는 건가?”

“첫사랑 아냐, 인마!”

“짝사랑이 무슨 사랑이냐? 둘이 하는 게 진짜 사랑이지, 안 그래?”

승원은 신난 아이처럼 휠체어를 빙글 돌리다가 다시 규원을 올려다보았다.

"진짜 축하해."

승원의 목소리가 약간 잠겼다. 마치 거울 속 자신을 보는 듯 눈빛은 여리고 순했고 얼굴은 진지했다. 승원의 그런 모습은 처음이었다. 규원은 무릎을 굽히고 승원의 손을 꼭 잡았다.

"송아 씨 정말 좋은 사람이야. 착하고 따듯하고. 너랑도 잘 지낼 수 있을 거야."

자신이 승원을 사랑하는 만큼, 그리고 송아를 사랑하는 만큼 승원과 송아도 서로를 아껴주었으면 좋겠다. 자신이 평생 지키고 돌봐야 할 승원이, 그리고 자신이 평생 사랑할 여자 채송아. 둘 다 자신 곁에서 행복했으면 좋겠다.

규원의 눈이 아련해지는 순간 승원이 거친 손으로 규원의 얼굴을 밀어내었다.

"내 스타일 아냐. 난 좀 더 섹시하고 세련된 여자가 좋은데……. 그래도 네가 좋아한다니까 봐주지, 뭐."

언제 그랬냐는 듯 어느새 다시 장난스러운 얼굴로 돌아간 승원은 휠체어를 빙글 돌려 엉덩이를 들어 올렸다. 그리고 침대 위로 몸을 굴려 올라갔다.

"근데 방해꾼 같은 건 없어?"

"……?"

"사랑의 방해꾼 말이야. 내가 처부숴 줄게."

규원은 강나루 횟집의 손태식을 잠깐 떠올렸지만 이내 피식 웃었다.

"그런 거 없어."

"에이, 재미없게. 너무 순탄한 거 아냐? 막 힘들고 아프고 그래야 지켜보는 재미가 있는데. 근데 키스는 해봤어? 어땠어?"

승원은 재미난 얘깃거리를 발견한 아이처럼 눈을 반짝였다. 진지함을 지극히 싫어하는 녀석, 그래서 사랑도 마치 놀이처럼 즐기던 승원이다. 감정의 기복이 심한 건지 사랑에도 쉽게 빠졌고, 쉽게 싫증을 냈다. 규원이 아는 것만 해도 열 손가락을 펼쳐야 할 만큼 나름대로 화려한 연애 편력을 가진 승원에게 어색하고 풋풋한 규원의 사랑이 특별히 흥미롭진 않을 듯한데, 그는 눈을 반짝이며 귀를 기울여 주었다. 반딧불을 구경하다가 바람처럼 입술을 훔쳤지만 갑자기 태식이 나타나는 바람에 더 진행되지 못했다는 대목에서는 가슴을 치며 분통을 터뜨릴 지경이었다.

"나타났네, 방해꾼! 그 강나루 횟집 사장이 이 연애사에서 최대의 방해꾼 같은데?"

"그 사람은 송아 씨한테 가족 같은 사람이야."

"'가족 같은' 이지 가족은 아니잖아. 몰라? 남자들에겐 언제나 늑대의 본성이 있다는 거. 방심하다간 어느 순간 확……!"

"그럴 사람 아냐. 쓸데없는 소리 그만하고 자."

"하긴, 내가 봐도 그럴 사람 같아 보이진 않더라."

그리고는 뭐가 재미있는지 다시 낄낄 웃었다. 규원은 팔베개를 하고 어두운 천장을 응시했다.

"그런 마음이면 송아 찝쩍이지 마소!"

공격적인 눈으로 노려보던 손태식의 얼굴이 떠올랐다. 그 얼굴은 장난스러운 마음이라면 당장 그만두라던 외삼촌 찬엽의 얼굴과 닮았다. 손태식도 아마 그런 마음일 것이다. 아버지처럼, 오빠처럼 송아를 걱정하는 어른의 마음. 그들의 걱정을 불식시킬 만큼 자신은 송아를 사랑하고 있을까? 스스로의 물음에 답하듯 규원은 주먹을 가만 그러쥐었다.

채송아…….

소리 없이 불러보는 그 이름에 가슴이 벅차다.

"이승원, 너 이제부터 나한테 형이라고 불러."

"새삼스럽게 형은 무슨. 그냥 이게 편하잖아. 이규원, 이승원."

"그래도 약속은 약속이니까."

"싫어! 너 결혼하면 불러줄게."

또 억지다. 하긴, 승원이 이런 약속을 지킬 리가 없지. 결혼하고 나면 다시, 아이 낳으면 불러줄게, 그다음엔 손자 보면 불러줄게, 그렇게 말할 게 뻔하다. 죽고 나면 불러주려나? 그렇게 생각하며 규원은 피식 웃었다.

형이라 부르면 어떻고 이규원이라 부르면 또 어떤가. 한날한 시에 생겨난 쌍둥이인걸. 엄마 뱃속을 떠날 때 세상 밖으로 나올 자리를 내가 먼저 잡은 것뿐인데.

그 말은 얼마든지 승원이 먼저고 자신이 나중일 수도 있었다는 얘기다. 그날 자전거 뒷자리에 앉은 것이 승원이 아니라 자신일 수도 있었듯이, 대형 컨테이너에 부딪친 사람이 승원이 아니라 자신일 수도 있었듯이 그냥 그런 것이다.

네 모습이 나일 수도 있었다는 것, 그래서 네가 나 같다는 것.

요란한 벌레 소리가 어둠을 잠식했다. 규원에게서 규칙적인 숨소리가 들렸다. 승원의 나직한 음성이 그 소리들에 섞였다.

“……형.”

버스에 오르자마자 규원은 송아의 손을 당겨 깍지를 꼈다. 손바닥으로 따듯한 기운이 건너왔다. 무언가 할 말이 있는 것 같은데 규원은 말이 없다. 답답해진 송아가 귓속말로 무슨 일이냐고 묻자 그냥 웃기만 했다. 규원의 눈길을 따라 차창 너머 반짝이는 도담호의 물결을 바라보던 송아는 저도 모르게 깍지 낀 규원의 손을 꼭 잡았다. 이렇게 말없는 규원도 좋다.

버스에서 내린 규원은 수선제로 들어가는 솔숲 길에서도 깍지 낀 손을 풀지 않았다. 송아는 멈추지 않고 곧장 수선제로 들어가려는 규원의 손을 당겼다.

“승원 씨 있을 텐데?”

“있으면 어때.”

“……?”

“그 녀석, 이미 다 알고 있어요. 눈치가 백 단이거든. 그리고 무지 시끄럽다는 것도 알죠?”

어떡해! 그 시끄러운 입으로 할아버지께 이미 다 고자질했을 지도 모른다. 발갛게 달아오른 송아의 얼굴을 보며 규원은 다시 그녀의 손을 당겼다.

승원이 앉아 그림을 그리던 정원의 나무 그늘 밑이 텅 비어 있었다. 어디 갔을까 잠깐 살피는데 나무 사이에서 불쑥 걸어 나오시는 할아버지와 눈이 마주쳤다.

“송아 왔니?”

송아는 화들짝 놀라며 규원의 손을 떨쳐 냈다.

“네! 그, 근데 승원 씬 어디 갔어요?”

“손 군 따라 강나루에 갔다.”

옷을 갈아입고 나온 송아는 한참 동안이나 정암의 눈치를 살피며 쭈뼛거리다가 겨우 규원을 따라 나갔다. 대문 밖으로 나가자마자 언제 그랬냐는 듯 종알거리는 송아의 목소리가 들렸다. 규원과 송아의 싱그럽고 아름다운 모습을 떠올리며 정암은 빙그레 웃음을 머금었다.

이제 정말 다 자랐다. 이 할아비가 없어도 충분히 살아갈 만큼.

그날따라 유난히 저녁 손님이 적었던 탓에 조그맣게 시작했던 술자리는 태식과 양산댁까지 합석하면서 흥겨운 유흥의 자리로 변했다. 술잔이 돌고 조금은 어색하던 태식과 규원 사이에도 농담과 웃음이 오갔다. 송아는 술이 몇 잔 들어가자 얼굴이 빨개진 채 한층 기분이 들떠 있었다. 태식이 다른 손님들 방에 있던 노래방 기기를 들고 오자 양산댁이 마이크를 들고 일어났다. 상 맞은편에 앉아 있던 송아가 젓가락을 두드리며 소리쳤다.

"할머니, 백마가앙!"

반주가 시작되고 양산댁의 '꿈꾸는 백마강' 이 흘러나오자 태식과 송아가 젓가락을 두드리며 장단을 맞췄다.

"백마강~ 달밤에~ 물새가~ 울어~ 짜라잔짠!"

빨간 얼굴의 송아가 추임새를 넣었다.

"저어라~ 사공아~ 일엽편주~ 두둥실~ 짜라잔짠!"

양산댁과 태식, 송아의 호흡은 정말이지 팀을 결성해도 될 만큼 환상적이었다. 태식에게 마이크가 건네지면서 이번에는 '타향살이' 가 흘러나왔다. 두 모자는 가수를 했어야 할 사람들이 길을 잘못 들어선 것이 아닌가 하는 생각이 들 정도로 노래를 잘했다. 태식이 한껏 분위기를 잡고 이번에는 '긴 머리 소녀' 를 부르자 승원이 의미심장한 얼굴로 규원의 옆구리를 쿡 찔렀다.

"저것 봐. 확실히 방해꾼이라니까."

규원은 사악한 음성으로 속삭이는 승원의 뒤통수를 툭 쳤다. 그리고 건너편에 앉은 혜림을 눈짓으로 가리켰다. 두 손을 모은 채 태식을 바라보는 조혜림의 눈빛은 황홀경에 빠진 사람, 딱 그런 모습이었다. 순간적으로 혼란스러워진 승원의 얼굴을 보며 규원은 태식을 향해 박수를 쳤다. 그의 노래를 들으며 오래전 작은 소녀였을 채송아의 모습이 떠올랐다. 그 어린 소녀의 슬픔을 그가 보듬어주었을 것이다. 푸근하고 따듯한 키다리 아저씨로.

다시 분위기를 바꿔 '황성 옛터'가 흘러나오고, 제목도 모르는 옛 노래들이 끝없이 흘러나오다가 드디어 송아까지 끌어들였다.

"송아 나온나!"

태식의 부름에 송아는 빨간 얼굴로 발딱 일어나 태식의 옆으로 갔다. 기다렸다는 듯 나가기에 가수 뺨치는 실력자가 또 한 명 나온 줄 알았다. 그런데 지금까지 들었던 노래들을 한 번에 지워 버릴 만큼 채송아는 음치였다.

"울고 왔다 울고 가는 설운 사정을……."

어디가 아래고 원지 분간이 가지 않는 음정. 그래도 조금도 기죽지 않았다. 입이 귀에 걸린 채 바라보고 있던 태식이 송아의 어깨에 팔을 걸치고 노래를 함께 부르며 박자를 맞춰주었다.

"알뜰한 당신은…… 무슨 까닭에 모른 체하십니까요."

태식의 도움을 받아 겨우 노래를 끝낸 송아가 후회 막심한 얼굴로 규원과 승원을 번갈아 바라보았다. 지금까지 학교 시험 때를 제외하고 할머니와 태식 외에는 누구 앞에서도 노래를 불러본 적이 없는 송아다. 그런데 무슨 용기로 노래를 하겠다고 나왔는지 모르겠다. 어쩔 줄 모르고 서 있는 송아를 보며 규원과 승원이 동시에 웃음을 터뜨렸다.

마이크를 놓지 않는 양산댁 때문에 술자리는 자정이 가까워서야 파했다. 비틀거리는 송아를 수선제까지 태워다 준 태식은 다시 규원과 승원을 데려다 주기 위해 차에 시동을 걸었다. 말짱한 규원에 비해 승원은 몸을 가누지 못할 만큼 취해 잠들어 버렸다. 승원을 업어 뒷자리에 누이고 휠체어를 접어 차에 실은 규원은 운전석 옆자리에 앉았다. 은현리로 가는 내내 어색한 침묵이 흘렀다. 한참 만에 규원이 먼저 입을 열었다.

"승원이가 귀찮게 하지 않았습니까?"

승원은 점심 무렵에 태식을 따라나서서 내내 횟집에 있었던 모양이다.

태식은 조그맣게 한숨을 쉬며 잠든 승원을 돌아보았다. 몸도 불편한 친구가 그늘이라고는 하나 없고 어찌나 넉살이 좋은지 이미 양산댁까지 제 편으로 만들어 버렸다. 귀찮고 성가시지만 화를 낼 수 없는 녀석이다.

"이 선생하고는 마이 다릅디다?"

태식의 말이 승원은 마음에 들고 자신은 마음에 들지 않는다는 뜻으로 들렸다. 규원은 피식 웃었다. 승원을 성가셔 하지 않으니 고맙다.

"송아는 열다섯 살 때부터 우리하고 그래 놀았심다."

태식이 다시 힐끗 돌아보며 말했다. 규원이 송아에게서 뚝 떨어져 나갔으면 좋겠다는 생각이 들면서도 또 송아에게 실망할까 봐 걱정되기도 하니 참 알다가도 모를 마음이다.

열다섯 그 무렵, 송아는 학교만 마치고 돌아오면 무조건 횟집으로 달려왔다. 아버지와 함께 이미 이 세상 사람이 아닌 줄로만 알았던 엄마가 다른 사람에게 시집가서 잘살고 있다는 사실을 알고 난 직후였다. 엄마, 아빠도 싫고, 할아버지도 싫고, 문중의 어르신들도 싫고, 무엇보다 수선제가 싫다고 했다. 얼른 자라서 수선제를 떠나는 것이 목표라고 할 만큼 방황을 하던 시절, 양산댁은 손님이 없을 때마다 송아를 데리고 질펀한 노래판을 벌이곤 했다. 어린애를 데리고 뭐 하는 짓이냐고 태식이 말릴 때마다 양산댁은 이렇게 말했다.

"한바탕 놀고 나면 세상에 해결 안 되는 일은 없니라. 사는 기 뭐 별건 줄 아나? 아나 어른이나 사는 거는 다 똑같다."

당신이 힘든 삶을 노래로 풀어왔듯이 송아도 그렇게 하면 풀릴 거라고 생각한 모양이다. 나중에는 송아도 그것을 즐길 지경이 되었다. 아무리 가르쳐도 노래 실력만은 여전히 진전이 없었지만.

규원은 반주와는 무관하게 제멋대로 노래를 부르던 송아의 빨간 얼굴을 떠올리며 미소를 지었다. 한껏 귀여운 몸짓과 박자 잃은 노랫소리, 그리고 태식과 함께 추던 관광버스 춤까지. 모두가 며칠 밤을 설레게 할 모습들이다. 차가 은현리에 닿자 내내 미소를 짓고 있던 규원이 말했다.

“송아 씨, 너무 귀엽죠?”

어두워서 잘 보이지 않았지만 규원의 눈빛에서 따뜻함이 건너오는 것을 느낄 수 있었다. 자신만큼이나 송아를 아껴줄 사람 같다. 태식은 규원이 휠체어를 내리고 잠든 승원을 업고 집으로 들어갈 때까지 지켜보았다.

#07

"사람이 우째 그리 무심합니꺼?"

세차를 하고 있는 태식에게 다가온 혜림이 잔뜩 나무라는 투로 말했다.

"아침부터 뭔 소리고?"

"할매 말입니더. 밤마다 끙끙 앓으시는 거 알아예?"

"어무이가 와?"

"다리가 아프신 거 같은데……."

밤마다 끙끙 앓으면서도 혜림이 물으면 양산댁은 늘 괜찮다고만 했다. 횟집을 한다고 십수 년을 주방에 서 있었으니 다리가 아플 만도 할 것이다.

“다리가 와 아프신데?”

차에 물을 뿌리며 태식이 무심히 내뱉는 소리에 혜림이 소리를 바락 질렀다.

“와 아프기는 와 아프시겠어예! 날이면 날마다 주방에 서 계신데 안 아프겠어예? 할매 연세가 벌써 환갑이라예!”

고함 소리에 놀란 태식이 호스 물을 멈추고 돌아보았다.

“와 소리는 지르고 난리고?”

“제발 철 좀 드이소, 아저씨!”

빽 소리를 지른 혜림이 눈을 흘기고는 쿵쿵거리며 안으로 들어가 버리자 태식은 다시 호스를 틀어 세차를 했다.

“다리야 뭐 아플 때도 있는 거지, 가시나가 별거를 가지고 난리네.”

퉁명스럽게 중얼거리는 그의 얼굴이 점점 어두워진다. 어머니가 내년이면 벌써 환갑이 된다는 걸 자각하지 못하고 있었다. 그러고 보니 횟집을 차린 지도 벌써 14년이 되었다. 14년 동안 쉬는 날도 거의 없이 주방에서 생선을 만지고 매운탕을 끓여냈으니 다리도 아플 것이다. 아픈 곳이 어디 다리뿐이겠는가.

뜨거운 기운이 울컥 치받아 오르자 태식은 담배를 들고 도망치듯 자갈밭으로 내려갔다.

스물셋에 혼자가 되어 37년을 자신만 바라보며 살아오신 어머니다. 곱고 수줍음 많던 여인이 범 같은 아낙이 되고, 무쇠 같은 여자가 되었다. 사납고 억척스럽고, 그래서 무슨 일이든 못할 것이 없는 여자. 어머니가 아직도 그런 줄 알았다.

태식은 떨리는 손으로 담배를 피워 물었다. 일렁이는 물결을 바라보며 연기를 깊이 빨아들이자 그제야 조금 마음이 안정되었다. 밤마다 끙끙 앓으신다니 금시초문이다. 전에는 밤에도 가끔 들여다보곤 했는데 혜림이 온 후로는 한 번도 어머니 방을 들여다보지 못한 것 같다.

아프면 아프다고 말씀을 하시던가!

불룩 화가 치민다. 태식은 담배를 비벼 끄고 씩씩거리며 횟집으로 올라갔다. 어느새 청소를 끝냈는지 홀이 조용했다. 방에 누워 계신가 생각하며 걸음을 옮기는데 주방 쪽에서 도란도란 얘기 소리가 들린다.

"아부지 돌아가시고 제가 컸다는 고아원을 찾아가 봤는데 제 기록이 하나도 없었어예. 몇 년 전에 불이 나서 다 탔다고 하데예."

"그라머 인자 생부, 생모는 아주 몬 찾는 기가?"

"그렇다고 봐야지예."

"아이고 참, 니가 하늘에서 뚝 떨어진 것도 아이고, 배 아파 낳은 자식을 우째 버렸을꼬? 뭔 사정이 있었겠제? 그래, 분명히 말 못할 사정이 있었을 기다. 짐승도 지 새끼는 챙긴다 안 하나."

"……."

"그래도 혜림아, 너무 섧어 마라. 사람이 누구나 한 가지 복은 타고난다고……."

“괜찮아예. 울 아부지가 장에서 거렁뱅이 짓 하는 저를 데리고 간 그날부터 얼마나 예뻐하셨는데예. 세상에 그런 아부지는 없을 겁니더!”

“니 같은 자식도 없을 기다. 아부지 병구완한다고 공부까지 포기하고.”

“할매는? 아부지가 편찮으신데 학교가 대숩니꺼?”

“그래, 니 말이 맞다. 아이고, 우리 태식이는 자식이라고 하나 있는 기 나이만 묵었지 아직도 알라다, 알라. 니보다 몬하다.”

“아저씨가 할매 걱정 마이 하던데예?”

“장히!”

“참말입니더! 아까도 병원을 가볼까, 약을 지어 올까 걱정하시길래 제가 좀 기다리 보라 캤심더. 그러니까 고집 부리지 말고 저하고 병원 한번 가봐예?”

“됐다, 마! 병원은 무신. 이러다가 늙어 죽으면 그만이지.”

“할매도 참.”

“후회할 것도 아쉬울 것도 없는데 태식이 저거 장가 몬 보낸 거, 그기 내한테는 대못이다.”

태식은 주먹을 쥔 채 꼼짝도 못하고 서 있었다. 한참 후, 다시 소리가 들렸다.

“혜림이 니, 참말로 우리 태식이한테는 마음이 없나?”

“…….”

“후, 그래. 내가 욕심이제? 청춘이 구만리 같은 니한테 마흔이

나 되는 남자를 서방으로 받들고 살아라 카는 거는 아무래도 도
둑년 심보다.”

“그기 아이고…….”

“가고 싶으면 언제든지 말해라. 아이다. 하고 싶은 거 있으면
언제든지 말해라. 이 할매가 다 시키주꾸마. 공부도 시키주고 니
시집도 좋은 데 보내주고, 진짜로 너거 할매가 돼주께.”

태식은 더 이상 듣지 않고 나가 버렸다.

✱

점심시간에 규원이 문화원으로 찾아왔다. 찾아오겠다는 문자
를 받고 안 된다고, 다음에 오라고 답문을 막 보내려는데 노크
소리가 들린 것이다. 송아는 반가움과 난감함을 동시에 느끼며
그를 안으로 들였다. 이진규의 눈이 튀어나올 듯 커졌다.

“저기…… 선생님, 이규원 씨라고…….”

송아가 소개를 다 하기도 전에 다가온 이진규가 손을 내밀었
다.

“어서 와요. 이진규라고 합니다.”

“안녕하십니까? 이규원입니다. 송아 씨에게 얘기 많이 들었
습니다.”

이진규는 지긋한 나이에 인상도 푸근하다. 그런데 규원을 살
피는 안경 너머 눈빛은 따갑다. 손태식도 그렇고 외삼촌인 찬엽

과 이진규까지. 송아의 주변에는 경계의 눈이 참 많다. 그것이 싫지만은 않은 규원이다. 그만큼 송아가 보호받고 있었다는 느낌이 들어서다. 외로웠을 송아에게는 참 다행스러운 일이다.

이진규가 점심 약속이 있다며 기어이 나가 버리자 규원이 기다렸다는 듯 쇼핑백에서 무언가를 꺼냈다. 색색깔의 3단 찬합이다.

"뭐예요?"

"도시락이요."

"도시락인 건 알겠는데……."

생각지도 않던 일이라 당황스럽다.

"이거 만드느라 오늘 지각했어요."

"정말요?"

송아는 놀란 눈으로 얼른 찬합 뚜껑을 열어보았다. 반찬은 특별나진 않지만 예쁘게 담으려고 노력한 흔적이 역력했다. 송아는 키득 웃으며 다음 칸을 열었다. 예쁘게 깎아 담은 과일 두어 가지.

"이것도 규원 씨가?"

"응."

얼른 고개를 끄덕이자 송아의 눈에 감격의 빛이 감돌았다. 마지막 찬합의 뚜껑을 열던 송아의 눈이 멈칫했다. 하얀 밥 위에 초록색 완두콩과 노란색 통조림 옥수수 알이 예쁜 하트 모양을 그리며 박혀 있었다. 송아의 얼굴이 이내 빨개졌다. 이진규가 없어서 정말 다행이다. 한 알 한 알 올리며 하트 모양을 만들었을 규원이 떠올라 웃음이 나왔다. 송아는 무슨 말을 해야 할지 몰라 머뭇거렸다.

"감격은 그만하고 어서 먹어요."

그런데 먹으려고 앉고 보니 수저가 없다. 송아가 얼른 일어나 들고 온 것은 티스푼과 포크다.

"이 정도면 충분하겠죠?"

그러면서 킥킥 웃었다.

사실 점심 도시락은 즉흥적이었다. 아침상에 올라온 우엉조림을 먹다가 갑자기 목이 막혀 잘 넘어가지 않았다. 외숙모의 음식 솜씨야 예전부터 알아주었지만 아침에 먹은 고추장 우엉조림은 특히나 맛있었다. 너무나 맛있어서 송아와 함께 먹고 싶다는 생각이 간절했다. 먹을 것을 앞에 두고 누군가 떠올라 목이 다 막히다니…….

출근하기 위해 자전거를 꺼내다가 승원에게 그 느낌을 말해 주었다. 그러자 뻔히 바라보던 승원이 지나가는 말처럼 중얼거렸다.

"그럼 도시락을 싸가던가."

그렇게 된 것이었다. 뒤에 붙어서 이래라저래라 끝없이 이어지던 승원의 잔소리란……. '최소한 매운탕보다 맛있어야 돼!'

하며 주먹까지 불끈 쥐고 중얼거리던 승원의 말이 떠올라 웃음
이 났다. 승원은 여전히 손태식을 방해꾼으로 여기고 있었다.

규원이 포크로 우엉조림을 찍어 입에 넣어주며 물었다.

"어때요?"

"맛있어요."

"매운탕보다 더?"

송아는 무슨 말이냐는 듯 고개를 갸웃했다.

세상에 아저씨 매운탕보다 더 맛있는 게 또 있을까?

그러나 규원의 눈에 담긴 야릇한 감정이 말문을 막았다.

뭐야?

오후 내내 그 생각을 했다. 퇴근할 무렵이 되어서야 규원의
감정이 간파되자 송아는 웃음이 나왔다. 타인의 눈으로 보는 태
식과 자신의 모습은 충분히 오해의 소지가 있을지도 모른다는
생각이 들었다.

14년을 알고 지낸 사이다. 알고 지낸 정도가 아니라 보통의
피붙이보다 더 끈끈한 정을 나누며 살았다. 자신이 태식에 대해
모르는 것이 뭐가 있을까? 송아가 생각하는 한 그런 건 없었다.
그것처럼 태식 또한 송아의 모든 것을 알고 있다. 급할 때면 생
리대 심부름까지 해준 태식이니 말해 무엇 하겠는가. 오빠처럼,
아빠처럼, 친구처럼 송아에게 태식의 존재는 그런 것이다.

송아는 그제야 요즘 들어 태식의 얼굴이 한층 어두워졌다는

것을 깨달았다. 수선제에도 송아 몰래 슬쩍슬쩍 다녀갔다. 어느 날 보면 냉장고에 안 보이던 반찬통이 보이고, 바닥을 드러내던 김치통이 채워져 있고, 할아버지의 간식은 여전히 떨어지지 않고 있었다.

하루가 멀다 하고 강나루 횟집을 들락거리던 송아의 발걸음이 뜸해진 것은 혜림이 오고부터였다. 물론 규원에게 붙들려 있느라 시간이 없기도 했지만. 혜림에게로 향하던 양산댁의 따듯한 눈길과 말, 그리고 태식을 위로해 줄 옆자리를 빼앗겨 버렸던 그날의 느낌이 가시지 않고 떠올라 공연히 서운한 마음이 들기도 했다.

아저씨도 나처럼 서운했을까?

그날의 자신처럼 어느새 자신의 옆자리를 차지해 버린 규원을 바라보는 태식의 마음도 편치만은 않았을 거란 생각이 이제야 든다.

규원과 승원, 태식과 혜림, 그리고 그들 사이의 채송아.

올바른 관계 정립이란 언제나 어렵다. 송아는 조그맣게 한숨을 쉬며 규원에게 문자를 보냈다.

〈매운탕보다 감동이 열 배!!〉

이른 저녁을 먹은 송아는 오랜만에 횟집으로 저녁 나들이를 했다. 손님을 태우러 나갔는지 태식의 차는 보이지 않고 혜림이 바쁘게 오가고 있었다. 혜림에게 눈인사를 건넨 후 쪼르르 달려 간 송아가 주방으로 얼굴을 디밀었다. 양산댁은 물론 설거지하 는 아줌마까지 송아가 온 줄도 모르는 걸 보니 꽤나 바쁜 모양이 다.

"할머니!"

가스불 앞에서 바쁘게 움직이던 양산댁이 고개를 돌렸다.

"송아 왔나!"

목소리에 반가움이 가득했다.

"바빠요?"

양산댁이 손가락 세 개를 흔들어 보이며 싱글벙글 웃었다. 방 세 개가 꽉 찼다는 얘기다. 단체 손님이 든 모양이다. 송아는 얼 른 음식이 차려진 커다란 쟁반을 들었다.

"이거 어느 방으로 가요?"

"저기 7번 방이다."

시키는 양산댁도 들고 가는 송아도 전혀 거리낌이 없었다. 열 한 시가 넘자 태식의 차가 마지막으로 남아 있던 손님들을 태우 고 떠났다. 그제야 양산댁이 주방에서 나와 의자에 앉았다.

"하이고, 송아 니 덕분에 수월케 끝났다."

"저 잘 왔죠?"

"그래, 잘 왔다."

손님이 빠져나간 방으로 들어가 상을 치우고 나온 혜림이 어 느새 다가와 양산댁의 어깨를 주물렀다.

“피곤하시지예.”

“아이다. 니가 오늘 마이 힘들었제?”

어깨에 놓인 손을 꼭 쥐고 돌아보는 양산댁의 얼굴에 따듯한 기운이 감돈다. 배시시 웃던 혜림이 송아를 보며 말했다.

“송아 언니 덕분에 마이 수월했어예. 고마워예.”

“아, 네.”

도와줘 고맙다는 말이 새삼스럽게 들린다. 강나루 횟집과 자신 사이는 그런 말이 오갈 사이가 아닌데……. 혜림이 설거지를 도와주러 주방으로 들어가자 양산댁이 송아에게 얼굴을 가까이 가져와 속삭였다.

“쟈가 오고부터 손님이 자꾸 는다.”

“그래요?”

“얼매나 싹싹한지 손님들이 쟈가 상을 차리주면 기분이 좋다 안 하나. 보기보다 몸도 재바르고 손끝도 야무지고, 무엇보다 마음이 참말로 곱다.”

입에 침이 마르도록 혜림을 칭찬하는 양산댁을 바라보는 송아의 마음은 저도 모르게 뾰로통해진다. 왜 어린애같이 자꾸 샘이 날까?

손님을 태우고 나간 지 30분밖에 지나지 않았는데 태식이 불쑥 들어왔다.

“와 이래 일찍 오노? 니 또 미친놈같이 달렸제?”

“속도 잘 지키고 왔으니까 걱정 마소. 일찍 오는 것도 탈이요!”

또 불룩거린다. 병원 가자는 소리를 매몰차게 거절하고부터 태식은 내내 저렇게 양산댁에게 성질을 부리고 있었다. 불룩거린 것이 미안한지 호주머니에 주먹을 찔러 넣고 눈치를 보고 있던 그가 곁눈으로 송아를 불렀다.

"가자. 데리다 주께."

송아는 얼른 주방으로 가 혜림에게 인사를 하고 태식을 따라 나섰다. 한낮의 뜨거운 기운이 무색할 만큼 밤공기는 서늘하다.

"아저씨, 할머니한테 왜 그래요?"

쏘아붙이듯 나무라는 말투가 꼭 혜림이 하는 양 같다.

"병원에 가자는데 말을 안 듣는다 아이가!"

"할머니 어디 편찮으세요?"

"허리도 아프고, 다리고 아프고……."

"할머니 좀 쉬셔야 하는데."

그래, 쉬셔야 하는데 여전히 주방에서 해방되지 못했으니……. 그것이 다 자신의 무능함 탓 같아 태식은 마음이 좋지 않았다.

"니는 피곤할 긴데 와 왔노?"

"할머니랑 아저씨 보고 싶어 왔죠."

"보고 싶기는……."

말은 퉁명스럽게 하지만 그래도 기분은 좋은지 입가에 웃음이 번진다.

"피, 아저씨는 나 별로 안 보고 싶었나 보다."

뽀로통하게 흘겨보는 눈을 보며 태식은 피식 웃었다. 전날의 혜림을 보는 듯해서다. 여자들은 다들 비슷비슷한 구석이 있나 보다. 풀벌레 소리를 들으며 조용히 걷던 송아가 다시 태식을 불렀다.

"아저씨."

"와?"

"왜 안 물어봐요?"

"뭐를?"

"규원 씨 이야기요."

태식의 걸음이 우뚝 멈추었다. 드디어 올 것이 온 건가? 송아와 눈이 마주치자 그는 어둠에 숨듯 눈을 돌려 버렸다. 안 물어보는 것이 아니라 못 물어보는 것이다. 그저 스쳐 가는 바람처럼 이규원의 존재가 그런 것이었으면 하는 마음. 이게 뭔지는 자신도 모르겠다. 다만 송아가 마음을 다치지 않았으면 좋겠고, 언제나 웃었으면 좋겠고, 행복했으면 좋겠다.

무심한 듯 앞서 걷는 태식을 바라보던 송아가 쪼르르 다가가며 다시 입을 열었다.

"규원 씨요, 아저씨가 보기엔 어때요?"

좋은 말을 기대하는 듯 송아의 눈이 반짝이자 태식은 다시 심술이 불룩 올라왔다.

"사나자식이 박력이 있어야지."

샌님처럼 곱기만 해서 뭐에 써먹으려고?

그러나 뒷말을 잇지는 않았다.

"전 박력 넘치는 남잔 별로예요."

넘치는 박력보다는 고요하고 평화로운 것이 좋다. 따듯한 가슴이 있고, 감정의 격렬함이 적은 사람, 보고 싶은 순간 달려올 수 있는 딱 그만큼의 열정이면 족하다.

"송아야, 나는……."

"아! 아저씨가 있어서 참 좋다! 이렇게 의논도 하고."

송아는 깍지 낀 손을 뒤로한 채 하늘을 올려다보았다. 까만 하늘에 별이 쏟아질 듯 박혀 있었다.

"옛날에 저 무지무지 힘들고 슬플 때 아저씨랑 할머니 안 계셨으면 어쩔 뻔했나, 지금의 내가 있기나 할까, 요즘 그런 생각 많이 해요."

"어무이하고 내가 니를 베리났다."

그러면서 태식은 쿡쿡 웃었다. 그 말은 찬엽의 입에서 나온 소리다. 어느 날, 수선제로 돌아가기 싫다며 버티는 송아를 달래다가 소주를 한 잔 먹이게 되었고, 순식간에 얼굴이 빨갛게 달아오른 송아가 양산댁의 노랫소리에 젓가락 장단을 두드리는 모습을 찬엽에게 들켜 버린 것이다. 찬엽이 불같이 화를 내며 태식의 멱살을 잡고 흔들었다.

"이런 나쁜 사람이 있나! 나이도 있는 사람이 어떻게 애를 이런 식으로 버려놓는가!"

"그날 나는 최 선생님 손에 죽을 줄 알았다."

어찌나 무섭게 몰아붙이는지 말리는 사람들이 없었으면 정말 사고라도 났을 것이다. 물론 나중엔 오해도 풀리고 서로 이해도 되었지만.

송아는 그때 일을 떠올리며 행복한 미소를 지었다. 생각해 보니 자신은 참 행복한 사람 같다. 단지 부모님이 안 계실 뿐 너무 많은 사람들로부터 사랑을 받았다. 참 고마운 사람들. 그 마음이 변질되거나 왜곡되는 것은 정말이지 싫다. 송아는 태식의 축 처진 어깨를 바라보며 짐짓 큰 소리로 말했다.

"아저씨! 요즘 왜 그렇게 우울한 건데요?"

"내가 뭘?"

"그렇잖아요! 만날 인상 쓰고, 할머니께 성질만 부리고. 꼭 다른 사람 보는 것 같아서 싫단 말이에요."

꼭 다른 사람 보는 것 같아서 싫은 건 태식도 마찬가지였다. 아저씨, 아저씨 하며 까불고 매달리던 송아가 갑자기 훌쩍 커버렸다. 반짝이던 눈이 아련해지고 깊어졌다. 그 속에 비밀처럼 이규원을 담고 있다는 걸 안다. 송아의 갑작스러운 어른스러움이 태식은 당황스럽다. 스물여섯에 멈춰 있던 시간이 그에게 마흔이란 나이를 순식간에 던져 주고 저만치 달아나 버린 느낌. 실은 그래서 감당이 잘 안 된다.

“전 아저씨가 언제나 행복했으면 좋겠어요.”

송아가 진심 어린 목소리로 말했다. 그것은 태식이 하고 싶은 말이다. 송아가 언제나 행복했으면 좋겠다. 그것이 자신의 곁에 서였으면 좋겠는데 또 그것이 얼마나 어처구니없는 욕심인지 알기에 우울한 거다. 그러나 이 우울은 혼자서 고스란히 감당해야 할 몫이라는 것도 안다. 언젠가 송아는 떠날 테고, 만약 떠난다면 가장 행복한 모습으로 떠났으면 좋겠다. 그런데 지금 송아는 어떨까? 자전거가 과연 송아의 행복을 담보할 수 있는 사람인지 믿음이 가질 않는다. 그저 느닷없이 나타나 송아를 빼앗아가려는 악당처럼만 느껴진다. 이게 무슨 어린애 같은 마음인지……

“니는…… 니는 어떻노? 행복하나?”

한참 만에 송아에게서 느린 대답이 들려왔다.

“……그런 것 같아요.”

우울해하는 태식 때문에 조금 속상하지만 규원을 생각하면 정말 행복하다. 두 사람은 어둠 속에서 서로를 응시하고 있었다. 아버지 같고, 오빠 같고, 친구 같았던 태식이 있어 참 좋았다. 앞으로도 내내 그랬으면 좋겠다.

동생 같고, 친구 같고, 아주 가끔은 햇살처럼 터뜨리는 웃음에 마음 설레게도 하던 송아가 저만치 멀어진 느낌에 태식은 마음이 울컥해졌다.

“송아야……”

태식의 손이 송아의 어깨로 향했다. 저도 모르게 움찔 물러서는 송아의 곁으로 쏜살같이 달려온 무언가가 우뚝 멈춰 섰다.

"송아 씨!"

바람을 일으키며 달려온 것은 적하운도다.

"아, 깜짝이야! 뭐예요, 규원 씨? 웬일이야?"

송아는 정말 놀란 듯 가슴을 움켜쥐고 규원을 바라보았다. 어둠 속에서도 규원의 얼굴이 상기되었다는 것이 느껴졌다.

"송아 씨야말로 어떻게 된 거예요? 전화도 받지 않고!"

전화?

주머니에서 핸드폰을 꺼내보니 부재중 전화가 다섯 통이다. 횟집에서 한창 정신없이 일할 때 걸려온 모양이다.

"그래서 달려온 거예요? 이 시간에?"

송아의 음성에 놀라움과 함께 반가움이 섞였다.

"걱정했잖아요!"

"강나루에 갔다가 돌아가는 길이에요."

흥분한 규원을 달래듯 송아는 자전거 핸들에 올려 있는 그의 손을 꼭 잡았다. 규원은 그제야 태식을 인식한 듯 가볍게 눈인사를 건넸다. 태식은 인사를 맞받으며 게슴츠레하게 규원을 노려보았다.

사나자식이 호들갑은? 전화를 안 받으면 바쁜가 보다 생각하면 되는 거지!

태식에게서 여전히 적의가 건너오는 것을 느끼며 규원은 송아의 손을 잡아끌었다.

“가요. 내가 데려다 줄게.”

“다 왔는데…….”

그러다 송아는 놓으려던 규원의 손을 다시 꼭 잡았다.

“아니다. 아저씨, 저 규원 씨랑 갈게요.”

자전거가 나타나니까 자신은 아예 눈에도 안 보이는 모양이다. 태식은 씁쓸한 마음이 들었다. 송아는 아주 떠밀 듯이 인사를 하고 돌아선다. 울컥한 마음으로 서 있던 태식도 돌아섰다. 서운한 마음으로 서너 걸음 내딛는 등 뒤에서 다시 송아의 목소리가 들렸다.

“빨리 가세요! 귀신 나올라!”

그리고 키득 웃는 소리. 조그만 계집애가 늘 사람을 저렇게 놀린다. 마음을 이렇게 아프게 만들어놓고는.

“휠체어와 자전거가 달리기를 하면?”

“그야 물론 자전거가 이기겠죠.”

“땡! 이 문제의 핵심은 반드시 손으로 움직여야 한다는 것에 있습니다.”

“그런 게 어디 있어요!”

“지금 수선제의 가장 큰 문제점은?”

“관리가 힘들다는 거?”

“땡! 주인이 연애하느라 신경을 못 쓴다는 거.”

“승원 씨!”

행여나 할아버지가 들을세라 송아는 소리 죽여 항의를 했다. 그러나 승원은 그런 것 따위는 아랑곳 않는다는 듯 입을 다물지 않았다.

"이승원이 절대로 넘지 못할 벽은?"

"몰라! 대답 안 해요!"

"마지막 질문이에요."

마지막이란 소리에 송아가 조그맣게 한숨을 흘리며 다시 대답을 궁리했다.

이승원이 절대로 넘지 못할 벽?

송아의 눈이 승원의 다리로 향했다. 다리가 필요한 모든 일이 그에게는 벽일 것이다. 수선제에 올 때만 하더라도 차에 오르내리는 일은 물론 대문을 들어서는 일도 남의 손을 빌려야만 할 수 있다. 승원이 드나들면서 수선제의 큰 대문이 자주 열리고 있었다.

"대답해요! 이승원이 절대로 넘지 못할 벽은?"

대답하기 난감해진 송아는 '몰라요!' 하고 소리쳤다.

"채송화 노래."

승원의 입에서 나오는 말을 듣는 순간 송아는 허탈한 웃음과 함께 얼굴이 달아올랐다. 정말 질기게도 놀려댄다. 어쩌자고 규원과 승원이 보는 앞에서 그 잘난 노래 실력을 뽐내었는지 모르겠다. 술이 웬수다, 웬수!

승원은 낄낄거리며 웃었다. 도무지 진지함도 없고, 조심성도 없고, 예의도 없다. 슬픔도 우울도 모를 것 같은 사람, 어쩌면 그것이 다행인지도 모르겠다.

승원이 다시 붓을 들자 송아는 얼른 승원의 뒤편으로 가서 그림을 감상했다. 그렇게 많은 말을 하고 정신없이 장난을 치면서 무슨 그림을 그리나 싶은데 어느새 그림은 완성 단계에 들어섰다. 캔버스 위에는 선비의 눈빛처럼 단정하고 말끔한 수선제가 제 모습을 드러내고 있었다.

주의력 결핍이나 과잉행동장애가 있는 어린아이 같다가도 한번 붓을 들면 무서운 집중력을 보이는 승원이다. 처음에는 그 모습이 이해되지 않았는데 지금은 남들에게는 없는 예술가적 기질로 이해하고 있다. 좀 감당이 되지 않지만 아주 상대 못할 정도는 아니다.

"규원이 어디가 좋았어요?"

열심히 붓질을 하며 승원이 다시 물었다.

글쎄? 어디가 좋았을까? 처음엔 분명 무언가 있었던 것 같은데 지금은 그게 무엇이었는지 모호했다. 그냥 좋다.

"잘 모르겠어요."

"몰라요?"

승원이 의아한 눈으로 돌아보았다. 분명하고 뚜렷한 이유가 있어야 좋아할 수 있는 것 아닌가? 그저 막연히 좋다는 것이 승원의 사고로는 이해되지 않았다.

"누군가를 좋아하게 되는 이유는 아주 사소한 이유 때문일 거예요. 그런데 시간이 흐르면 무엇 때문에 그 사람을 좋아하게 되었는지 잊어버리기도 해요. 그래도 그 사람은 여전히 좋은 채로 남아 있어요. 바람처럼, 공기처럼 익숙하고도 자연스러운 느낌으로 말이에요.”

그래, 그것이었던 것 같다. 짧은 시간에 규원과 가까워져 버린 것은 그가 처음 수선제에 왔을 때부터 익숙하고도 자연스러운 느낌을 받았기 때문이다. 오랜 시간 탐색하고, 시험하고, 감정 소모를 할 필요조차 느끼지 않았던 그런 익숙함.

송아의 눈이 아련해지는 것을 보며 승원은 다시 캔버스로 눈을 돌렸다.

단정하고 말끔한, 고고한 선비의 풍모를 닮은 수선제. 그 위에 비쳐지는 얼굴은 규원이다. 채송아가 느낀 익숙함이 이것이었을까? 이성에는 생전 관심조차 없던 규원이 짧은 기간에 이토록 완벽한 사랑을 얻었다는 것이 신기하기도 하고 한편으로는 홀가분하기도 하다. 이규원이 드디어 이승원에게서 떨어져 나간다. 가슴을 짓누르던 묵직한 무엇이 내려진 느낌. 그래서 텅 빈 듯 후련하다. 진작 이렇게 떼어내 버렸어야 하는데.

“규원인 마음에 있는 말을 다 안 해요.”

“왜요?”

“몰라. 원래 그래요. 워낙에 음흉한 녀석이니까.”

킥킥 웃던 그는 어두워진 송아의 얼굴을 보며 다시 말을 고쳤다.

“그러니까 내 말은 송아 씨에게 표현하는 그 이상의 마음이 그 녀석 속에 있다는 뜻이에요.”

그리고 얼굴을 가까이 가져와 ‘정말 음흉한 녀석이에요’라고 속삭였다. 스륵 물러나는 그 눈 속에 부끄러운 상상이 들어 있는 것 같아 송아의 얼굴이 순식간에 붉어졌다. 승원에게서 또 짓궂은 말이 나올 것 같아 불안할 지경이었다.

“규원인 단 음식을 좋아해요. 커피도 그렇고, 특히나 미숫가루는 달달하게 타줘야 잘 먹어요. 당뇨병 걸리기 딱 좋게.”

“달게 먹는다고 당뇨병 걸리는 거 아니거든요!”

“혼자서 글 쓰고, 음악 듣고, 그림 그리고, 그런 거 좋아해요. 계집애같이.”

“감상적인 것도 나쁘진 않죠.”

“잔소리도 심해요, 아주.”

“관심의 표명이라고 들으면 뭐⋯⋯.”

또박또박 반박을 하던 송아는 어느 때보다 진지한 승원의 눈을 마주 보았다.

“승원 씨.”

“규원이⋯⋯ 우리 형, 많이 사랑해 줘요.”

그러나 착하고 순한 눈빛은 순간적으로 사라졌다. 승원은 다시 천진하고 짓궂은 얼굴이 되어 툴툴거렸다.

“아씨, 이런 말을 내가 꼭 해줘야 하나? 그 녀석이 워낙 숙맥이라 지금까지 연애 한 번 제대로 못했거든요. 스물아홉 살에 첫

연애라면 누가 믿겠어요? 채송화 씬 어때요? 설마 그쪽도 처음
인 거예요?"

"채송화 아니거든요!"

파륵 하는 소리에 승원이 다시 킥킥 웃었다. 그 천진한 모습
에 송아도 결국 따라 웃고 말았다. 혼을 쏙 빼놓듯 정신없는 속
에서도 집중을 하고, 천진한 아이처럼 키득거리는 저 짓궂은 웃
음 너머 진지함을 숨긴 사람. 그것이 승원의 본모습 같다.

08

딸깍딸깍, 자전거를 끌어내는 소리가 들리더니 바퀴 소리가 멀어져 갔다. 승원은 들고 있던 책을 내려두고 문을 열었다. 언제 나왔는지 찬엽이 마당에서 서성이고 있었다.

"외삼촌."

"안 잤어?"

찬엽이 다가오더니 방 안을 힐끗 살폈다. 역시나 규원은 없었다.

"수선제에 갔을걸요? 송아 씨 만나러."

승원이 히죽 웃으며 고백하자 찬엽은 이미 다 안다는 듯 고개를 끄덕였다. 규원이 이토록 열정을 쏟는 일은 찬엽이 아는 한 처음 같다. 무언가 초월해 버린 사람처럼 모든 것을 한 발 떨어진 시선으로 바라보던 규원이다. 사람이든 사물이든, 혹은 어떤 취미나 일에 있어서까지. 그런 녀석의 어디에 이런 열정이 숨어 있었을까 싶을 만큼 송아에게는 적극적이었다. 요즘은 거의 밤마다 율현리로 달려가는 것 같다.

정암 선생님을 뵙고 의논을 드려야 할까?

"전 다음 주쯤 돌아갈까 해요."

"벌써?"

겨울이나 되면 떠날 줄 알았는데 의외다.

"왜? 뭐가 불편해?"

"아뇨. 그게 아니라 좀 심심해서요. 신나는 일도 없고, 설렐 일도 없고. 너무 고요해서 재미없어요."

승원은 정말 따분해 죽겠다는 표정으로 말했다. 고즈넉하고 한가로운 이곳의 풍경이 취미가 아니라는 거다. 하긴, 승원에겐 고요함이란 단어가 참 안 어울리기도 했다.

"혼자 어쩌려고……."

순간 승원이 버럭 화를 냈다.

"다들 언제까지 절 어린애 취급할 거예요? 평생 책임져 줄 것도 아니면서!"

느닷없는 고함 소리에 찬엽이 움찔했다. '평생 책임져 줄' 그 말은 규원이나 찬엽에게는 무거운 숙제이기도 한 문제인데, 승원에게도 역시나 쉽지 않은 고민일 것이다.

“죄송해요, 소리 질러서.”

“아니다. 그래, 네 생각을 한번 들어보자.”

찬엽은 얼른 방으로 들어가 의자를 당겨 앉았다. 승원과는 한 번도 진지한 대화를 나눠본 적이 없다. 워낙 가볍고 장난스러운 녀석이라 그럴 기회가 없었다.

찬엽의 진지한 얼굴을 보자 승원은 또다시 딴청을 부리고 싶어졌다. 언제나 그렇다. 승원에게 진지함이란 언제나 달아나고 싶은 두려움이다. 진지한 눈으로 제 몸의 현실을 바라볼 자신이 없어 일찌감치 달아나 버린 승원의 속내를 승원 자신도 다 짐작하진 못했다.

“골치 아프게 생각은 무슨, 전 그저 자유로운 게 좋다고요. 그런 것 정도는 충분히 누리고도 남을, 아니, 차고 넘칠 나인데 외삼촌이나 규원이나 절 아직도 어린애 취급하잖아요. 아직도 열다섯 살인 줄 알아. 못 걸어서 그런가? 이게 걷는 것보다 훨씬 빠르다는 걸 몰라요? 한번 볼래요?”

그러면서 정말 빨리 달리는 모습을 보여주기라도 할 듯 휠체어를 덜컥덜컥 흔들었다.

또 시작이다. 애초에 이 녀석과 진지한 대화를 하겠다고 생각한 것부터가 무리였다.

만약 규원과 송아가 저대로 관계가 지속된다면 이곳에 터를 잡아야 할지도 모르는데 그때도 이 녀석은 이렇게 가볍게, 담담히 받아들일까?

그럴 수 있을 것 같다. 사고 후에도, 그리고 지금까지도 정작 현실에 적응하지 못하고 있는 사람은 승원이 아니라 규원을 비롯한 멀쩡한 자신들 같으니까.

일어서던 그는 도로 의자에 앉았다.

"혹시 말이다."

"예?"

"만약에 규원이가 이곳에 정착한다면 어쩌겠느냐?"

"그러…… 겠대요?"

장난스럽게 낄낄거리던 승원의 얼굴에서 순식간에 웃음이 거두어졌다.

"아니, 그냥 내 생각이야."

잠깐 경직되었던 승원의 얼굴이 풀리며 다시 장난스러운 웃음이 번진다.

"저야 뭐 좋죠! 와우! 그렇게만 된다면 드디어 이규원에게서 해방되는 거구나!"

역시나 이 녀석은 잘 견뎌낼 녀석이다. 찬엽은 어린애처럼 흥분한 승원을 보며 생각했다.

찬엽의 발소리가 멀어지는 것을 들으며 승원은 주먹을 가만 그러쥐었다. 그는 팔에 힘을 주어 엉덩이를 들어보았다. 그러나 그것으로 끝이다. 더 이상 움직일 수 있는 것은 없었다. 금방 팔에 힘이 풀리며 엉덩이는 다시 휠체어에 주저앉고 만다.

아무것도 할 수가 없다. 혼자서는 저 낮은 문턱 하나 마음대로 넘지 못하는 병신!

차갑게 굳은 승원의 얼굴에 지어진 미소는 누구를 향한 조소인지 가늠할 수가 없다.

잠이 오지 않아 마당에 나와 담배를 피우고 있던 태식은 찻길에 휘릭 스쳐 가는 자전거를 보았다. 시계는 새벽 한 시를 가리키고 있었다. 피우던 담배를 발아래로 던지고 짓뭉개며 그는 중얼거렸다.

"미친놈."

이 시간에 송아를 만나고 가는 모양이다. 자전거가 사라진 은현리 쪽을 바라보며 퉁명스럽게 내뱉는 음성이 심술궂다.

"안 주무시고 뭐 하시는데예?"

나쁜 짓을 하다 들킨 사람처럼 태식은 화들짝 놀라 돌아보았다.

"옴마야, 놀랬는갑네?"

배시시 웃으며 다가오는 혜림을 보며 태식은 다시 담배를 물었다. 불을 붙이고 길게 내뿜는 담배 연기가 안개처럼 떠돌다 어둠 속으로 사그라졌다.

"담배가 다 나쁜 것만은 아닌 것 같아예."

"뭔 소리고?"

"갑자기 아저씨가 생각이 많은 사람 같고 멋져 보여서예."

별소릴 다 한다. 태식은 다시 담배를 입으로 가져갔다.

"그만 들어가서 자라. 안 피곤하나?"

하루 종일 혜림이 쉬는 모습을 못 봤다. 어떻게 된 애가 꾀조차 부릴 줄 모르는지, 아니면 생긴 대로 미련한 건지.

"안 피곤합니더. 제가 워낙 건강하잖아예."

"덩치 크다고 다 건강하나? 니같이 일하다가는 아무리 건강한 사람도 다 병날 기다. 쯧."

혀까지 차며 퉁명스럽게 나무라는 소리가 왠지 싫지 않았다.

"지금 제 걱정 하시는 거라예?"

혜림이 바짝 다가서며 동그란 눈으로 묻자 태식이 무안한 얼굴로 버럭 소리를 질렀다.

"걱정은 무슨! 니 병나면 일은 누가 하노!"

성난 사람처럼 불룩거리더니 들어가 버리는 태식을 보며 혜림은 키득 웃었다. 말은 저렇게 하지만 마음만은 한없이 좋은 사람이라는 걸 이젠 안다. 이곳으로 온 후 목을 조일 것 같던 외로움이 많이 사라졌다. 할머니도 좋고 태식도 좋은 사람이다. 그래서 가끔 이대로 눌러살까 하는 생각이 들곤 한다. 할머니 말씀대로 딸처럼 손녀처럼. 그럼 태식과는 어떻게 되는 건가?

처음부터 양산댁의 의도를 알았다면 따라나서지도 않았을 것이다. 키워주신 아버지가 돌아가시고 혼자서는 도저히 견딜 수 없을 만큼 외롭던 차에, 이웃 아저씨네 집에 찾아온 양산댁에게 마치 잃어버린 엄마를 다시 만난 듯 마음이 끌렸다. 그래서 무작정 따라온 것이었다.

이곳에 온 후에야 양산댁의 의도를 알았지만 굳이 되돌아가고 싶진 않았다. 이곳의 풍경이 너무도 마음에 들었고, 태식도 자신에게는 마음이 없는 듯하니(물론 마음이 있다고 해도 거절할 테지만) 일이 년 정도 열심히 돈을 모아서 떠날 참이다. 어딜 가도 이만한 대우를 해주는 곳은 드무니까.

그만 들어가 자려고 돌아서던 혜림은 멀리 어둠 속에 잠긴 수선제 쪽을 바라보았다. 매사에 나무토막처럼 무뚝뚝하고 불룩거리는 태식이 유일하게 싹싹해지는 순간이 있다. 그것은 바로 저 수선제에 사는 채송아가 나타날 때다. 가끔 입이 귀에 걸려 있는 모습을 보면 아주 꼴불견이다.

나이도 많은 아저씨가 말이야. 칫!

이른 저녁을 먹은 송아는 차를 끓여 사랑방으로 들어갔다. 할아버지는 서안 앞에 단정히 앉아 붓을 들고 계셨다. 하얀 종이 위에 세필로 적어 내려간 빡빡한 한자를 송아는 흐뭇한 눈으로 건너다보았다.

할아버지는 지금 당신의 세 번째 책이자 처음으로 개인 문집을 준비 중이시다. 이진규의 친구인 지역 대학의 나정균 교수가 몇 년째 수선제를 드나들며 독려하던 일이 드디어 마무리 단계에 들어선 것 같다.

"바쁘세요?"

"아니다. 치우려던 중이다."

"제가 치울게요."

송아는 재빠른 손길로 서안 위를 정리하고 찻잔을 올렸다. 찻잔을 받아 드는 할아버지의 손가락이 유난히 말라 보인다. 그리고 보니 얼굴도 초여름보다 더 마른 것 같다.

"어디 편찮으신 덴 없으세요?"

송아의 걱정스러운 눈빛을 보며 정암은 빙긋 웃었다.

"괜찮아. 규원 군이 지어다 준 약을 먹으니 한결 기운이 나는구나."

지난번 규원이 손수 지어온 한약을 유달리 정성스럽게 챙겨 드시는 할아버지다.

"책은 언제 나오는 거예요?"

"음, 겨울이면 또다시 부끄러운 물건이 세상 밖으로 하나 나올 것 같다."

"무리하지 마시고 쉬엄쉬엄 하세요."

"나 교수가 번갯불이야. 나를 콩 볶듯이 볶는구나."

그리고는 허허 웃으셨다. 이럴 때면 할아버지가 너무나 좋다. 사춘기 시절 잠깐 원망했던 마음이 부끄럽고 죄송하고, 그리고 아프다. 송아는 차를 마시며 할아버지의 눈치를 살폈다. 그동안 할아버지의 눈을 속이며 다니느라 마음을 졸였는데 이제는 규원에 대해 얘기를 할 참이었다.

“밤에도 헤어지지 않을 방법을 생각 중이에요.”

규원은 그런 말로 자신들의 관계가 좀 더 깊어지기를 원했다. 그것은 함께할 미래를 생각해 보자는 뜻이기도 했다. 그 말을 하며 규원은 조금 울컥해하기도 했다.

사실 송아는 결혼에 대해 그다지 긍정적인 생각을 갖고 있지 못하다. 결혼이 행복한 인생을 위해 필수적인 요건은 아니라는 생각이 지배적이다. 누군가와 영원히 함께할 만큼 완벽한 사랑이 있다는 것도 믿지 않았다. 그런데 규원이라면 그런 사랑이 가능하지 않을까? 수선제에서 오래오래 행복하게 살 수 있을지도 모른다는 생각이 들기 시작했다.

“저기, 할아버지.”

“왜, 무슨 할 말이 있느냐?”

“네.”

그러나 송아는 오래도록 말이 없었다. 정암은 송아가 드디어 규원에 대한 얘기를 꺼내려 한다는 것을 알았다. 그동안 모른 척 지켜보고 있었지만 송아의 마음이 늘 궁금하던 참이었다.

차를 힘겹게 꼴깍 넘긴 송아가 드디어 고개를 들었다.

“할아버지, 규원 씨요.”

“음, 규원 군이 왜?”

“할아버지 보시기에 어때요?”

“무엇을 말하는 것이냐?”

정암은 짐짓 무심한 음성으로 물었다.

“그러니까…… 그냥 여러 가지요.”

“흠…….”

할아버지는 가벼운 헛기침을 하며 한참이나 뜸을 들이더니 천천히 입을 열었다.

“젊은 사람이 식견도 넓고, 예의범절도 반듯하고, 성격도 모나지 않은데다가 외양까지 번듯하니 뭘 더 바라겠느냐.”

할아버지의 칭찬에 송아의 입에 미소가 번졌다. 할아버지도 분명 규원을 마음에 들어 하실 줄 알았다.

“하나…….”

할아버지의 말이 다시 이어졌다.

“사내대장부로서는 썩 마음에 들지 않는다.”

송아의 눈이 균형을 잃은 채 흔들렸다. 할아버지의 입에서 이런 말이 나올 줄은 상상도 못했던 탓이다. 물론 규원이 사람들이 일반적으로 생각하는 남자다움은 조금 부족할지 모르지만 그건 단지 일반적인 기준일 뿐이다. 규원의 순하고 따듯한 시선에서 송아는 훨씬 더 편안함과 믿음을 느꼈다. 자신이 미처 보지 못한 규원의 또 다른 부분을 할아버지는 보고 계신 걸까?

“그러나 또한…….”

다시 할아버지의 말이 이어졌다.

“사내대장부다움만이 사람을 결정하는 건 아닌 게지.”

“그렇죠?”

반가움에 목소리까지 높아졌다. 정암은 애틋한 마음으로 송아를 바라보았다. 떠나 버린 엄마, 아빠를 찾아온 수선제를 헤매고 다니던 어린 송아를 보며 가슴에 천 근의 납덩이를 들여앉혔던 기억이 엊그제 같은데 어느새 그 납덩이는 가벼운 나비가 되어 날아갈 준비를 하고 있었다.

“그래서 말인데요……”

규원에 대해 막 입을 떼려는데 시계를 보던 할아버지가 먼저 입을 열었다.

“오늘은 규원 군이 바쁜 모양이구나?”

“네?”

“아홉 시가 넘었는데 소식이 없는 걸 보니 말이다.”

송아는 무슨 말인지 몰라 고개를 갸웃했다. 규원은 당직이라 지금 병원에 있는데? 그러다 할아버지의 입가에 그려진 미소를 보며 할아버지가 이미 모든 것을 알고 계시다는 직감을 했다. 자신이 밤마다 횟집에 간다고 거짓말을 하고 규원을 만나러 나갔다는 사실을.

“알고…… 계셨어요?”

“그래.”

할아버지의 따듯한 시선을 느끼며 송아는 어쩔 줄을 모르고 당황했다. 밤마다 거짓말을 하고 남자를 만나러 나가는 손녀가 얼마나 괘씸하셨을까?

“죄송해요.”

그러나 할아버지는 그냥 웃기만 하신다. 난감해 죽겠는데 할아버지는 이런 상황이 재미있으신 모양이다. 웃고 있던 할아버지가 송아에게 휴대폰을 건네며 보라고 했다. 할아버지의 휴대폰 통화 기록에는 송아의 이름과 규원의 이름이 경쟁하듯 규칙적으로 찍혀 있었다. 매일 밤, 송아를 불러낼 때마다 규원은 이렇게 할아버지의 승낙을 먼저 받고 있었던 모양이다.

“언제부터예요?”

“글쎄다? 두 번째 저녁을 함께 먹던 날부터였나?”

“최 선생님도 아세요?”

“그럼.”

맙소사! 다들 알면서 모른 척하고 있었단 말이네?

그런 줄도 모르고 할아버지께 내내 거짓말을 하고, 찬엽 앞에서는 티 내지 않으려고 애를 먹었다.

“사람 사이에 가장 중요한 것은 믿음이다. 그러나 남녀 간에는 그것보다 더 중요한 게 있는데 바로 서로를 연모하는 마음이야. 그것이 진실해야만 믿음이 생기는 법이다.”

사랑하는 마음이 가장 중요하다는 할아버지의 말은 어색하면서도 가장 정답처럼 들렸다.

“할아버지는 규원 군도 믿지만 무엇보다 너의 판단을 믿는다.”

그러니 예쁘고 곱게 사랑하라고, 후회 없이 진심을 다하라고 하셨다. 두 사람이 어떤 결정을 내리든 이해할 거라고, 차분히 기다리겠다고 하셨다.

"손익을 계산하여 마음을 남겨두는 것만큼 어리석은 건 없다. 금전은 통장에 남겨 저축하는 거지만 마음은 꺼내고 베풀어야 저축이 되는 거다. 알겠느냐?"

송아는 새삼스러운 눈으로 할아버지를 바라보았다. 할아버지가 사랑을 하셨으면 아주 열정적으로 하셨을 것 같았다. 방으로 돌아온 송아는 규원에게 문자를 보냈다.

〈사람이 왜 그래요?〉

한참 만에 답문이 왔다.

〈미안해요. 급체 환자가 있어서 전화할 시간이 없었어요.〉

저녁 내내 전화가 없었던 것에 대한 투정으로 생각한 모양이다.

〈처음부터 할아버지께 허락받고 시작한 거예요?〉

규원의 접근이 처음부터 할아버지께 허락받고 시작한 계획적인 것이었는지 궁금했다. 그것이 사실이라면 조금 화가 날 것도 같았다. 규원은 오랫동안 답이 없었다. 씻고 들어와 보니 문자가 들어와 있었다. 송아는 얼른 폴더를 열었다.

〈아닌데? 화났어요? 풀어요. 밤에만 전화 드렸으니까. 나도 모르게 송아 씨 납치해 버릴 것 같아서 결계를 쳐둔 거예요.〉

다시 이어 들어오는 문자.

〈밤이 되면 늑대의 본능이.〉

송아는 키득 웃으며 답을 보냈다.

〈설마, 규원 씨가?〉
〈참기 어려움.〉
〈참지 말지?〉
〈정말?〉
〈농담.〉

전혀 이규원답지 않은, 그리고 채송아답지 않은 농담이 오가고 있었다.

　주말 아침, 할아버지가 며칠 전부터 다시 소화를 잘 시키지 못하시는 것 같아 규원에게 SOS 문자를 보냈다. 규원에게서 금방 가겠다는 문자를 받고 오늘도 종일 정신이 없겠다 생각하며 기다리고 있는데 웬일인지 승원이 따라오지 않았다.

　"승원 씬요?"

　"자요. 그 녀석에겐 지금이 한밤중이에요."

　할아버지를 반듯이 눕히고 맥을 짚고 복부를 만져 가며 규원은 조용조용한 목소리로 이런저런 질문을 했다. 잠은 잘 오는지, 머리가 무겁진 않은지, 심한 피로감을 느끼지는 않는지 하는, 소화기 쪽과는 별 상관도 없어 보이는 질문만 줄곧 했다. 그리고 다시 오래도록 지압을 하고 안마를 했다. 마지막으로 침을 간단하게 시술하고 내일 약을 지어오겠다고 했다.

　규원이 가방을 챙겨 나오자 송아가 그 뒤를 종종 따라 나왔다.

　"어때요? 할아버지 다른 곳이 안 좋으신 건 아니죠?"

　"괜찮아요. 연세가 있으셔서 위장 기능이 좀 떨어진 것뿐이에요. 그래도 모르니까 병원은 한번 가보시는 게 좋을 것 같아요. 그건 그렇고, 할아버지 무슨 고민 있으세요? 그래서 입맛을 잃은 것일 수도 있어요."

　"글쎄요?"

　무슨 걱정이 있으실까? 원고 때문에 신경 써서 그러신가? 한번 여쭤봐야겠다. 마당으로 내려선 규원이 대문 쪽이 아닌 별채 쪽으로 발길을 잡자 송아는 반가운 마음에 얼른 다가섰다.

“놀다 갈 거예요?”

“온 김에 책 좀 보려고요.”

그리고 다시 ‘송아 씨도 보고’라고 덧붙였다.

“피, 어제도 보고 그제도 봤는데 새삼스럽게…….”

말은 그렇게 하면서도 행여나 놓칠세라 졸졸 따라붙는 송아의 발걸음이 날아갈 듯 경쾌하다. 서책방 문을 사방으로 열자 시원한 바람이 방 안을 휘저었다. 규원은 지난번에 읽다 꽂아둔 시문집을 다시 꺼내어 펼쳤다.

부엌으로 온 송아는 미숫가루를 탔다. 평소보다 설탕을 한 스푼 더 넣었다. 그리고 얼음을 띄워 들고 서책방으로 갔다. 서안 앞에 단정히 앉은 규원의 모습을 보자 왠지 마음이 꽉 차는 느낌이다. 송아가 어릴 적 할아버지는 늘 저런 모습으로 서책방에 앉아 계셨다. 아버지에 대해 떠오르는 풍경도 서책방과 함께 있다. 큰 키를 비스듬히 기울이고 책장을 넘기던 모습……. 송아는 저도 모르게 눈앞이 흐려졌다.

“왜 그래요?”

“아, 아니에요. 미숫가루 타왔는데 마셔요.”

송아는 얼른 눈을 깜빡이고 방으로 들어가 컵을 내밀었다. 스푼으로 휘휘 저은 후 미숫가루를 한 모금 들이켠 규원이 말했다.

“진짜 맛있다.”

“달콤해서?”

“눈치챘어요? 내가 단 거 좋아하는 거?”

“누가 귀띔해 줬어요.”

승원이 녀석…….

규원은 기분 좋은 듯 빙긋 웃으며 미숫가루 한 컵을 달게 마셨다. 그리고 반쯤 녹은 얼음을 입에 넣고 살살 녹이다가 송아를 불렀다.

“이리 와볼래요?”

손목을 잡아챈 규원이 송아를 다급하게 구석으로 밀어붙이고 기습적으로 입을 맞추었다. 갑작스러운 행동에 어쩔 줄 모르고 있는 사이, 차가운 얼음조각이 입술을 비집고 들어왔다. 이어 싸늘한 혀가 그 얼음을 따라 들어왔다. 싸늘한 혀가 입천장을 스치는 순간, 송아는 소름이 돋을 것 같은 자극을 느끼며 규원의 옷자락을 꽉 움켜잡았다. 싸늘한 규원의 입술이 송아의 입술을 잠깐 베어 물었다가 놓아주었다. 규원은 여전히 입술이 닿을 듯한 거리에서 송아를 내려다보며 물었다.

“그리고 또 뭐라 그랬어요, 그 녀석이?”

그의 숨결이 코끝에서 느껴졌다. 송아는 두근거리는 심장 소리를 가라앉히려 침을 꼴깍 삼키며 대답했다.

“정말 음흉한 녀석이라고…….”

“틀린 말…… 아니네.”

그리고 다시 입술이 겹쳐졌다. 자신이 얼마나 음흉한 남자인지를 보여주려는 듯 규원의 입맞춤은 깊고도 진했다. 한순간 귀를 울리던 매미 소리가 들리지 않았다. 이곳이 서책방이며 사방으로 문이 열려 있다는 것도 잊었다. 뜨거운 열기가 전류처럼 온몸으로 번져 나갔다. 옷자락을 움켜쥔 손이 스르르 풀리는 순간 규원의 입술이 떨어졌다.

"이렇게 음흉한 남자하고 평생 같이 사는 것에 대해 어떻게 생각해요?"

송아는 아무 말을 못한 채 규원을 멍하니 바라보았다. 아직도 열기는 꺼지지 않았고, 그래서 정신이 좀 없었다.

"채송아."

"난……."

"우리…… 결혼할래요?"

"……."

"평생 수선제에서 함께 사는 거예요."

평생 규원과 함께 수선제에 산다는 것이 상상이 되지 않았지만 거절하고 싶지 않았다.

"허락하는 거예요?"

송아는 고개를 끄덕였다. 이렇게 듬직하고 따뜻하고 조금은 음흉하기까지 한 남자와 함께라면 평생 행복하게 살 수 있을 것 같다.

"수선제 가까운 곳에 승원이 화실을 만들 거예요. 그 녀석은 죽어도 싫다고 하겠지만 멀리 떨어져 있는 건 내가 또 죽어도 싫으니까."

“수선제에도 방 많은데요.”

“누구든 우리 공간에 침범하는 건 싫어요. 그리고 승원이 때문에 송아 씨 힘들어지는 것도 싫어요.”

“괜찮은데. 나 승원 씨 좋아해요.”

“내가 싫어요. 승원이에게도 그 정도 자유는 필요해요.”

송아가 알았다는 듯 고개를 끄덕이자 규원은 송아를 꼭 품어 안았다. 이제 승원을 설득하고 어른들께 허락만 받으면 채송아와 함께 이 아름다운 고택에서 언제까지나 행복하게 살 수 있을 것 같다. 승원의 화실을 지을 만한 땅을 구입하고 그 녀석이 살기에 최대한 편한 집으로 만드는 거다. 도담호를 내려다보며 그림을 그릴 승원을 생각하며 규원은 행복한 꿈에 젖었다.

#09

송아는 찻상을 들고 할아버지 앞에 앉았다. 할아버지께서 무슨 고민이 있으신 것 아니냐던 규원의 말이 며칠 내내 마음을 떠나지 않았다. 찻잔을 드는 할아버지의 손가락이 유난히 말라 보인다. 정말 말 못할 걱정이 있으신 건 아닐까?

"무슨 걱정 있으세요?"

"걱정은 무슨."

"규원 씨가 그것 때문에 할아버지께서 입맛을 잃은 건지도 모른다고 해서요."

"그런 일 없으니 걱정 마라."

따듯이 바라보는 눈빛이 왠지 편치 않다.

“혹시, 그 사람들 또 왔었어요?”

자신이 출근하고 없는 사이 문중 어르신들과 함께 채석원이 또 찾아와 할아버지의 마음을 불편하게 만든 건지도 모른다는 생각에 그렇게 물었다. 그러나 할아버지는 고개를 저었다.

“아니다.”

그러나 여전히 미심쩍은 마음을 거두지 못한 채 정암을 바라보던 송아가 단호한 음성으로 말했다.

“누가 뭐래도 전 수선제를 떠나지 않을 거예요. 제가 이 집을 얼마나 아끼고 사랑하는지 아시잖아요. 설사 그 사람들의 도움이 끊긴다 하더라도 저 혼자서도 충분히 지켜낼 수 있어요. 그러니까 걱정하지 마세요.”

정암은 찻상을 들고 나가는 송아의 뒷모습을 물끄러미 바라보았다.

사실은 얼마 전 채석원이 다시 찾아왔었다. 그는 정암으로서는 상상도 할 수 없는 돈이 든 통장을 내밀었다.

“웬만한 아파트 한 채는 마련하고도 남을 돈입니다.”

정암의 노기 어린 눈을 보며 그가 다시 말했다.

“단순한 제 욕심으로 이런다고는 생각하지 마십시오. 저는 단지 수선제가 제대로 된 관리를 받아서, 우리 집안에도 이런 번듯한 고택이 있다는 것을 알리고 싶을 뿐입니다.”

정암은 무릎에 놓인 주먹을 그러쥐었다. 수선제는 감히 금전과 바꿀 수 있는 집이 아니라고, 당장 돌아가라고 소리치고 싶었지만 그러지 못했다. 이 모든 것이 자신의 무능함 탓이라는 생각이 들었기 때문이다. 조상이 물려준 유산을 잘 건사하지 못해 수선제가 짐스러워져 버렸고, 어린 송아가 그 짐을 떠맡았다. 그리고 채석원이 이런 욕심을 부리는 것도 다 그 탓이다.

"돌아가게."

"어르신! 송아를 위해서도 제 뜻을 받아들이시는 게 좋지 않겠습니까? 그 아이도 언젠가는 결혼을 해야 하고, 그럼 이 집이 짐이 될 텐데……."

"알았으니 그만 가보게! 마음의 결정이 내려지면 내가 연락할 터이니."

정암은 채석원이 내놓은 통장을 돌려주었다. 짜증이 섞인 발걸음이 멀어지고 자동차가 떠나는 소리도 들렸다. 내리쬐는 햇볕만큼이나 뜨거운 기운이 목구멍을 뚫고 올라왔다.

그렇게 채석원을 보내고 정암은 한동안 후회를 했다.

낡고 오래된 이 집이 무어라고 기어이 끌어안고 있다가 송아에게 짐으로 물려줘야 하나? 누가 지키든 온전히 지켜낼 수만 있으면 되는 것이 아닌가?

송아를 볼 때마다 그런 생각이 들었다.

규원과 만들어가는 저 예쁜 사랑이 혹시나 이 집으로 인해 변질되는 것은 아닐까?

그런 걱정도 되었다. 송아의 마음을 모르는 것은 아니다. 그러나 아무리 생각해도 그 조그만 어깨에 이 큰 짐덩어리를 올려

두고 떠날 수는 없을 것 같다.

아침부터 수선제로 가서 이것저것 치워주고, 양산댁이 만들어준 반찬으로 냉장고도 채워주고, 정암 선생과 담소를 조금 나누다 보니 오전 시간이 훌쩍 지나가 버렸다. 태식은 부엌으로 가서 빈 통들을 들고 나왔다.

"송아 오면 김치하고 반찬 새로 가져다 놨다 하이소."

"알았네."

매번 반찬이 떨어져 간다는 걸 귀신같이 알고 채워두고 가는 태식이 정암 선생은 그저 고마울 따름이다.

"그럼 어르신, 저 가보겠습니더."

인사를 꾸벅 하고 돌아서는 그를 정암 선생이 다시 불러 세웠다.

"이보게."

"예, 어르신."

급히 할 말이 있는 듯 마루를 내려서려던 정암은 현기증을 느끼며 그 자리에 주저앉았다. 그 모양이 흡사 마루에 걸터앉는 듯 보였기 때문에 태식은 정암의 상태를 눈치채지 못했다. 무슨 할 말이 있는데 망설이는 듯 보여서 태식은 느긋한 마음으로 기다렸다. 한참 만에 정신을 가다듬은 정암이 입을 열었다.

"시내에 아파트를 하나 장만하려면 돈이 얼마나 필요한가?"

"도담에 말씀입니꺼?"

“음.”

너무나 뜻밖의 물음이다. 돈이라든가, 아파트라든가 하는 단어들이 정암의 입에서 흘러나오는 것도 생소했고, 그것이 진심으로 궁금하다는 듯 반짝이는 눈빛은 더더욱 생소했다. 정암 선생은 태식의 의아한 눈을 왠지 쑥스러워하는 듯했다. 그는 가벼운 헛기침으로 그것을 숨겼다. 태식은 그제야 빙긋 웃으며 대답했다.

“테레비 보면 요새 집값이 미친 거 아인가 싶은데 여는 아직 시골이라 그만큼은 안 비쌉니더. 그래도 옛날보다는 마이 올랐을 겁니더.”

“그래?”

정암은 무슨 생각에 잠긴 듯 댓돌을 가만 내려다보더니 다시 고개를 들었다.

“한번 알아봐 주겠는가?”

부탁하는 표정이 너무나 진지해서 태식은 대답을 곧장 못한 채 서 있었다.

“너무 큰 것도 필요 없고 두 사람이 살 만한 깨끗한 집으로 알아봐 주게.”

“어르신, 갑자기 그거는 와⋯⋯.”

그러나 정암은 대답을 하지 않은 채 가보라는 손짓을 했다.

“언제쯤 비가 오려나 모르겠네.”

그리고 무거운 몸을 일으켜 사랑으로 들어갔다.

태식은 하늘을 올려다보았다. 불덩이 같은 해가 이글거리고 있었다. 아닌 게 아니라 유난히 뜨거운 여름이다. 고개를 돌리니 정암 선생은 어느새 방으로 들어가고 없었다.

강나루로 돌아오니 점심시간이 가까워 오는데도 횟집 문이 꽁꽁 닫혀 있었다. 마당 가운데에 차를 세우고 들어서던 태식이 한편에 세워진 빨간 자전거를 발견했다.

저 재수 없는 물건이 와 여기에 있노?

심술궂게 한 번 째려보고 문을 드르륵 열고 들어서자 주방도 홀도 조용하다.

"어무이!"

아무 기척이 없다.

"혜림아!"

살림방의 방문이 열리며 혜림이 고개만 삐죽 내밀고 말했다.

"조용히 들어오이소. 할매 침 맞고 있어예."

"침?"

그제야 문 앞에 벗어놓은 남자 구두가 눈에 들어왔다. 방 안에는 다리 이곳저곳에 침을 꽂은 양산댁이 누워 있었다. 태식이 다급한 목소리로 물었다.

"마이 아프십니꺼? 병원 가자 카이 죽어도 말을 안 듣더만은……."

태식의 호들갑에 양산댁이 누운 채로 손을 휘휘 저었다.

"아이다. 혜림이가 하도 난리를 쳐서 누워 있는 기다."

양산댁이 손을 홰홰 저어대며 아무렇지도 않다고 하자 혜림이 발끈하며 소리쳤다.

"할매가 만날 그래 말씀하시니까 아저씨가 저래 무심한 겁니더! 괜찮기는 뭐가 괜찮습니꺼? 어젯밤에도 끙끙 앓아놓고서는!"

"할머니, 절대 괜찮으신 거 아니거든요. 관절에 무리가 많이 왔어요. 혜림 씨 말 들으세요."

규원까지 혜림을 거들고 나서자 그제야 양산댁이 팔을 내렸다. 태식은 벌건 얼굴을 수습하지 못한 채 서 있다가 홱 돌아섰다. 언덕을 내려가 찻길을 건너 단숨에 자갈밭으로 달렸다. 그리고도 감정을 수습 못한 채 서성이던 그는 담배를 피워 물고서야 조금 안정이 되는 듯 뜨거운 자갈 위에 쭈그리고 앉았다.

스물셋에 청상과부가 되어 서른일곱 해를 오로지 아들만 바라보며 살아온 어머니다. 그런데 단 한 번도 원하시는 것을 해 드린 적이 없다. 한창 공부해야 할 나이에 주먹질이나 하고 껄렁거리며 돌아다녔고, 그래서 양산댁이 그렇게 소원하던 대학에도 들어가지 못했다. 군대를 다녀온 후부터는 역마살이 낀 건지 도무지 한곳에 붙어 있질 못했다. 전국을 떠돌아다니며 돈을 벌었고, 돈이 조금 모이면 또 떠돌아다녔다. 그러다 운명같이 한 여자를 만나 처음으로 정착해 살고 싶다는 생각이 들었다. 결혼을 하고 가정을 이루어 어머니께 떡두꺼비 같은 손자도 안겨 드리고 싶었다. 그렇게 행복을 꿈꾸며 내려간 고향에서 태식은 감당할 수 없는 큰 고통을 맛보았다. 그것이 자신이 살아온 과정에서 만들어놓은 검은 그림자에서 비롯된 일이었다는 것을 알았을 때 더 이상 고향 땅에서는 살 수 없을 것 같았다. 태어나 그때껏 고향땅을 벗어나 보지 않았던 양산댁이었지만 더 이상 그곳에서는 살고 싶지 않다고 울부짖는 태식을 따라 단호히 짐을 쌌다.

“내 자식이 살 수 없는 땅에서는 나도 몬 산다!”

그렇게 도망치듯 모시고 온 어머니를 10년이 넘도록 횟집 주방에 세워놓았으니 관절에 무리가 오고도 남았을 것이다. 담배를 연달아 두 개비를 피워 물 때쯤 혜림이 자갈밭으로 내려왔다.
“뜨겁은데 와 여 나와 있어예?”
태식은 말없이 담배만 뻑뻑 피웠다.
“아까는 제가 말이 좀 과했어예. 아저씨가 절대로 무심한 사람은 아인데…… 할매가 밤새도록 앓는 소리를 내서 제가 좀 성이 나서 그랬어예.”
태식은 그제야 피우던 담배를 비벼 끄고 돌아보았다.
“침은 다 맞았나?”
“예, 당분간 무리하지 말고 쉬시랍니더. 그라고 영양 보충도 좀 하고, 비타민 같은 것도 사 먹고…… 종합비타민이 나이든 사람들 관절염에도 좋답니더."

"또?"

"시간 나면 병원에 한번 들르라 캅디더."

"어무이는?"

"주무십니더."

"그래, 니가 애 묵었다."

엉덩이를 털고 일어나 횟집으로 향하는 태식의 뒤를 혜림이 쫄랑쫄랑 따라갔다. 호주머니에 손을 찔러 넣은 채 말없이 걷는 태식의 모습이 왠지 안쓰럽다.

"할매는 걱정하지 마이소. 이 선생님 말씀이 운동도 하고 영양 보충도 하고 그러면 크게 걱정할 정도는 아니랍니더."

"……."

"그래서 날씨 좀 시원해지면 할매랑 산에 댕길라고예. 나도 살을 좀 빼야 돼서……."

혜림은 하지 않아도 될 말을 종알거리며 따라갔다. 태식은 여전히 말이 없었다.

"화났어예?"

"……."

"예?"

"……."

여전히 대답 없이 찻길을 건너는 태식을 노려보던 혜림이 찻길을 따라 건너며 소리를 빽 질렀다.

“사람이 물으면 대답을 해야 할 거 아입니꺼!”

고함 소리에 놀라 돌아보는데 대형 트럭이 경적을 울리며 달려오는 것이 보였다. 태식은 어쩔 줄 모르고 머뭇거리는 혜림을 향해 몸을 날렸다. 혜림을 안고 한 바퀴 구른 태식은 숨이 턱 막히는 고통을 느끼며 눈을 떴다. 달덩이같이 커다란 혜림의 얼굴이 눈앞에 있었다.

“괜찮아예?”

“안 괜찮다. 빨리 내리가라. 깔리 죽겠다.”

당황한 혜림이 얼른 몸을 일으키자 태식도 먼지를 털며 일어났다. 한순간에 차도에서 배 터진 생쥐 꼴이 될 뻔했던 것을 생각하니 부아가 났다.

“차가 오면 빨리 피해야 할 거 아이가!”

버럭 지르는 고함 소리에 혜림은 어이가 없었다. 피할 틈도 없이 달려와서 밀친 사람이 누군데?

“나도 피할라고…….”

“몸이 무거우니까 동작도 느리지!”

혜림의 뚱뚱한 몸을 아래위로 훑어보는 태식의 눈에 혐오가 가득한 것 같다.

어떻게 저런 눈으로 보나?

순식간에 혜림의 눈이 그렁해져 버렸다. 태식은 그것마저 짜증이 난다는 듯 거칠게 몸을 돌려 횟집으로 달려가 버렸다.

양산댁의 몸이 나을 때까지 당분간 주중 3일 정도는 횟집 영업을 하지 않기로 결정했다. 사실 강나루 횟집의 주 수입원은 주말 단체 손님이기 때문에 주중에 문을 닫는다고 해서 크게 손해 볼 일도 없다. 태식은 잠든 양산댁 곁에 앉아 있다가 그녀가 뒤척이자 뜨거워진 눈을 들킬까 봐 얼른 나와 버렸다.

오후 내내 혜림을 볼 수 없었다. 저녁상에서도 얼굴을 볼 수 없어서 무슨 일인가 걱정하고 있는데 건넛방에서 당장 오라는 양산댁의 고함 소리가 들렸다. 무릎이 심하게 아픈 건 아닌가 싶어 태식은 화들짝 놀라듯 뛰어나가 안방 문을 열었다.

"와요, 어무이? 어디 아프……!"

말을 채 끝맺기도 전에 베개가 날아왔다.

"이놈의 새끼! 니 야한테 뭐라 캤노?"

느닷없이 베개가 날아들더니 이번에는 잡아먹을 듯한 양산댁의 눈이 날아들었다.

"갑자기 와 이카십니꺼? 무슨 일인데……."

"무슨 말을 했기에 혜림이가 이래 우노 말이다!"

그제야 태식은 양산댁의 뒤에서 무릎에 얼굴을 묻은 채 어깨를 들썩이고 있는 혜림을 발견했다.

"혜림이가 와 웁니꺼?"

태식이 오히려 놀란 소리로 되묻자 양산댁의 얼굴이 조금 누그러졌다.

"니 참말로 모리나?"

오후 내내 얼굴 한 번 못 봤는데 우는 이유를 태식인들 어찌
알리요.

양산댁은 다시 안타까운 눈으로 혜림을 돌아보았다. 내내 보
이지 않던 혜림은 저녁상을 치우고 나서야 슬그머니 방으로 들
어와 그때부터 내내 저렇게 무릎에 얼굴을 묻고 앉아 울고 있었
다.

“야야, 아가. 혜림아, 뭔 일이고? 그래 잘 묵던 아가 죙일 밥도
굶고 이기 뭔 일이고? 암만 물어도 대답도 안 하고 내가 답답해
죽겠다. 어이!”

“혜림아, 무슨 일이고?”

양산댁에 이어 태식까지 가세해 묻자 혜림의 울음소리가 훌
쩍임에서 통곡으로 변하는가 싶더니 급기야 태식을 밀치고 뛰
쳐나가 버렸다. 횟집을 나온 혜림은 찻길을 건너 자갈밭으로
달려갔다. 그리고 자갈 위에 털썩 주저앉아 다시 훌쩍였다. 그
만 울고 싶은데 왜 자꾸 눈물이 나오는지 모르겠다. 뚱뚱하다
는 소리를 한두 번 들은 것도 아니고, 그것을 상처로 여겨본 적
도 없었다. 그런데 혐오스럽게 훑어보던 태식의 눈과 퉁명스러
운 말 한마디는 가시처럼 느껴졌다. 밥도 먹고 싶지 않고, 태식
의 꼴도 보기 싫어 내내 골방에 틀어박혀 울었는데 나중에 거
울을 보니 눈이 두꺼비처럼 변해 버렸다. 가뜩이나 큰 얼굴에
눈까지 퉁퉁 부으니 정말 가관이다. 이제는 정말 살고 싶지도
않다.

그런데 정작 상처를 준 태식은 아무것도 모르고 있었다. 횟집을 나온 태식은 혜림이 찻길을 건너 뛰어가는 것을 보고 천천히 자갈밭으로 향했다. 심란한 일이 있을 때마다 이곳으로 와서 호수를 바라보고 물소리를 듣다 보면 이내 마음이 정리된다는 걸 어느새 혜림도 아는 모양이다. 혜림은 자갈밭 가운데에 쪼그리고 앉아 훌쩍이고 있었다. 혜림의 흐느낌 소리는 멀찍이서도 다 들렸다. 그 소리가 어찌나 서럽게 들리는지 마음이 다 아플 지경이다. 태식은 한참을 머뭇거리다가 겨우 말을 걸었다.

"무슨 일인지 내한테 말해봐라."

말만 하면 다 해결해 주겠다는 듯 결연한 목소리였다.

"아무 일 아입니더."

"아무 일 아인데 와 우노!"

또다시 버럭 지르는 고함 소리에 혜림은 심정이 상해 버렸다. 그래서 말도 가시처럼 나왔다.

"남이야 울든 말든 아저씨가 뭔 상관입니꺼?"

팩 쏘아붙이는 목소리에 찬바람이 돈다. 무안해진 태식은 또다시 담배를 꺼내 물었다. 그러나 담배 냄새가 싫다는 혜림의 말에 불조차 붙이지 못한 채 도로 호주머니에 넣어야 했다.

담배도 못 피우고, 우는 여자를 혼자 놔두고 가버릴 수도 없고, 그렇다고 다시 말을 걸기도 무안하고. 이럴 때는 도대체 어떻게 해야 할지 난감하다. 다시 시작된 혜림의 울음은 좀처럼 그칠 줄을 모른다. 울음소리를 듣고 있으니 덩치 큰 혜림이 작고 어리게 느껴졌다.

호숫물이 밀려왔다 밀려가고, 언젠가 혜림이 했던 말처럼 그 곳에서 개울물 소리가 들렸다. 흐느낌 소리가 조금씩 잦아들었다. 드디어 혜림은 무릎에 얼굴을 기댄 채 잠이라도 든 듯 고요했다.

"물소리가…… 꼭 내 마음 같아예."

어둠 속에서 혜림의 음성이 들렸다.

"보이지 않게 왔다가 갔다가…… 호숫물도 되었다가 개울물도 되었다가……. 있잖아예, 아저씨. 세상에는 보이는 거보다 들리는 기 훨씬 더 진실할 때가 많아예."

알 듯 모를 듯 혜림의 말은 언제나 난해하다. 혜림의 마음이 조금 풀린 것 같아 태식은 다시 물었다.

"니 뭐 안 좋은 소리 들었나?"

가끔 술 취한 손님들이 혜림에게 짓궂은 농담을 할 때가 있는데 혜림은 언제나 웃는 얼굴로 다 받아주었다. 어쩌면 그런 것들이 혜림에게 상처로 남은 건지도 모른다. 태식은 주먹을 불끈 쥐었다. 다시 한 번 그런 손님이 눈에 띄면 정말 가만 안 둘 거다.

"기분 나쁜 말은 빨리 이자뿌라. 그래야 건강에도 좋다. 알았나?"

혜림은 소리 나지 않게 픽 웃었다. 자신이 그런 걸 너무 잘 잊어먹어서 탈인 사람이란 걸 태식은 모를 거다. 지금도 잠깐 애기 나누는 사이 무엇 때문에 그렇게 서럽게 울었는지 까맣게 잊어버렸을 지경이다. 퉁퉁 붓고 따가운 눈자위를 만지며 혜림은 에휴 하고 한숨을 쉬었다. 속이 없는 건지 마음이 넓은 건지.

“인자 다 울었나?”

놀리듯 묻는 태식의 말에 혜림은 무안함을 뒤로하고 일어섰다. 그만 들어가 잠이나 자야겠다. 어찌나 많이 울었는지 눈도 따갑고 코도 맹맹했다.

“니같이 끈질기게 우는 아는 첨 봤다.”

태식이 따라오며 중얼거렸다. 찻길에 이르자 태식에게 들은 말이 다시 생각나 서러워진다.

“몸이 무거우니까 동작도 느리지!”

그동안 살아오면서 들은 소리들에 비하면 아무것도 아닌데 정말 별스럽다. 막 찻길을 건너려는데 태식이 팔을 잡으며 다시 버럭한다.

“아무리 밤이라도 좀 살피고 건너라! 아까같이 사람 간 떨어지게 하지 말고!”

그리고 차가 오지 않는 것을 확인하고 팔을 당겼다. 혜림은 또다시 코끝이 시큰해진다. 이번엔 서러워서가 아니라 마음이 울컥해서이다.

✳

〈벌레 소리가 너무 요란해요.〉

〈또 잠 안 와요?〉

〈시끄러워서 도저히 잘 수가 없잖아요. 송아 씬 잠 와요?〉

"뭐가 시끄럽다는 건지, 딱 귀가 즐거울 정돈데."

중얼거리며 송아는 키득 웃었다.

찌르르, 찌륵찌륵, 사르르…….

벌레 소리는 더욱 요란해지는데 송아에게서는 답이 없다. 승원은 어느새 잠이 들었는지 고른 숨소리가 들린다. 규원은 이불 속으로 숨어들어 휴대폰을 들여다보았다. 이미 열 시가 넘었다. 이 시각에 수선제 문을 두드리는 건 아무래도 예의가 아닐 거라 생각하며 눈을 감으려는데 문자함이 울렸다.

〈언제 와요? 나 자갈밭인데.〉

후다닥 일어난 규원이 밖으로 뛰쳐나갔다. 그리고 끼익, 자전거를 끌어내는 소리가 들리고, 그 소리는 이내 벌레 소리에 묻혀 사라졌다. 승원은 어둠 속에서 눈을 떴다.

벌레 소리가 요란하다. 어제는 별이 너무나 많았고, 그제는 빗소리가 너무도 선명하게 들렸다. 그런 것들은 자꾸 생각 속을 헤매게 만든다. 수선제와 채송아를 떠오르게 한다. 석고보드 같던 이규원의 심장을 건드리는 것이 너무나 많은 이곳이 승원은 싫다.

조금 열린 문틈으로 달빛이 스며들고 있었다. 어느새 바람은 서늘해졌고, 풀벌레 소리는 더욱 요란해졌다.

마당으로 조용히 자전거가 들어오는 소리가 들린다. 휴대폰을 켜보니 어느새 자정이 가까워 오는 시각이다.

조심스럽게 방문을 열고 들어오던 규원은 이불 속으로 숨어드는 휴대폰 불빛을 발견했다.

"미안. 나 때문에 깬 거야?"

"연애하느라고 정신이 없네? 밤낮을 못 가려요, 아주."

승원의 농담에 규원은 키득 웃으며 방바닥에 벌렁 누웠다.

"늦바람이 원래 무서운 거야, 인마."

약간의 흥분이 깃든 음성이 달빛 묻은 어둠을 타고 들려왔다. 그 어둠 속으로 규원의 행복한 미소도 보이는 듯하다. 짧은 침묵이 흐른 후 다시 규원의 음성이 들렸다.

"승원아, 나 할 말 있는데……."

"해."

"너…… 여기 내려와서 그림 그리면 안 돼?"

갑자기 무슨 소릴까?

"사실은 나 송아 씨한테 청혼했어."

승원에게서는 숨소리조차 들리지 않았다. 오랜 침묵 끝에 무심하고 퉁명한 승원의 음성이 들렸다.

"그래서?"

"송아 씨는 수선제를 못 떠나. 평생 이곳에서 살며 그 집을 지키고 싶어 해."

"그래서?"

승원의 음성에 약간의 짜증이 묻어났다.

"알아보니까 이쪽 지역 대학에도 한의학과가 있더라. 교수님들 명망도 높고. 그래서 모교로 돌아가지 않아도 될 것 같아. 송아 씨랑 수선제 지키며……."

"그래서? 내 그림 터전도 이곳으로 옮기라고?"

승원의 음성이 날이 서 있다. 규원은 침대를 올려다보았다. 이곳이 승원에게는 그다지 맞지 않는 곳이란 걸 안다. 그러나 그림을 그리기에는 바쁘고 팍팍한 도시보다 이런 곳이 더 낫지 않을까? 그러나 규원은 그 말을 입 밖으로 꺼내지 못했다. 다만 승원이 무슨 생각을 하고 있을지 궁금했다.

잠깐씩 떨어져 지내는 건 괜찮지만 각자의 삶으로 온전히 떨어져 버리는 건 아직 감당할 자신이 없었다. 평생 승원을 돌보겠다고 한 부모님과의 약속이 아니더라도 규원 스스로 그것은 감당할 수 없는 일이다. 승원을 떠나, 승원을 혼자 두고는 어느 곳에 가서도 편하게 웃을 수 없을 것 같다.

뚫어질 듯 어둠을 노려보던 승원이 답했다.

“싫어.”

평생 규원에 의지해 사는 것은 싫다. 날마다 규원의 죄책감을 들여다보아야 하고, 규원의 의식 속에 들어앉은 그날의 사고를 떠올리는 것이 싫다.

“나도 이젠 혼자 살아야지. 언제까지 네 시중만 받을 순 없잖아. 그리고 송아 씬 또 무슨 죄냐? 나 같은 놈을 곁에 둔다는 게 얼마나 힘든 일인데.”

“송아 씨 힘들게 안 해. 수선제 가까운 곳에 땅을 사서 네 화실을 만들 거야. 네가 생활하기 가장 편한 집으로 만들어서…….”

“난 수원으로 돌아갈 거야. 그곳이 좋아.”

“방금 말했잖아. 송아 씬 수선제 못 떠난다고.”

“그러니까 넌 이곳에서, 난 그곳에서 그렇게 살면 되잖아.”

“그게 말이 돼? 어떻게 그래?”

“왜 못 그래? 다리병신은 혼자 살지 말라는 법이라도 있어?”

“이승원!”

벌떡 일어난 규원이 덤벼들 듯 침대 위를 노려보았다. 승원의 다리에 관한 비하의 말은 규원 앞에서 절대로 해서는 안 되는 것이었다. 고등학교 일학년 때 같은 반 친구가 휠체어에 장난을 치며 승원을 놀린 적이 있었다. 학교에서도 가장 조용하고 착한, 최고의 모범생이었던 이규원이 이성을 잃었던 순간이다. 피투성이가 된 녀석에게 멈추지 않고 주먹을 휘두르던 규원의 모습은 승원조차도 겁이 날 정도였다. 그 일 덕분에 누구보다 편한 학창 시절을 보내긴 했지만.

승원은 규원의 눈을 무시한 채 계속 말을 이었다.

"사람 쓰면 되잖아. 부모님이 너보다 훨씬 많은 유산을 내게 물려주신 게 그런 뜻 아니겠어?"

"목욕은…… 너, 다른 사람이 네 몸 만지는 거 싫어하잖아."

"까짓것, 맡기면 되지 못할 게 뭐야? 그런 사람들, 전문가라서 너보다 훨씬 잘할 거야."

도무지 말이 통하지 않는다. 승원이 거절할 줄은 알았지만 이렇게까지 완강할 줄은 몰랐다.

"승원아……."

"졸려. 그만 자."

승원은 다가오는 규원을 밀쳐 내고 이불을 뒤집어써 버렸다. 규원이 뭐라 해도 이곳에 내려올 생각은 없었다. 혼자 남겨지는 것이 두렵지만 곧 적응할 것이다. 그래, 잘 지낼 수 있을 거다.

#1○

평소에는 승원을 수선제에 데려다 주고 바쁘게 농장으로 가
던 찬엽이 오늘은 사랑으로 들어 정암 선생과 찻잔을 마주하고
앉았다. 찬엽은 찻잔을 드는 깡마른 정암 선생의 손가락을 걱정
스러운 마음으로 바라보았다. 요즈음 들어 눈에 띄게 마르는 것
같다.

"어디 편찮으신 데는 없습니까?"

"없어. 괜찮네."

"요즈음 들어 부쩍 야위신 듯합니다."

"여름이라 그런 게지."

계절 탓이라 하기엔 얼굴이 눈에 띄게 수척했다. 어느새 여든

다섯, 언제든 갑작스럽게 떠날 수도 있는 나이라 찬엽은 늘 불안했다.

"외삼촌!"

정원 쪽에서 승원이 부르는 소리가 요란하게 들렸다. 아, 물을 준비해 달라던 걸 깜빡하고 들어왔다. 찬엽은 얼른 밖으로 나가 이런저런 승원의 요구를 들어주고 다시 들어왔다.

"저 녀석이 원래 좀 정신이 없습니다."

정암은 수다스러운 승원을 떠올리며 빙그레 웃었다. 규원과는 너무도 판이한 성격이라 당황스러울 때도 있지만 구김 없는 성격이 아주 마음에 드는 청년이다.

"승원 군은 누굴 닮았는가? 지엽이는 아닐 테고."

"글쎄요? 매제도 지엽이처럼 조용한 사람이었는데 저 녀석만 유독 시끄럽네요. 어릴 적부터 그랬습니다."

"참으로 다행이지 않은가? 신체의 불운을 마음에 깊이 담지 않은 듯하니 말일세."

"예."

그렇게 되기까지 규원의 희생이 컸다. 그래서 찬엽에게는 늘 규원이 더 아픈 조카였다.

승원이 그림을 그리고 있는 정원 쪽을 잠깐 내다보던 정암은 오랜 기억을 더듬듯 천천히 입을 열었다.

"우리 영인이랑 지엽이 말일세…… 둘이 맺어지기를 바랐던 게 나 혼자만의 욕심이었나?"

"선생님, 갑자기 그 얘긴……."

"나는 영인이의 마음을 다 알지 못했네. 그건 지금도 마찬가지야. 그 아이가 어찌하여 그런 결정을 내렸던 건지……."

그것은 찬엽도 마찬가지였다. 지엽이 왜 영인을 두고 매제와 결혼을 서둘렀던 건지 알지 못한다. 입을 꽁꽁 닫고 있던 두 사람은 이미 이 세상 사람들이 아니니 그 이유는 이제 영원히 알지 못할 것이다. 그나저나 30년도 훨씬 지난 이야기를 새삼스럽게 왜 꺼내시는 건지. 생각하던 찬엽은 규원과 송아를 떠올리고 미소를 지으며 말했다.

"덕분에 규원이와 송아가 만났지 않습니까."

찬엽의 말에 정암도 미소를 지었다.

"그래, 나도 그리 생각하네."

둘을 보고 있으면 마치 30여 년 전의 영인과 지엽을 보는 듯 애틋한 마음이 든다. 둘이 오래오래 사랑하기를 바라는 마음이 이번에는 욕심이 아니기를 바라는 마음이 간절하다.

"내가 살날이 얼마 남지 않았다 생각하니 자꾸 마음이 조급해져."

그래서 규원과 송아가 얼른 미래를 결정짓기를 바라는 것이다. 예쁘게 사랑을 키워가는 모습을 좀 더 오래 두고 보았으면 좋겠지만 하루하루 몸이 다르다는 것을 느끼며 더욱 마음이 조급해졌다.

"송아는 뭐라고 하던가요?"

"아직 뭐라 말은 하지 않지만 규원 군에게 마음을 많이 준 것 같네."

규원이 이미 마음을 굳힌 것을 정암 선생은 아직 모르는 것 같다. 지난 밤, 규원은 이곳에 정착할 생각이라고 말했다. 송아와 함께 수선제를 지키고 싶다고 했다. 당장 그 말을 전해 정암 선생의 걱정을 덜어주고 싶지만 찬엽은 침을 꿀꺽 삼키며 참았다. 그는 다시 정원을 내다보았다. 번잡스럽던 승원이 언제 그랬냐는 듯 그림에 몰두해 있다. 승원이 고집을 꺾지 않는 한 규원은 송아와의 결혼을 쉽게 입 밖으로 꺼내지 못할 것이다. 그러나 결국은 꺾여 들어오지 않을까? 승원이 말로는 싫다고 고집을 부리지만 규원을 온전히 떨쳐 내지 못하고 있는 것 같으니. 규원도 승원도 서로를 위해서 이제는 그만 자유로워져야 하는데 여전히 그것이 힘든 모양이다. 사랑방을 나오니 승원이 마당 한가운데에 석고상처럼 앉아 있었다.

"더운데 왜 거기 있어?"

무엇이 필요한 건가 물으니 아니라고 한다. 그림을 안 그릴 거면 함께 돌아가자고 하니 그것도 싫다고 한다. 저녁에 데리러 오라는 말만 남긴 채 승원은 휠체어를 돌려 버렸다. 가끔 이렇게 승원을 이해하기 힘들 때가 있다. 아침부터 수선제에 그림 그리러 가자고 졸라대더니 왜 느닷없이 저렇게 기분이 가라앉은 거지?

승원은 휠체어를 밀고 강나루 횟집으로 향했다. 며칠 수그러졌던 열기가 다시 살아나 아스팔트를 녹여 버릴 듯 뜨겁다. 귀밑으로 흐르는 땀이 성가신 듯 승원은 이마를 찌푸렸다. 규원이 이 뜨거운 길을 왜 자전거를 타고 출근하는지, 채송화가 왜 버스에서 내려 걷기를 즐기는지 그들의 감성과 낭만을 승원은 이해하지 못하겠다.

"아직 뭐라 말은 하지 않지만 규원 군에게 마음을 많이 준 것 같네."

사랑에서 흘러나오던 할아버지의 목소리가 다시 떠오르자 승원의 입술이 실룩 비틀어졌다. 어젯밤 규원이 떠나 버린 자신의 삶을 떠올리다 울컥 두려움이 밀려왔고, 그때부터 내내 심술이 멈추지 않는다. 규원에게 승원이 얼마나 아픈 동생인지 모르겠지만 승원에게 규원은 가슴에 박힌 가시 같다. 아프고, 성가시고, 극복하고 싶고, 때로는 원망스러운 그런 존재. 늘 규원이 행복해졌으면 좋겠다고 생각했지만 막상 그런 모습을 보니 느닷없이 심술이 났다. 이게 뭘까?

14년 전 그날, 규원의 자전거에 기어이 올라탄 것은 바로 승원 자신이었다. 내리막길에서 브레이크가 고장난 것은 우연이었고, 규원이 핸들을 꺾은 것은 인간의 본능이었을 뿐이다. 모든 것을 이렇게 분명하게 이해하고 있으면서 왜 느닷없이 심술이 치솟는 건지 모르겠다, 어린아이처럼. 이런 나를 기어이 끌고 내려와 어쩌겠다고.

횟집 아래에 도착해 오르막길을 몇 번 오르다 미끄러진 승원은 횟집을 향해 소리를 질렀다.

"형님!"

몇 번 소리쳐 부르자 언덕 위에 혜림이 나타났다. 혜림은 승원을 보자마자 반가운 얼굴로 뛰어 내려왔다. 그리고 단숨에 휠체어를 밀고 올라갔다.

"와, 힘세다!"

승원이 돌아보며 낄낄거렸다.

"혼자 웬일이라예?"

"혜림 씨 보고 싶어 왔죠."

"승원 씨는 진심을 말해도 다 농담같이 들려예."

"농담이에요."

혜림의 농담을 다시 농담으로 받아치며 횟집으로 들어선 승원은 양산댁부터 찾았다.

"할머니, 저 왔어요!"

양산댁이 주방에서 고개를 삐죽 내밀었다.

"이 선생 왔나."

"할매요, 이 선생님이 아이라 승원 씨요."

"의사 선생도 선생이고 화가 선생도 선생이다. 맞제?"

혜림의 말을 다시 정정하며 양산댁이 기분 좋은 얼굴로 나왔다. 겨우 서너 번밖에 만나지 않았지만 양산댁과 승원은 이미 스스럼없는 사이가 되었다. 그것은 혜림도 마찬가지였다. 규원은 왠지 조심스러운 데 반해 승원은 처음부터 친밀한 느낌이 들었다. 그래서 가끔은 과하다 싶은 농담도 웃어넘길 수 있는 것이다. 강나루 횟집에서 승원을 싫어하는 사람은 태식뿐이다.

"형님은 어디 갔어요?"

그 소리를 듣기라도 한 듯 문이 드르륵 열리며 태식이 들어왔다. 그는 게슴츠레한 눈으로 승원에게 눈인사를 건네고 부식거리를 주방으로 옮겼다. 일주일에 서너 번 자전거를 보는 것도 싫은데 이번에는 자전거와 똑같이 생긴 휠체어 녀석이 나타나서 횟집을 휘젓고 다니는 모습이 기분 좋을 리 없다.

상추 박스와 양파를 내려두고 나오니 양산댁은 어디 가고 휠체어와 혜림만 있다. 혜림은 뭐가 그리도 즐거운지 휠체어가 입만 열어도 깔깔거리며 웃고 있었다.

가시나가 헤프기는. 쯧.

"상추하고 양파 사놨다."

그만 떠들고 들어가서 일하라는 뜻이다. 그런데 태식의 말이 유난히 퉁명스럽다. 혜림이 알았다는 듯 고개를 끄덕이고 다시 승원을 바라보았다. 바라보는 눈이 참 다정도 하다. 그 모습이 눈꼴 시려 태식은 저도 모르게 버럭 소리를 질렀다.

"빨리 들어가서 안 다듬고 뭐 하노!"

"옴마야, 깜짝이야! 와 소리는 지르고 그러십니꺼? 바쁘지도 않은데."

혜림이 눈을 흘기며 들어가 버리자 태식은 무안해졌다. 이유 없이 왜 화가 났을까? 빈들거리며 웃고 있는 휠체어를 보니 저도 모를 제 속을 들킨 것 같아 당황스럽다. 헛기침을 하며 나가려는 태식을 승원이 불러 세웠다.

"형님."

돌아보니 승원은 여전히 빈들빈들 웃고 있었다. 자전거는 얼굴빛만 봐도 속이 다 보이는데 휠체어는 그게 아니다. 도무지 속을 알 수 없는 웃음이다. 이러니 자전거보다 휠체어가 더 위험하다는 거다.

"와요!"

"아, 좀 친절합시다."

"와요?"

금세 변하는 태식의 목소리에 승원은 다시 키득 웃었다. 그러더니 갑자기 뜬금없는 소리를 했다.

"노래 한번 불러줄 수 있어요?"

도대체 무슨 소린지…….

"지난번처럼 술상도 차리고 할머니랑 형님이랑……."

어이가 없다. 아직 장사 시작도 안 했는데 어떻게 이런 예의 없는 요구를 다 하는지 모르겠다. 저랑 우리랑 알면 얼마나 아는 사이라고?

태식은 정말 화가 났다. 승원이 자신들을 무시하는 건 아닌가 하는 생각까지 들었다. 그의 눈엔 이 강나루가 하찮아 보일지 몰라도 손님도 치르기 전에 술판을 벌일 만큼 형편없는 횟집은 아니다.

"바빠요. 장사 준비하는 거 안 보여요?"

퉁명스럽게 쏘아붙이자 승원의 얼굴이 약간 굳어졌다. 슬픔인지 분노인지 모를 어떤 기운이 그의 얼굴을 스쳐 갔다. 그것을 감추듯 승원은 다시 빈들 웃으며 투덜거렸다.

"그냥 해본 소린데 왜 화는 내고 그래요? 싫음 말지. 쳇!"

그리고 휠체어를 휘릭 돌려 순식간에 나가 버렸다. 어느새 혜림이 주방에서 뒤쫓아 나왔다.

"잠깐만요, 승원 씨! 거기 서보이소!"

마당으로 달려나가니 휠체어는 이미 언덕을 지나 내리막길로 내달리고 있었다. 송아가 기겁을 하던 그때처럼 휠체어는 아슬아슬한 틈을 두고 건너편에서 달려오는 승용차를 스쳐 지나 수선제 쪽으로 달려갔다. 그 모습을 지켜보던 태식은 저도 모르게 조그맣게 안도의 한숨을 내쉬었다. 승원이 수선제 쪽으로 멀어지는 것을 지켜보고 있던 혜림이 돌아서며 소리를 빽 질렀다.

"아저씨는 사람이 와 그렇습니꺼!"

"내가 뭐?"

"마음이 심란해서 찾아온 사람을 그래 모질게 대하는 법이 어디 있습니꺼? 좀 위로해 주고 받아주면 어디가 덧납니꺼? 아저씨, 원래 그래 속 좁은 사람이라예?"

온통 장난질에 낄낄거리기나 하는 녀석이 심란은 무슨. 게다가 남의 장삿집에 와서 대낮부터 술판을 벌이자는 게 말이나 되는 소린가. 사람을 어찌 보고!

“심란해서 찾아왔는지 만만히 보고 왔는지 니가 우째 아노?”

“얼굴 보면 몰라예? 사람이 장난치고 웃는다고 다 웃는 기 아이란 거를 와 모르십니꺼?”

한바탕 야단을 치고 눈까지 흘기며 들어가는 혜림이다. 태식은 뭐라 반박도 못한 채 당하고 있다가 다시 고개를 돌려 멀어져 가고 있는 휠체어를 바라보았다.

정말 위로가 필요했던 것일까?

그러고 보니 돌아서던 얼굴이 왠지 쓸쓸해 보였던 것 같기도 하다.

✱

마지막 환자의 침을 뽑고 나온 시각은 다섯 시가 조금 못 되어서였다. 아직 아무도 퇴근하지 않은 시각이라 눈치가 보였지만 규원은 과감하게 옷을 갈아입었다. 병원을 나온 규원의 걸음은 시청을 지나 곧장 문화원으로 향했다. 병원과 달리 드나드는 사람이 드문 문화원은 수선제만큼이나 고요했다. 지은 지 200년이 넘었다는 정자를 지나 송아의 사무실이 있는 본 건물로 향했다.

송아는 책상 위에 우리말 사전과 옥편, 그리고 조그만 녹음기까지 펼쳐 놓고 종이 속에 코를 박고 있었다. 새롭게 기획한 소책자 작업이 만만치가 않았다. 이번 기획의 주제는 '노동요' 다. 지역에 구전되는 노동요들을 모아 정리하는 작업이었는데 1년이 넘도록 발품 팔아 모은 노래가 50여 곡이나 된다. 그중에 기록의 가치가 있는 것이 30여 곡인데 녹취해 둔 노래들이 대부분 사투리가 심하고 발음이 정확하지가 않았다. 녹음기를 몇 번이나 되돌리던 송아는 결국 머리를 싸매고 엎드려 버렸다.

"아, 도무지 알아들을 수가 없어! 이 할머니한테 다시 한 번 갔다 와야겠어요."

머리를 쥐어뜯으며 돌아보니 이진규는 신문을 펼쳐 들고 앉아 있었다. 바빠 죽겠는데 혼자만 유유자적이다.

"선생님!"

"왜?"

그는 여전히 신문에 눈을 박은 채 느직이 대답했다. 빽 지르는 고함 소리에 이젠 놀라지도 않는다.

"정말 이러실 거예요?"

"내가 뭘?"

"일은 만날 나만 하고 선생님은 유유자적 빈……."

"빈, 뭐? 빈둥거린다고?"

이진규가 신문 너머로 멀뚱히 바라보며 물었다. 입가에 웃음을 머금은 채.

얄미워 죽겠다, 정말.

새침해진 송아를 바라보던 이진규가 신문을 접고 길게 기지개를 켜며 일어났다.

"그러게 왜 감당 못할 일을 저지르고 그래? 인원 충원되면 하자니까."

"그때 되면 이 할머니들 다 돌아가시고 안 계실 거란 말이에요."

속상한 듯 올려다보는 송아를 보며 이진규는 다시 빙그레 웃었다. 정말 못 말리는 열정이다. 향토사료팀은 특별히 지시받는 업무도 드물고 보고를 올려야 할 상관도 딱히 없는 곳인데, 왜 이렇게 열심일까 싶으면서도 이러는 송아가 고맙고 기특하다. 느린 걸음으로 다가온 이진규는 송아의 컴퓨터를 잠시 들여다보다가 윗도리를 걸쳤다.

"보현리에 다녀오면 되는 거지?"

송아의 얼굴이 금세 환해져서 폴짝 뛰어오를 듯하다.

"정말 다녀오실 거예요?"

"그럼, 다녀와야지. 채송아가 시키면 시키는 대로 해야지 내가 무슨 힘이 있어?"

정말 난감하게도 말한다. 너무 버릇없이 굴었나 싶어 송아는 기어들어 가는 목소리로 말했다.

"죄송해요, 선생님."

"죄송하면 내일 점심 사. 아이고, 내가 늘그막에 부하 직원 잘못 만나 이리 고생할 줄을 누가 알았겠냐?"

미안해서 어쩔 줄 모르는 송아의 눈이 뒤통수에 따라붙는 것을 느끼며 사무실을 나서려는데 노크 소리가 들렸다. 그리고 들어온 사람은 언젠가 본 적이 있는 남자다.

"안녕하십니까?"

"어! 어서 와요."

얼결에 손을 내밀어 악수를 하고 난 다음에야 이진규는 남자의 정체를 자각했다. 송아의 마음을 사로잡았다는 은현리 최찬엽 선생의 조카 이규원. 그가 분명했다. 놓으려던 손을 다시 꽉 잡은 이진규는 얼굴을 스륵 가까이 가져가 규원을 살폈다. 친구인 한방병원의 박 원장이 입이 닳도록 칭찬하는 걸 보면 실력은 제대로 갖춘 것 같고, 최찬엽 선생이 아끼는 조카라니 일단은 믿음도 간다. 이진규는 기분 좋게 손을 흔들어주고 사무실을 나갔다.

규원은 송아의 손을 잡고 지난번 함께 갔던 '뒤란' 으로 갔다. 그리고 지난번처럼 송아는 키위주스를 시키고 규원은 오렌지주스를 시켜 마주 앉았다. 매일 만나지만 이런 곳에서 마주하는 송아는 또 다른 느낌이다. 오늘 밤 규원은 정암 선생을 찾아뵙고 송아와의 결혼을 허락받을 생각이었다. 승원이 여전히 고집부리고 있지만 모든 것이 결정되고 나면 녀석도 어쩔 수 없이 내려올 것이라고 생각한다. 그것이 현실적으로 가장 현명한 선택이라는 것을 알고 있을 테니까. 규원은 주스를 쪽쪽 빨고 있는 송아의 손을 꼭 잡았다.

“오늘 밤에 할아버지를 찾아뵐 거예요.”

“할아버지를요?”

“음.”

드디어 올 것이 온 모양이다. 송아의 얼굴에 살짝 긴장감이 감돈다.

“걱정돼요?”

“아니, 난…… 실감이 잘 안 나서요. 내가 누군가와 결혼을 꿈꾸고 있다는 게요.”

“왜 그렇게 생각해요?”

손등으로 전해지는 규원의 따뜻한 체온을 느끼며 송아는 혼자서 비밀처럼 간직하고 있던 깊은 속 이야기를 처음으로 꺼냈다.

“결혼 같은 건 안 할 생각이었거든요. 수선제를 지키면서 평생 혼자 살 계획이었어요.”

“설마 독신주의자였어요?”

“독신주의라기보단 결혼에 대한 불신이 깊었다는 말이 맞을 거예요. 제가 지금껏 보아왔던 많은 사람들은 그랬어요. 사랑해서 결혼한 많은 커플이 서로를 피폐하게 상처 입히고 헤어지는 것도 봤고, 그로 인해 아이들을 우울하게 만들어요. 행복하게 사는 부부들조차 속내를 들여다보면 그 행복이 사실은 한쪽의 일방적인 희생으로 만들어진 가식적인 행복인 경우도 많았어요. 그래서 생각했어요. 사랑의 답이 과연 결혼일까? 결혼이 오히려 사랑을 훼손시키는 건 아닐까? 아마 우리 엄마, 아빠 때문에 그런 생각을 했을 거예요. 아빤 망해 버린 사업을 핑계로 원치 않는 책임감과 자만 같은 도덕에서 벗어나 달아나 버렸고, 엄만 버림받은 사랑에 분노하며 책임을 회피해 버렸죠. 그 사이에서 아무 영문도 모른 채 버림받은 아이가 있다는 걸 그 사람들은 알까요?”

누구에게도 꺼내보지 못한 속내를 드러내고 보니 왠지 부끄러운 생각이 든다. 자신이 여전히 사춘기 소녀의 상흔을 끌어안고 살고 있다는 것이 슬펐다.

외삼촌께 들었다. 송아의 부모님이 어떻게 송아의 곁을 떠났는지. 송아는 그렇게 부모 없이 다섯 살 때부터 정암 선생님의 손에 컸다고 했다. 그 어린 송아는 얼마나 당황했을까? 두려웠을까?

규원은 송아의 손을 아프도록 그러쥐었다.

“내가 다 잊게 해줄게요. 그런 생각 따위, 다 틀렸다고 생각하게 해줄게요.”

“우리 아빠⋯⋯.”

“내가 송아 씨 아빠도 돼주고 엄마도 돼줄게요. 그러니까 그만 잊어요. 그분들도 송아 씨 정말 사랑하셨을 거예요.”

규원의 말은 신비한 마법처럼 송아의 마음을 다독여 주었다. 이 따듯한 남자와 함께 살면 엄마도 아빠도 이젠 생각나지 않을 것 같다. 송아의 입가에 행복한 미소가 번졌다.

한결 편안해진 얼굴의 송아와 이마를 맞대고 속삭이고 있는데 전화벨이 울렸다. 찬엽이었다.

"네, 외삼촌. 아뇨, 연락 없었는데요? 알았어요. 제가 곧 갈게요."

전화를 끊은 규원이 심각한 얼굴로 일어났다.

"승원이가 안 보인다네요? 외삼촌이 시간 맞춰 데리러 가셨는데 그림 도구만 정원에 늘어놓아져 있고."

규원의 걸음이 따라가기 힘들 정도로 빠르다.

버스에서 내려 급하게 뛰어 들어가니 찬엽이 그림 도구들을 챙기고 있었다.

"외삼촌!"

"어, 빨리 왔구나. 송아도 같이 왔네?"

송아는 가볍게 눈인사를 하고 수선제를 휘 둘러보았다.

"뒤채 쪽에는 찾아보셨어요? 서책방이나……."

"샅샅이 둘러봤어. 수선제에는 없다."

그래도 믿음이 가지 않는지 송아는 다시 집 안을 둘러보기 위해 뒤채로 뛰어가고 규원은 찬엽을 도와 그림 도구들을 챙겼다.

"혹시 약속 시간을 잘못 기억하시는 건 아니에요?"

"아냐. 오늘은 늦지 않는다고 했어. 그리고 점심나절까지 나도 이곳에 있었는걸."

뒤채로 갔던 송아가 고개를 흔들며 나왔다.

“혹시 강나루에 간 건 아닐까요?”

그러나 달려간 그곳에도 승원은 없었다.

“낮에 잠깐 왔다 갔는데?”

“어디 간단 말은 없었습니까?”

규원의 물음에 태식은 고개를 흔들었다. 그때 주방에서 혜림이 나와 조심스럽게 입을 열었다.

“있잖아예, 아까 낮에 승원 씨 기분 억수로 안 좋아 보이던데…….”

태식의 뜨끔한 표정을 돌아보던 혜림이 다시 말을 이었다.

“뭔 할 얘기가 있는 사람 같았는데 우리가 바빠서 얘기를 몬 들어줬거든예.”

승원이 왜 기분이 안 좋아 보였는지, 무슨 할 얘기가 있었는지 아무리 생각해도 규원은 짐작이 가질 않는다. 아침까지만 해도 멀쩡했고, 또 상대가 아무리 바쁘다고 해도 제 할 말을 안 하고 돌아설 승원이 아닌데 말이다.

어느새 해가 뉘엿뉘엿 지고 있었다.

정황을 종합해 보면 승원은 찬엽이 돌아간 후 수선제를 나가 강나루에 잠깐 들렀다가 다시 어딘가로 향했다. 그리고 소식이 없다. 휴대폰조차 물감 옆에 두고 사라져 버린 것이다. 워낙 조심성 없이 다니는 승원이라 더욱 걱정스럽다. 도로에서 사고가 났을 수도 있고, 아니면 어딘가로 굴렀을 수도 있는 일이다. 누군가의 도움 없이는 빠져나올 수도 없는 그런 곳.

규원은 불안을 감추지 못한 채 자전거를 타고 달렸다. 온갖 상상이 그를 미칠 것 같은 불안 속으로 몰아넣었다.

승원아……!

마주 달려오던 봉고차가 경적을 울리며 자전거를 세웠다.

"아직 못 찾았습니꺼?"

태식의 물음에 규원은 소리조차 못 낸 채 고개를 끄덕였다. 규원의 얼굴은 불안으로 터져 버릴 듯 붉어져 있었다.

"내가 이 아래 쪽을 찾아볼 테니까 이 선생은 위쪽을 찾아보소. 너무 걱정 마소. 금방 찾을 수 있을 깁니다."

봉고차가 멀어지는 것을 바라보던 규원은 자전거를 돌려 다시 달렸다. 정말 태식의 말처럼 금방 찾을 수 있기를, 제발 아무 일 없기를…….

밖으로 나가 주변을 살피던 찬엽이 다시 들어왔다. 그의 얼굴도 사색이 되어 있었다. 거의 이성을 잃은 사람처럼 자전거를 끌고 나가던 규원이 떠오르자 송아의 마음에도 불안이 들어찼다.

"경찰에 신고해야 하지 않을까요, 선생님? 곧 어두워질 텐데."

"규원이가 돌아오면 결정하자."

그는 다시 핸드폰을 꺼내어 은현리 농장으로 전화해 혹시나 승원이 오지 않았는지를 확인했다. 송아는 불안한 마음으로 산자락을 살폈다. 이제 곧 순식간에 어둠이 내릴 것이다. 시골의 밤은 도시의 밤과는 다르다. 아무리 여름이라고 하지만 물이 있는 도랑 쪽이나 호수 근처에 빠져 있다면 추위를 감당하기 힘들 것이다. 아무래도 경찰의 도움을 받아 대대적인 수색을 하는 편이 옳을 것 같다. 규원에게 전화를 걸기 위해 폴더를 열던 송아의 손이 멈칫했다.

언젠가 심심해하는 승원을 데리고 근처 초등학교에 간 적이 있었다. 예전엔 제법 규모가 큰 학교였는데, 지금은 분교가 되어버린 그곳 운동장에서 수령이 70년이나 되는 거대한 플라타너스 나무를 올려다보며 승원은 감탄했었다. 그래, 어쩌면 승원은 그곳에 갔는지도 모른다. 이 율현리에서 승원이 알고 있는 장소는 수선제와 강나루, 그리고 그곳뿐이다. 송아는 운동장을 향해 달렸다. 해가 뉘엿뉘엿 지고 있었다.

＊

승원은 까마득한 플라타너스 나무를 올려다보고 있었다. 성인 서너 명이 팔을 한껏 벌려도 안을까 말까 한 거대한 덩치의 나무는 끝 간 데 없이 가지를 뻗어 넓은 운동장의 절반을 제 그늘로 덮어버렸다.

송아는 학교 다닐 때 이 나무가 아빠 같았다고 했다. 바라보고만 있어도 왠지 의지가 되더라고. 그런데 승원은 이 나무가 이규원 같았다. 이곳을 벗어나면 모질고 뜨거운 태양이 쏟아져 내릴 것을 알기에 쉽게 벗어날 수 없는 그런 나무.

다리를 다친 이후 '이규원' 한마디면 안 되는 것이 없었다. 규원이 있어서 마음껏 어릴 수 있었고, 당당할 수 있었다. 그러나 또한 규원 때문에 분노할 수 없었고, 좌절할 수 없었다. 다친 건 이승원인데 무너질 것 같은 인간은 이규원으로 보였기 때문이다. 그래서 아무렇지도 않은 척 지냈다. 정신없이 설치고, 까불고, 사고 치고. 그러는 사이 어느 순간 장애를 잊었다. 다리를 못 쓰는 것쯤 정말 아무렇지도 않았다.

학교 다닐 때는 규원이 그의 다리가 되어주었고, 사고를 치면 규원이 보호자가 되어주었다. 규원이 군대 가 있던 2년 남짓 이외엔 부모님께도 몸을 맡겨본 적이 없었다. 그 녀석이 다 해주었으니까. 씻겨주고, 닦아주고, 정성스럽게 로션을 발라주고. 그렇게 제 몸처럼 만져 주었으니까. 규원이 은현리로 내려와 있던 석 달 동안 녀석이 오지 않는 주말에는 목욕도 하지 않았다. 그랬던 내가 과연 남의 손에 몸을 맡기고 생리적인 현상을 해결하면서 살 수 있을까?

승원은 휠체어를 꽉 움켜잡았다.

할 수 있을 것이다. 그러고 싶었다. 더 이상 규원에게 의지하고 싶지 않았다. 규원을 자전거에 태워 은현리로 밀어내었던 그때의 마음처럼, 이규원이 이젠 이승원에게서 그만 해방되기를 바란다. 그것이 승원의 진심이었다. 규원의 가슴에 웅크리고 앉은 죄책감 덩어리가 더 이상 규원을 주눅 들게 만들어서도 안 되고, 규원 앞에서 자신을 당당하게 만들어서도 안 된다고 생각했다. 나무토막 같은 다리를 내려다보며 간간이 일어나는 분노와 원망이 규원을 향한 것이어서는 더더욱 안 된다. 규원에게서 벗어나자. 이것은 규원을 위한 결정이 아니라 승원 스스로를 위한 결정이다.

승원은 휠체어 바퀴를 밀어 운동장 한가운데 플라타너스나무 그늘 밖으로 나왔다. 뜨거운 태양이 정수리로 쏟아져 내렸다. 따갑지만 싫지 않은 빛, 그 빛을 향해 고개를 들었다. 눈이 부시다.

뉘엿뉘엿 쏟아지는 저녁노을 한가운데에 승원이 앉아 있었다. 고개를 뒤로 젖힌 채 꼼짝을 않고 있는 모습이 이상했다.

설마 저러고 잠든 건 아니겠지?

"승원 씨!"

다급히 부르며 가까이 다가갈 때까지 승원은 꼼짝도 하지 않았다. 정말 잠이 든 건가 싶어 고개를 기울여 들여다보는데 그가 눈을 번쩍 떴다. 놀란 송아가 한 걸음 물러났다.

"여기서 뭐 해요?"

"나무 구경, 별 구경, 나 구경."

도대체 무슨 소린지…….

"걱정했잖아요. 그림 도구만 있고 사람은 없고. 지금 모두들 찾고 있어요."

"걱정은 무슨. 내가 앤가?"

승원은 볼을 불룩하며 휠체어를 돌렸다. 송아는 얼른 뒤로 돌아가 휠체어를 밀었다.

"그래도 어딜 가면 간다고 말해주고 가면 좋잖아요."

"예술가는 원래 길을 나설 때 행선지를 정하지 않는 법이에
요."

그리고는 버릇처럼 킥킥 웃었다. 모두들 얼굴이 하얗게 질려
서 찾아다니는데 승원은 여전히 장난스럽다. 송아는 휴대폰을
꺼내어 규원에게 전화를 걸어 승원을 찾았음을 알리고 다시 휠
체어를 잡았다.

"근데 아깐 무슨 말이었어요? 나무 구경, 볕 구경, 나 구경이
라니?"

"말 그대로 저 나무 보면서 '와, 크다!' 하고 깨닫고, 볕 쪼이
면서 '진짜 뜨겁구나!' 라는 걸 깨닫고, 내 꼴 보면서 '아, 내가
다리를 못 쓰는구나!' 하는 걸 깨달았다는 말이죠."

"그게 무슨……."

"그러니까요. 그 당연한 것들을 난 이제 깨달았단 말이죠. 웃
기지 않아요?"

키득 웃는 웃음이 웃음처럼 들리지 않았다. 그동안 승원에게
서 전혀 느낄 수 없었던 그늘이 느껴져서이다. 무슨 말을 해야
할지 모르겠다. 살짝 심각해진 송아는 아랑곳 않고 승원은 여전
히 장난이다.

"규원이한텐 말하지 마세요. 나의 이 심오한 깨달음을 알면
큰일 나니까. 아니, 뭐라고요? 승원이가 그런 소릴 해요? 그 자

식은 뭔가 깨닫고 생각하고 그럴 놈이 못 되는데 어디 아픈 거 아닐까요? 뭘 잘못 먹었나? 병원에 가야 할까? 상담을 받아볼까? 그러면서 송아 씰 아주 못살게 달달 볶아댈 테니까. 킥킥킥.”

　다소 과장된 목소리로 쏟아내는 말들이 웃기면서도 아프다. 규원이 승원에 대해서 얼마나 예민해 있는지 알 수 있었고, 그런 과한 보호가 승원을 힘들게 하고 있는 건지도 모른다는 생각도 들었다. 송아는 규원과 승원을 위해 자신이 무엇을 해야 할지 어렴풋이 떠올랐다. 조금만 멀어져 행복해지는 법. 두 사람에게는 그것이 필요한 건지도 모른다.

　휠체어가 운동장을 벗어나 교문에 다다르자 승원은 송아의 손을 떼어내고 재빠르게 휠체어를 밀고 달렸다.

　교문에서 큰 도로까지 이십 미터 가까이 짙은 히말라야시다 숲으로 덮인 내리막길을 휠체어는 쏜살같이 미끄러져 내려갔다.

　“위험해요, 승원 씨!”

　아, 정말 미치겠다. 승원과는 불안해서 함께 다닐 수가 없다. 이러니 규원이 과한 보호를 해왔던 것이리라. 그의 노파심이 십분 이해된다. 내리막길이 끝나는 곳에서도 멈추지 못한 휠체어는 큰길의 중앙선 너머까지 달려 나갔다가 다시 갓길로 돌아 나왔다. 차가 오지 않았으니 망정이지.

　“그렇게 달려 내려가면 어떡해요!”

　숨을 헐떡이며 달려온 송아가 상기된 얼굴로 소리쳤다.

“신나잖아요.”

“제발 조심 좀 하면 안 돼요?”

“충분히 조심하고 있다고요.”

“차라도 왔으면 어쩔 뻔했어요!”

“안 왔잖아요?”

“승원 씨!”

“아, 그만, 그만! 잔소리는 이규원 하나로도 충분하거든요? 제발 그만해요. 빨리 가기나 합시다!”

승원은 손을 흔들어 송아의 잔소리를 막은 뒤 재빠르게 휠체어를 밀고 갔다.

휴! 송아는 한숨을 내쉬었다. 승원과 함께 다니다가는 심장이 남아나질 않을 것 같다.

#11

“수원으로 돌아가겠어.”

말없이 사라졌던 그날 이후 내내 말이 없던 승원이 저녁 식사 후 방으로 돌아와 툭 내뱉은 말이다. 규원은 못 들은 척 방청소를 했다.

“다음 주에 갈 거야.”

그제야 규원은 고개를 들어 승원을 바라보았다.

“그래, 네 화실 만들어질 때까지 돌아가 있어. 주말엔 내가 올라갈게.”

“아니, 그럴 필요 없어. 돌아가자마자 사람 구할 거야.”

“너, 정말!”

"얘기했잖아, 난 이곳이 싫다고."

"그럼…… 내가 결혼을 좀 미룰까? 너 건강 좀 더 회복되고 널 맡길 만한 사람 구할 때까지?"

"내가 무슨 물건이야? 맡기고 말고 하게!"

말실수였다. 규원은 난감한 얼굴로 승원을 내려다보았다. '도와줄'이라고 표현해야 했을까? 수건 아래로 축 처진 마른 다리가 보인다. 규원은 마른침을 꿀꺽 삼키고 다시 말을 이었다.

"어쨌든 당장 너 혼자 지내겠다는 것에 대해선 반대야."

"그럼 언제쯤이면 되는데? 설마 내가 걸음마라도 떼길 기다리는 거야?"

승원은 금방이라도 내릴 듯 휠체어를 거칠게 흔들었다.

"그런 뜻이 아니잖아."

타이르듯 내려다보는 규원의 눈빛이 왠지 치기 어린 아이를 보는 듯 느껴진 것은 순전히 승원의 기분 탓이었을 것이다. 자신의 행동이나 감정을 무조건 장난이라고 생각하는 규원에게 화가 났다.

고민 따윈 할 줄도 모르고, 진지함이란 눈을 씻고 찾아봐도 찾을 수 없고, 슬픔도 분노도 느끼지 못하는 사람처럼 언제나 낄낄…….

그게 이승원이었다. 그러나 아무도 모른다. 자신이 한 번 낄낄거릴 때마다 가슴속으로는 얼마나 많은 피눈물을 삼키는지.

사고 후 눈을 떴을 때 평생 다리를 못 쓸 거라는 소리를 들었다. 처음엔 전혀 실감이 나지 않았기 때문에 슬프지도 않았다.
단지 무서워서 눈물이 났다. 두어 달이 지나 정신이 차려질 즈음
에야 자신이 장애인이 되었다는 것을 인식했다. 그 순간 떠오른
생각은 '이제 어떻게 살아야 하나?' 하는 것이었다. 규원이 사고
의 후유증으로 정신과 치료를 받고 있다는 것을 안 것은 그 며칠
후였다. 정작 다리를 못 쓰게 된 자신은 어떻게 살아야 하나를
걱정하고 있는데 멀쩡한 규원은 죽을 것 같은 얼굴로 그를 바라
보고 있었던 것이다.

구분이 가지 않을 정도로 똑같이 생긴 자신의 반쪽. 그 반쪽
이 평생 불구가 되었으니 남은 반쪽 또한 온전하지는 않을 것이
다. 둘 다 온전히 행복하게 살아남으려면 자신이 변하는 수밖에
없다고 생각했다. 규원은 워낙 샌님이라 저 슬픔에서 쉬이 벗어
나지도 못할 테니까.

그것은 이승원의 생애에서 가장 진지하고 어른스러운 판단이
었다. 그런 판단을 내린 데에는 워낙 단순하고 긍정적인 성격이
한몫했을 것이다.

그런데 그 판단대로 사는 것이 참 쉽기도 하고 어렵기도 했
다. 아무 생각 없는 사람처럼 낄낄거리다가도 그 웃음을 타고 울
컥 밀려 올라오는 우울, 분노, 그런 것들을 삭여 내리는 것은 온
전히 혼자만의 몫이었다. 힘들었지만 그래도 규원이 있어서 견
딜 수 있었다.

뭐든 말만 하면 다 들어주는 최고의 친구, 최고의 우군, 이승

원의 수호천사. 그러나 가끔은 부럽고 원망스러운.

이 녀석을 볼 때마다 끓어오르는 애증이 이젠 신물이 난다.

"난 네가 싫어."

승원은 주먹을 꽉 쥐고 규원을 올려다보았다.

그렇게 측은하게 바라보는 네 눈이 싫고, 부르기만 하면 어디서든 달려오는 너도 싫다고 했다. 널 볼 때마다 떠오르는 그날의 기억이 싫고, 네 가슴에 웅크린 죄책감 덩어리가 싫다고 했다.

"그날 네 자전거 뒤에 올라탄 건 나였어. 내가 좋아서 탔고, 내가 까불다가 사고를 유발했어. 그리고 다친 것도 나야. 나라고! 근데 왜 네가 그런 걸 끌어안고 살아? 다리병신은 난데 왜 네가 병신처럼 구냐고, 이 새끼야! 아무것도 못하게! 화도 못 내게! 눈치 보이게!"

커다란 쇠망치가 뒤통수를 치는 것 같았다.

너 때문에 마음대로 울 수도 없었고 화도 못 냈다고, 혼자 상처 입은 척 징징거리는 네 꼴을 보는 것이 구역질 났었다고, 분노도 원망도 할 수 없도록 일찌감치 상처 속으로 숨어버린 넌 비겁한 녀석이라고 승원은 소리쳤다.

목구멍이 막혔는지 규원은 아무 소리도 낼 수 없었다. 승원의 느닷없는 분노가 감당이 되지 않았고, 치명적이고 잔인한 말들이 아프게 가슴에 박혔다.

정말이지 승원을 위해 최선을 다해 살았는데 왜 저토록 분노로 똘똘 뭉쳐져 있을까? 꿈도, 목표도, 미래에 대한 계획도 오로지 승원을 위한 것뿐이었는데, 내 삶이지만 정작 나의 것은 아무것도 없었던 삶. 승원을 위해 한의대를 선택하고, 승원을 위해 침술을 연구하고, 승원을 위해 좀 더 깊은 공부를 하고자 했던 건데 승원은 그 모든 것을 한순간에 부정했다.

나를 위하는 척 살았지만 사실은 그 모든 것이 너를 위한 위안이었다고, 더 이상 그 놀음에 맞장구쳐 줄 생각 없다고 소리쳤다.

찬엽이 달려와 꾸짖고 나서야 승원의 감정은 누그러졌다. 폭풍우가 지나간 밤이었다. 잔잔한 호수처럼 평화롭던 그들의 일상 속에 이런 격렬한 바람이 숨겨져 있으리라고는 생각도 못했다. 승원은 언제나 즐거웠고, 그래서 규원도 즐거웠으니까.

찬엽을 따라 농장에 나온 규원은 나무 그늘에 앉아 먼 산을 바라보고 있었다. 능선을 타고 길게 이어진 산은 몇 겹으로 이어져 너울처럼 일렁거렸다.

승원의 절규가 머리를 떠나지 않아 견딜 수 없었다.

자신 때문에 마음대로 울 수도 없었고 화도 못 냈다고 하던 승원. 혼자 상처 입은 척 징징거리는 네 꼴을 보는 것이 구역질 났고, 분노도 원망도 할 수 없도록 일찌감치 상처 속으로 숨어버린 너는 비겁한 녀석이라고 하던 승원.

"일찌감치 상처 속으로 숨어버린 비겁한 녀석…… 사실은 그 모든 것이 나를 위한 위안이었다고?"

쓰디쓴 진물이 입안 가득 고이는 것 같다. 쓴웃음을 짓는 규원의 눈에 노기가 서렸다.

정말 나는 비겁했던 것일까? 나를 위안하고 있었을까?

찬엽이 땀을 닦으며 다가와 앉았다. 먼 산을 응시하고 있던 규원이 입을 열었다.

"승원인 아직도 제가 원망스러운가 봐요."

규원은 사고 직후 어린아이처럼 울부짖으며 독한 원망의 소리들을 퍼붓던 승원을 떠올렸다. 한바탕 난리를 치른 후 부모님은 규원을 위한 조치로 한동안 승원을 만나지 못하도록 했다. 그래도 간간이 승원을 만나러 갔고, 퇴원 후 어느 날인가 승원이 먼저 장난을 걸어왔다. 그 후 승원은 단 한 번도 원망의 빛을 비춘 적이 없었다.

"새삼스럽게 왜 또 그 얘기냐? 네 잘못이 아닌 걸 너도 알잖아!"

찬엽은 분을 삼키듯 끙, 신음을 삼켰다. 철없는 말들을 정신없이 쏟아내던 승원을 생각하니 화가 나고 괘씸한 생각이 든다.

"승원이가 잘못 생각하는 거다. 내일 내가 얘기해 보마."

규원은 씁쓸히 웃으며 말했다.

"외삼촌은 절 너무 편애하세요."

내겐 네가 더 아픈 조카니까.

그러나 찬엽은 그 말을 하지 못한 채 규원의 어깨를 다독였다.

규원이 출근하고 난 아침, 찬엽은 승원을 깨워 마주 앉았다. 밤새 잠을 못 이룬 채 까칠한 얼굴로 출근하던 규원에 비해 승원의 얼굴은 태평스러웠다. 왜 벌써 깨우느냐고 툴툴거리기까지 했다.

도대체 생각이 있는 건지 없는 건지. 쯧.

혀를 차며 들려오는 찬엽의 목소리에 노기가 서려 있었다.

"규원이에게 왜 그리 모진 말을 한 거냐?"

승원은 대답하기 귀찮다는 듯 귀를 후볐다.

"그 녀석이 어떤 심정으로 살아왔는지 정말 모르는 거냐?"

순간 승원이 날카로운 눈을 치켜떴다.

"외삼촌은……."

승원은 잠시 호흡을 가누고 다시 말을 이었다.

"규원인 그렇게 이해하시면서 제가 어떤 심정으로 살았는지는 모르시죠?"

찬엽은 순간 말문이 막혔다. 승원의 마음을 걱정해 본 적은 없었다. 워낙 가볍고 생각 없는 녀석이니까. '난 아무렇지 않아요'를 온몸에 새기고 사는 녀석이니까. 다만 몸이 더 나빠질까 그것만 걱정하면 되었다.

"아무 생각 없이 낄낄거리면서 사니까 감정도 없는 놈처럼 보였어요?"

"승원아."

"아픈 건 나였어요! 그런데도 다들 규원이만 걱정했죠. 외삼촌도 엄마도."

처음으로 승원의 상처를 보는 것 같다. 단 한 번도 그런 내색을 하지 않았기에 걱정조차 하지 않았다. 건강한 사람보다 더 건강하고 밝게 살아온 승원이었기에 상처를 살필 생각을 미처 하지 못했다. 정말 아무렇지 않은 줄만 알았다.

"왜 한 번도 그런 내색을 하지 않았던 거냐? 우린 정말……."

"어떻게 내색을 해요? 그 녀석이 꼭 죽을 것 같은 얼굴로 서 있는데……."

찬엽은 참을 수 없는 통증을 느끼며 의자에서 일어났다. 뜨거워진 눈을 감추려 돌아섰다. 그 모습을 뻔히 바라보던 승원이 픽 웃었다. 외삼촌의 심각한 얼굴을 보니 속이 상했다. 이래서 심각하게 사는 것이 싫은 거다. 그는 휠체어를 장난스럽게 빙글 돌렸다.

"수원으로 돌아가려는데 규원이가 안 된다잖아요. 그래서 아픈 델 좀 찔렀어요. 그러면 떨어져 나갈까 싶어서."

"규원인 뭐래?"

"수선제 근처에 땅을 사서 내 화실을 만든다나 어쩐다나? 그게 말이 돼요? 나 같은 놈을 곁에 붙여두고 어쩌겠다고?"

"송아 때문이라면 걱정하지 마라. 그 앤 내가 잘 알아."

"채송화 때문이 아니라 제가 정말 싫다니까요. 더 이상 규원이 의지하면서 살고 싶지 않아요. 그 녀석이 같지도 않은 죄책감 끌어안고 사는 꼴 보고 싶지 않다고요. 그 녀석이 그만 자유로워졌으면 좋겠어요. 저도 물론이고."

"나도 너희들이 서로에게서 자유로워지는 건 찬성이지만 네가 걱정되는 건 사실이야."

"저도 다 계획이 있으니까 걱정하지 마세요. 조금 겁이 나긴 하지만 괜찮아요."

무엇이 신나는지 휠체어를 거칠게 흔들던 승원이 한층 밝아진 목소리로 말했다.

"그럼 외삼촌은 제 편 들어주시는 거예요?"

"……."

"치사하게 또 규원이 편들기 없어요?"

그러나 찬엽은 쉬이 대답을 할 수가 없었다. 여전히 물가에 내놓은 아이처럼 보이는 승원을 어찌해야 할지 모르겠다.

✳

외삼촌으로부터 승원과 마음을 터놓고 얘기를 해보라는 조언을 듣고도 대화를 나누지 못했다. 일찌감치 상처 속으로 숨어버린 비겁한 녀석, 자신을 위한 모든 행동이 실은 너를 위한 위안이었다는 말이 가시처럼 가슴에 박혀서 좀처럼 나아지지 않았다. 어쩌면 그 말이 사실일지도 모른다는 생각에 자괴감이 들었다. 마당을 서성이던 규원은 자전거를 꺼내었다.

거의 일주일 만에 밤마을을 나온 규원이 반가워 송아는 상기된 얼굴로 그를 올려다보았다.

"집으로 들어갈래요?"

"아뇨. 좀 걸어요."

수선제 앞에 자전거를 세워두고 두 사람은 호수로 향했다. 규원이 송아의 손을 잡아 깍지를 꼈다. 굵직한 손마디가 꽉 죄어오는 느낌에 은근히 기분이 좋다.

"승원 씬 잘 있어요? 요즘 통 보이질 않아서."

"……."

"두 사람 혹시 싸웠어요?"

"싸우긴요."

규원은 고개를 돌려 들여다보는 송아의 눈을 피했다.

"싸운 것 같은데요?"

"싸운 게 아니라…… 의견 충돌이 좀 있었어요."

"그날 일 때문에요?"

"아뇨."

"그럼?"

"승원이가 내 제의를 거절했어요. 내 곁에 있는 게 싫대요."

규원은 버림받은 아이처럼 축 처진 모습으로 호수를 바라보았다. 정말 최선을 다했는데 승원이 그것을 몰라주는 것 같아 서운하기도 하고, 자신이 뭘 잘못한 것은 아닌가 하는 자괴감이 들기도 한다.

"무조건 곁에 두고 돌봐주는 것만이 승원 씨를 위하는 일이 아닐 수도 있어요."

송아는 오랜 망설임 끝에 힘겹게 말을 꺼냈다.

"승원 씬 밝고 긍정적인 성격이어서 장애의 상처가 전혀 없어 보이지만 한편으로는 스스로 세상을 헤쳐 나갈 힘도 없어 보여요. 항상 보호만 받으며 살아서 그럴 거예요. 언제까지 그렇게……."

"승원인 내가 지켜요!"

"하지만 평생 그렇게 현실과는 무관한 사람처럼 천진하게 살 수는 없어요. 스스로 살아갈 힘을 기르지 못한다면 그 사람은 결국 좌절하고 말 거예요."

좌절이란 말이 천둥처럼 규원의 가슴을 쳤다. 그가 가장 무서워하는 것이 승원의 좌절이고 눈물이었다. 승원이가 절대로 눈물 흘리지 않고, 좌절하지 않고, 기죽지 않고 살아가길 바랐다. 그래서 했던 자신의 행동들이 정말 승원을 나약하게 만든 것일까?

"규원 씨의 사랑이 잘못되었다는 뜻은 아니에요. 다만 조금 멀리서 지켜봐 주는 것도 사랑이라는 걸 알았으면 좋겠어요."

그 녀석을 지켜본다는 게 얼마나 힘든 일인데?

그러나 그 말이 일리가 있다는 생각은 든다.

"제가 본 승원 씬 모두가 아는 것보다 훨씬 더 진지하고 생각이 깊은 사람이에요."

승원이가 진지하고 생각이 깊다니, 절대로 동의할 수 없는 말이지만 어쩌면 그럴지도 모른다는 생각이 드는 건 순전히 채송아가 하는 말이기 때문이다.

"승원이랑 진지하게 대화를 해봐야겠어요. 그 녀석 진짜 속내가 무언지."

짧은 대화만으로 송아는 며칠의 고민을 해결해 주었다. 승원에 대해 꽉 막혀 있던 감정이 순식간에 이해되어 버렸다. 규원은 새삼스러운 마음으로 송아를 내려다보았다.

"어떻게 나보다 더 어른 같아?"

그 소리에 송아는 킥 웃었다.

"제 친구들의 평균 연령이 50대예요. 몰랐어요?"

태식과 찬엽, 이진규와 나정균 교수, 그 외에도 여러 어른들이 송아에게는 의논 상대였고 친구였다. 자정이 가까워 수선제로 돌아온 두 사람은 여전히 헤어지지 못한 채 대문 앞에서 얘기를 나눴다.

"우리 일은 천천히 생각해요."

"무슨 말이에요?"

"승원 씨 스스로 잘 살아갈 때까지, 그리고 규원 씨 마음 더 편해질 때까지 기다릴 수 있어요, 나."

그 소리에 규원이 송아의 허리를 감아 챘다.

"그건 내가 동의할 수 없어요. 내가 얼마나 늑대의 본성이 이글거리는 음흉한 남잔지 모르나 본데……."

규원은 늑대의 본성이 이글거리는 입술로 송아의 입술을 삼

컸다. 늑대처럼 거칠고 짙은 입맞춤, 거친 숨결 사이 뜨겁게 솟은 무엇이 아랫도리를 스친 것 같기도 하다. 화들짝 떨어지는 송아를 보며 규원은 신음 같은 한숨을 내쉬었다. 승원의 일로 송아와의 일을 멈추고 싶진 않았다. 더워진 몸을 나무라듯 제 머리를 헝클며 규원은 쑥스러운 몸짓으로 다시 송아를 안았다. 따듯하고 다정하게.

"조금만 기다려요. 조금만……."

승원을 어떻게 해야 할지 아직 마음의 결정을 내리진 못했지만 지금 같은 마음이면 좋은 쪽으로 결론을 낼 수 있을 것 같다. 승원도 편하고 자신도 행복할 방법을 찾아낼 것이다. 꼼지락거리는 송아를 아쉬운 듯 놓아주던 규원이 다시 그녀의 손을 잡아당겼다. 거칠게 파고드는 입술을 맞으며 송아는 그의 목을 감싸 안았다.

✳

지난번 보았던 플라타너스 나무를 스케치하던 승원은 다시 시계를 들여다보았다. 어느새 자정이다. 자전거를 끌고 나간 규원은 돌아올 생각을 않는다. 높이 뻗은 가지를 그리던 승원은 그만 연필을 놓아버렸다.

"성격 좋은 내가 먼저 사과해야지, 뭐. 쳇!"

투덜거리며 그는 큰 소리로 찬엽을 불렀다.

“외삼촌! 외삼촌!”

한참 만에 찬엽이 눈을 비비며 들어왔다.

“주무시는데 죄송해요. 저 좀 마당으로 데려다 주세요.”

“이 밤에 마당은 왜?”

“바람 좀 쐬려고요.”

휠체어를 내고 다시 승원을 안아 앉혀준 찬엽이 하품을 하며 방으로 들어갔다.

“밖엔 나가지 마.”

“알았어요. 주무세요. 전 규원이 오면 들어갈게요.”

방문이 닫히는 걸 확인한 승원은 조심스럽게 휠체어 바퀴를 밀고 대문 밖으로 나갔다. 규원을 마중 나가서 깜짝 놀라게 해줄 생각이었다. 규원에게 너무나 모진 소리를 해버린 것 같아 내내 마음이 좋지 않았다. 진심은 그게 아니었는데.

규원과 진지한 대화를 나누어보아야겠다. 이승원의 진지한 모습이라니? 녀석이 깜짝 놀라겠지만 한 번쯤은 그런 모습도 보여줘야겠지? 마음을 터놓고 얘기하다 보면 나도 편하고 녀석도 행복해질 수 있는 방법을 찾아낼 수 있을 것이다.

“이규원, 넌 행복해져야 돼, 인마. 그렇지 못하면 나한테 죽어.”

어둠을 향해 호기 좋게 중얼거리며 승원은 힘차게 휠체어를 밀었다.

격렬한 키스를 퍼붓고 놓아주었을 때 송아가 다시 목에 매달렸고, 떨어지는 그녀를 규원이 다시 잡아채었다. 마지막으로 양처럼 순하고 착한 입맞춤을 나누고 헤어질 때까지 그들의 세상에는 사랑만이 존재했고, 그것이 전부 같았다.

규원은 어둠을 가르며 페달을 밟았다. 휠체어 바퀴도 둘이고, 자전거 바퀴도 둘이니 우린 이제 똑같은 처지가 되었다던 승원의 말이 떠올랐다.

그래, 그 바퀴가 옆으로 달렸고 앞뒤로 달렸다는 것만 빼면 우린 똑같아. 손으로 움직이고 발로 움직인다는 차이만 빼면 우린 똑같아. 그러니까 이젠 더 이상 널 불안해하진 않겠어.

"기다려, 이승원!"

더위가 한풀 꺾인 밤바람이 가슴속 통증을 쓸어주었다. 율현리를 지나 은현리 경계로 들어섰을 무렵, 대형 트럭이 기울어진 채 도로를 가로막고 있었고, 경찰차의 불빛이 혼란스럽게 번쩍이고 있었다. 교통사고가 난 모양이다. 무언가 도와야 할 일이 없을까 싶어 자전거에서 내려 머뭇거리던 규원은 트럭의 뒤편에 서 있는 구급차를 발견하고 다시 자전거에 올랐다.

규원이 집에 도착한 시각은 새벽 한 시였다. 그때까지 방에 불이 훤하게 켜져 있었지만 승원은 보이지 않았다. 널브러진 스케치의 흔적뿐이다. 화장실로, 거실로 조심스럽게 헤매던 규원은 다시 밖으로 나가 마당과 창고를 살폈다. 어디에도 승원은 없었다. 규원은 조심스럽게 찬엽의 방문을 두드렸다.

"외삼촌, 잠깐만 일어나 보세요."

한참 만에 찬엽이 나왔다.

"무슨 일이냐?"

"승원이가 안 보여요."

"승원이? 한참 전에 바람 쏘이겠다고 마당으로 나갔는데?"

"마당에 없어요. 화장실도 창고도, 어디에도 없어요."

규원의 목소리가 떨렸다. 카디건을 걸친 찬엽이 급히 마당으로 나왔다. 마당은 휑하니 칠흑 같은 어둠뿐이다.

"도대체 어떻게 된 거냐?"

누구에겐지 모를 질문을 흘리는데 규원이 자전거를 몰고 대문 밖으로 달려 나가는 것이 보였다. 찬엽도 얼른 자동차에 시동을 걸었다.

하여간 도무지 마음을 놓을 수 없는 녀석이다.

규원은 미친 듯 페달을 밟았다. 방금 전 지나왔던 교통사고 현장이 떠오르자 심장이 터질 것 같았다. 현장은 이미 사고 처리가 끝났는지 트럭도 구급차도 보이지 않았다. 자전거에서 뛰어내린 규원은 무슨 흔적이라도 찾으려는 듯 손바닥으로 정신없이 바닥을 더듬었다. 뒤따라 달려오던 찬엽의 차가 그것을 보고 멈추었다.

"무슨 일이냐?"

"방금 전 여기서 교통사고가 났었어요. 구급차가 있었는데……."

"타거라. 병원으로 가보자."

"외삼촌……."

"어서 타라니까!"

찬엽은 넋을 놓은 사람처럼 서 있는 규원을 끌어당겨 차에 태우고 시동을 걸었다. 규원의 빨간 자전거가 저만치에 쓰러져 있다.

휠체어는 납작하게 구겨져 있었다. 승원의 흔적인 듯 붉은 핏자국도 있었다.

의사는 승원이 현장에서 즉사했다고 했다. 트럭 운전기사는 가로등도 없는 어두운 시골길에 느닷없이 나타난 휠체어를 피할 재간이 없었다고 억울함을 호소했다. 경찰은 자살의 징후는 없었는지에 대해 물었다.

규원은 아무 소리도 들리지 않았다. 외숙모가 왜 울고 있으며 외삼촌이 왜 자신을 감싸고 있는지, 낯모르는 사람들이 왜 자신 앞에서 떠들고 있는지도 알 수 없었다.

도대체 무슨 일이 벌어진 걸까?

장례를 치르는 동안 아무도 규원을 건드릴 수 없었다. 마치 장막을 쳐놓은 사람처럼 그는 누구의 접근도 허락하지 않았다. 송아가 다가가 이름을 불렀을 때도 돌아보지 않았다. 장례를 치른 며칠 후 송아는 찬엽의 농장을 찾았다. 규원에게 혼자 슬퍼할 시간을 주어야 했지만 너무도 걱정되어 참을 수 없었다.

"규원인 뒷산에 있다. 아직 아무 말도 하고 싶지 않은 모양이야."

송아는 찬엽을 뒤로하고 뒷산에 올랐다. 그에게 무슨 말을 들으려고 온 것이 아니다. 그저 그의 곁에 말없이 앉아 아무 말도 할 수 없을 그의 기막힌 심정과 눈물조차 흘릴 수 없는 지독한 슬픔을 헤아려 주고 싶었다.

농장을 돌아 언덕을 조금 오르자 먼 곳에 시선을 둔 채 망연히 앉아 있는 규원이 보였다. 송아가 다가가자 잠깐 움찔했지만 그는 여전히 아무 말도 하지 않았다. 규원의 시선을 따라 고개를 돌리자 도담호가 한눈에 들어왔다.

"좀 앉을게요."

옆에 다가앉자 그의 긴 한숨 소리가 들렸다. 그것은 겨울밤 창을 흔들던 바람처럼 스산하게 들렸다. 9월도 어느새 중순에 접어들어 햇살은 한결 누그러졌고 바람은 부드러웠다. 이 따스한 햇살과 바람에 기대어 규원이 좀 울었으면 좋겠다. 저 도담호의 물결에 울렁울렁 흔들리는 마음을 다 실어 보내기를 바란다. 하늘이 하는 일이지만, 그럴 수 있다면 오늘이나 내일 밤쯤 더 늦기 전에 가을을 재촉하는 비도 좀 와주었으면 좋겠다. 그 비에 기대어 어쩌면 규원이 울 수도 있을 테니까.

멀리 도담호에 눈을 두고 있는데 처절한 울음이 섞인 규원의 목소리가 들렸다.

"송아 씨, 나는…… 그냥…… 내 몸의 절반이 잘려 나가 버린 것 같아요."

햇살은 따듯한데, 바람도 부드러운데 규원은 떨고 있었다.

그 후로도 한동안 규원을 볼 수 없었다. 걱정이 되었지만 다시 찾아가지는 않았다. 지금 규원에게는 혼자 있을 시간이 가장 필요해 보였기 때문이다. 찬엽으로부터 규원의 기분이 조금 풀린 것 같다는 전화를 받았고, 사흘 만에 다시 그가 병원을 그만두었다는 소식을 들었다. 박 원장과 점심을 먹으러 갔던 이진규가 듣고 온 소식이다.

"몰랐어?"

"……네."

바람이 심장을 쓸고 지나갔다.

그 밤, 규원이 수선제로 찾아왔다. 며칠 사이 그의 얼굴은 몰라보게 수척해져 있었다. 무슨 말이든 하고 싶었지만 말이 잘 나오지 않았다. 송아는 손을 뻗어 그를 안아주었다. 맞닿은 가슴에서 축축한 슬픔이 건너왔다. 할 수만 있다면 규원을 삼키고 있는 그 슬픔을 제 가슴으로 옮겨오고 싶은 심정이었다. 한참 만에 고개를 든 그는 싸늘한 손으로 송아의 볼을 잠깐 쓸어보다가 이내 내렸다. 무언가 할 말이 있는 것 같다. 어둠 속에서 수선제를 잠깐 살피던 그는 병원을 그만두었으며 곧 이곳을 떠날 것이라고 담담하게 말했다.

너무나 갑작스러운 말이었기에 어떻게 받아들여야 할지 알 수 없었다. 어떤 설명도 의논도 없는 일방적인 통보가 조금 서운했지만 드러낼 수는 없었다. 그의 슬픔을 생각한다면 그런 것쯤은 이해할 수도 있었다. 송아는 조그맣게 심호흡을 했다.

"수원으로 가시는 거예요?"

그는 대답을 하지 않았다.

"연락 자주 해요, 걱정되니까."

규원은 여전히 대답을 하지 않았다. 이상한 생각이 들어 얼굴을 조금 기울여 가까이 갔다.

"규원 씨?"

등꽃 향이 코끝을 스치는 느낌에 규원은 움찔 물러났다. 귓가를 쟁쟁 울리는 풀벌레 소리 때문에 머리가 어지러웠다. 그는 자전거 손잡이를 꽉 잡았다. 날카로운 무엇이 심장을 찌르는 것 같은 통증을 느끼며 그는 입을 열었다.

"어디로 갈지는 아직 정하지 못했어요. 다시 돌아올 수 있을지도 모르겠어요."

"무슨 말이에요?"

"미안해요, 송아 씨."

"무슨 말이냐고 묻잖아요!"

"내겐 사랑도 사치였나 봐요."

"그 말은 승원 씨의 죽음이 우리 사랑 때문이다, 이런 뜻이에요?"

“우리 사랑이 아니라 내 사랑 때문이란 뜻이에요.”

어이없었다. 자신들이 사랑을 속삭이는 사이에 승원의 사고가 났다고 해서 사랑이 사치였다니, 그 사랑을 버리겠다니, 기가 막혀 말이 안 나온다. 그것은 슬프고, 아프고, 미안한 일이지만 이겨 나가야 하는 일이지 무너질 일이 아니다. 정말 죄의식 덩어리에 파묻혀 죽을 사람이 아닌가!

“이해할 수가 없어요.”

규원이 승원을 얼마나 끔찍히 아꼈는지는 알지만 이토록 절망하며 죄의식에 빠져 버린 그를 이해하기가 힘들었다.

“정말 난…….”

사랑이 전부 같다고 느꼈던 그 밤의 키스는 다 거짓말이었을까? 이렇게 한순간에 떠나 버릴 만큼 이규원에게 채송아는 아무것도 아니었을까?

송아는 왈칵 쏟아지려는 눈물을 입술을 깨물며 참았다. 그런 바보 같은 꼴은 보이고 싶지 않았다. 화를 내며 따지고 싶지도 않았다. 자신의 사랑이 더 이상 모욕당하지 않도록 규원이 어서 사라져 줬으면 좋겠다는 생각만 들었다.

“당장 내 눈앞에서 사라져요.”

물기가 가신 차가운 음성이 들렸다. 송아는 주먹을 꽉 쥔 채 떨고 있었다. 떨리는 그 어깨를 향해 다가오던 규원의 손이 아래로 툭 떨어졌다. 한참 후 규원이 돌아서는 것이 보였다. 자전거 바퀴가 빙글 도는 것도 보였다. 순간, 송아는 저도 모르게 손을 뻗어 그의 옷자락을 잡았다. 그의 몸이 울컥울컥 흔들리고 있는 것이 느껴졌다. 규원은 울고 있었다.

붙잡을 수가 없다.

송아는 잡았던 옷자락을 놓아버렸다.

"돌아…… 올 거죠?"

"……."

"규원 씨."

"내가 용서되면요."

너무너무 화가 나지만, 이 상황이 도무지 이해되지도 않지만 규원의 눈물은 아팠다.

도담호의 물결이 멀어지듯 촤르르 자전거가 멀어지는 소리.

살랑 바람이 분다.

가을이 오려나 보다.

유난히도 뜨거웠던 여름은 이제 끝났다.

#12

"할머니! 바빠요?"

송아가 생글생글 웃으며 주방으로 얼굴을 들이밀었다.

"이기 누고? 송아 아이가!"

무슨 일이 그렇게 바쁜 건지 한동안 얼굴을 볼 수 없던 송아
다.

"하이고, 우리 송아 보기가 나라님 용안 보기보다 더 어렵
네?"

주방을 나온 양산댁이 물 묻은 손으로 송아의 손을 반갑게 잡
아 의자에 앉혔다. 벌써 시월도 중순을 넘었으니 못 본 지 한 달
은 족히 된 듯하다.

"뭐 하니라고 그래 얼굴 보기가 힘들었노? 어디 보자, 우리 송아."

볼을 쓰다듬던 양산댁의 손이 멈칫했다.

"니 와 이래 말랐노? 어디 아팠나?"

송아는 얼른 손으로 볼을 감쌌다.

"아프긴요, 말짱해요. 여름에 땀을 너무 많이 흘려서 살이 빠진 거예요."

"그래도 그렇지, 우째 이만큼 말랐노? 입맛이 없나? 태식이가 반찬을 안 갖다 주더나?"

양산댁이 걱정을 멈추지 않자 송아는 걱정하지 말라는 듯 깔깔 웃으며 오히려 양산댁을 걱정했다.

"할머니 무릎 아프신 건 어때요? 병원은 가보셨어요?"

"이 선생이 침도 놔주고 뜸도 뜨고 해서 다 나았다. 젊은 사람이 어찌나 용한지 그래 아프던 무릎이 인자 하나도 안 아프다. 침을 더 맞았으면 싶은데 요새는 와 안 오는지 모르겠네? 혜림이가 전화해 본다 캤는데……. 하기는 그림 선생이 그런 일을 당했는데 뭔 정신이 있겠노."

송아는 양산댁의 얘기를 더 듣지 않고 상을 치우는 혜림에게로 달려갔다.

"혜림 씨, 오랜만이에요?"

그리고는 얼른 행주를 빼앗아 들었다.

"여긴 제가 할 테니까 혜림 씬 좀 쉬어요. 어휴, 이 땀 좀 봐."

혜림은 휴지를 뽑아 이마에 흐르는 땀을 닦아주는 송아를 물 끄러미 바라보았다. 서 있기도 힘들어 보이는 마른 얼굴로 송아는 생글생글 웃고 있었다. 규원과 그녀가 사랑했지만 승원의 사고 후 규원이 떠났다는 걸 태식으로부터 들어 알고 있다. 지금까지 송아에게는 저도 모를 묘한 경계심 같은 게 있었는데 그 얘기를 들은 후 그런 마음이 없어졌다. 같은 여자로서 그녀가 너무나 걱정되었다.

"언니, 괜찮아예?"

"뭐가요?"

송아가 무덤덤한 얼굴로 되묻자 혜림은 난감한 표정을 지었다. 모른 척하는 게 오히려 송아를 도와주는 일일지도 모른다는 걸 그제야 깨달았다.

송아는 혜림의 마음이 다 느껴졌다. 혜림이 자신을 무척 걱정하고 있다는 걸. 그래서 고마웠다. 알면서도 모른 척하는 것보단 훨씬 낫다. 그녀는 다시 행주를 빼앗으며 씩씩하게 말했다.

"혜림 씨, 오늘은 좀 쉬어요. 내가 일 다 해줄게!"

송아는 주먹까지 불끈 쥐어 보이며 큰소리를 쳤다. 그 모습이 오히려 애틋하다. 부지런히 움직이는 송아를 애틋한 마음으로 바라보던 혜림이 기분 좋게 대답했다.

"알았어예. 그러면 진짜 저는 일 안 합니더? 나중에 딴소리하기 없어예?"

"걱정 말아요. 내가 이래 봬도 횟집 일을 도운 지 15년이 다

돼간다고요.”

종알종알, 팔랑팔랑. 송아의 움직임은 경쾌하다. 나른하게 늘어졌던 여름이 정말 다 지나가 버렸나 보다. 열린 창으로 불어오는 바람은 어느새 가을이 무르익어 차갑다.

횟집으로 들어서던 태식은 커다란 쟁반을 들고 바쁘게 오가고 있는 송아를 발견하고 멈칫 서버렸다. 혜림은 어디 가고 송아가 저러고 있는지. 몰라보게 말라 버린 송아의 얼굴을 보니 불룩화가 치민다. 그래서 나오는 목소리조차 곱지 않다.

“니 와 여기 있노?”

“어, 아저씨 오셨네? 와! 정말 오랜만이에요, 아저씨!”

“혜림인 어디 가고 니가 일하고 있노?”

“제가 쉬라고 했어요. 오늘 하루는 혜림 씨 대신 제가 일해요.”

그리고 생글생글 웃더니 손님의 부름을 받고 방으로 뛰어갔다. 굳은 얼굴로 그 모습을 바라보던 태식은 씩씩거리며 살림방으로 갔다. 문을 벌컥 여니 혜림이 방바닥에 엎드려 책을 보고 있었다. 순간 태식은 끓어오르는 부아를 참지 못하고 버럭 소리를 질렀다.

“이기 뭐 하는 짓이고!”

그러나 더 소리를 지르지 못하고 재빠르게 다가온 혜림의 손에 의해 방으로 끌려 들어갔다.

“조용히 좀 하이소.”

혜림이 목소리를 낮춰 소리를 질렀다. 그리고 오히려 나무라는 눈으로 태식을 바라보았다. 금방이라도 쓰러질 것같이 마른 송아에게 일을 맡겨놓고 저는 떡하니 방바닥에 엎드려 책을 읽는 주제에 오히려 큰소리다. 태식은 어이가 없어 다시 버럭 소리를 질렀다.

"일은 송아한테 맡겨놓고 지금 뭐 하는 짓이고!"

희번덕이며 돌아가는 태식의 눈을 보며 혜림은 입을 삐죽 내밀었다. 송아가 일을 하는 게 어지간히 마음 아픈 모양이다. 그래서 저도 모를 심술이 불룩인다.

"보면 몰라예? 책 읽고 있잖아예."

느릿느릿 하는 말이 부아를 긁었다. 태식은 다시 방바닥에 엎드리려는 혜림을 일으켜 앉히며 윽박질렀다.

"빨리 안 나가나?"

"손님도 별로 없는데 내까지 나가서 뭐 할라꼬예?"

"뭐?"

"오늘은 송아 언니가 제 일 다 해주기로 했단 말입니더."

"그래서? 옳다구나 하고 이래 드러누워 있는 기가?"

"드러누워 있기는 누가 드러누워 있다고 그카십니꺼? 책 읽고 있다니까예."

그리고 읽고 있던 책을 들어 눈앞에서 휘휘 저어 보였다. 혜림의 뻔뻔스러운 모습에 태식은 어쩔 줄 몰라 하며 씩씩거렸다. 붉으락푸르락하는 얼굴로 당장에라도 그녀를 끌고 나갈 듯 씩씩거리는 태식을 보며 혜림은 혀를 찼다.

"아저씨, 송아 언니 일하는 기 그래 마음 아픕니꺼?"

"뭐라고?"

"지금 아저씨 얼굴이 그렇잖습니꺼. 꼭 울라 카는 사람같이."

"송아가! 저 아가 지금 일할 처지가? 얼굴이 반쪽이 돼가지고 엎어질 것 같은 거 안 보이나? 말은 안 해도 속이 말이 아닐 긴데 일까지……."

"그래서 제가 들어와 있는 겁니더."

"그거는 또 뭔 소리고?"

"정신없이 일하다 보면 생각도 없어지고 마음도 편해집니더. 송아 언니가 어릴 때부터 속상한 일 있으면 여 와서 풀었다면서예? 일하면서 위로받을라고 온 거 같아서 제가 피해준 겁니더. 손님 마이 오면 나갈 거니까 걱정하지 마이소."

그리고는 얼른 나가라는 듯 다시 엎드려 책을 펼쳤다.

혜림의 말을 듣고 보니 그 말도 맞는 것 같다. 속상하고 울고 싶을 때면 송아는 언제나 강나루로 왔었다. 그리고 정신없이 일하고, 깔깔거리고, 한바탕 꽥꽥 노래를 부르며 그 속을 풀었다. 그리고는 다시 씩씩한 채송아로 돌아가곤 했다.

밖으로 나오니 송아가 콧노래까지 흥얼거리며 홀에 놓인 탁자를 닦고 있었다. 박자도 음정도 제멋대로인 채송아 표 노래를 참 흥겹게도 부른다.

"오던 손님도 돌아 나가겠다!"

송아가 무슨 소리냐는 듯 돌아보았다.

“니 노래 말이다. 10년을 넘게 가르쳤는데도 우째 발전이 없노?”

태식의 핀잔에 입을 삐죽거린 송아가 다시 콧노래를 흥얼거린다. 잔뜩 신난 듯 탁자를 닦는 손길도 경쾌했다. 주방으로 들어가니 양산댁이 옷자락을 당기며 속삭였다.

“송아가 무신 속상한 일이 있는 기제? 니는 아나?”

걱정이 가득한 양산댁의 얼굴을 보며 태식은 퉁명스럽게 대답했다.

“저도 잘 모르겠심더.”

밖에서 들리는 송아의 콧노래를 한참 듣고 서 있던 그가 다시 중얼거렸다.

“오늘은 일찍 문 닫고 송아 노래나 한번 들읍시더.”

“그래, 그라자.”

양산댁도 흔쾌히 찬성했다. 그리고 마주 보며 피식 웃었다. 노래를 아무리 못 불러도 그렇지, 어째 저렇게도 못 부를까?

그날의 노래판은 온통 송아의 쇼로 끝났다. 양산댁과 태식, 혜림을 돌아 마이크를 건네받은 송아는 혜림이 귀를 막고 고통을 호소하는 우스꽝스러운 모습을 연출할 때까지 놓지 않았다.

강나루를 나온 송아의 걸음이 휘청거린다.

“아, 기분 조오타!”

밀가루처럼 흩뿌려진 달빛 위를 휘청휘청…….

태식은 말없이 그 뒤를 따라갔다. 15년 전에도, 10년 전에도 송아는 저런 모습으로 수선제로 돌아갔지만 태식의 마음이 지금처럼 이렇게 아프진 않았다. 처음엔 심술을 부렸지만 어느 순간부턴가 규원을 믿는 마음이 생겼다. 그라면 송아를 행복하게 해 줄 것이라는 걸 의심하지 않았다. 이렇게 어처구니없이 떠나 버릴 줄은 정말 몰랐다.

자전거, 이 개놈의 새끼!

태식은 주먹을 그러쥐었다. 눈앞에 그가 있다면 정말 죽여 버릴지도 모르겠다.

앞에서 흔들리며 걷던 송아가 갑자기 주저앉았다. 얼른 다가가니 이미 바닥에 토를 해놓았다. 태식이 얼른 등을 두드리며 혀를 찼다.

“그러게 술은 아무나 묵는 기 아이다, 인마야.”

홀짝홀짝 마신 술이 두 병은 족히 넘은 듯했다. 평소 같았으면 당연히 말렸겠지만 오늘만은 말리고 싶지 않았다. 한참 동안 구역질을 하던 송아가 갑자기 일어나 달리기 시작했다. 그녀의 걸음은 수선제 쪽이 아닌 찻길을 건너 자갈밭으로 향했다. 태식도 재빨리 따라 달렸다.

송아는 자갈밭에 쪼그리고 앉아 있었다. 속이 많이 안 좋은 모양이다. 등이라도 두드려 줄 생각으로 다가가는데 무슨 소리가 들렸다. 일렁이는 물소리에 섞여 조그맣게 들려오는 것은 송아의 울음소리였다. 억누르듯 깨물린 울음소리가 힘들게 목을 뚫고 올라오고 있었다. 웅크린 어깨가 가늘게 흔들렸다. 태식은 돌처럼 굳은 채 그 모습을 지켜보았다. 예전 같으면 얼른 다가가 어깨를 다독이고 눈물도 닦아주며 달래주었겠지만 이젠 왠지 그럴 수가 없었다. 숨죽이듯 새어 나오던 울음소리가 조금씩 커지더니 급기야 통곡으로 변해갔다. 송아는 어린아이처럼 엉엉 울었다.

규원이 그렇게 떠난 후 밥도 넘어가지 않았고, 잠도 오지 않았다. 규원을 향한 화를 도무지 가라앉힐 수 없었고, 명치를 도려내는 것처럼 아팠던 그의 눈물도 잊을 수가 없었다. 아무리 화를 내고 미워해도 사랑했던 순간은 사라지지 않았다.

난생처음 사랑이란 걸 해보았고, 그것이 사람을 얼마나 행복하게 만들어주는지도 처음 알았다. 함께 있는 것이 이렇게 행복한 것이라면, 이런 사람이라면 결혼이란 걸 해도 괜찮지 않을까? 태어날 아이에게 상처 주지 않고 잘살 수 있지 않을까? 그런 생각도 했었다. 그런데 참 우습고도 어이없게 끝나 버렸다.

정신없이 일을 해도, 목이 터져라 노래를 불러도, 술을 마시고 토해도 내려가지 않던 체기가 울음소리를 타고 조금씩 내려갔다. 진작부터 이렇게 울고 싶었는데 울 곳이 없었다. 악을 쓰며 버티다가 찾아간 곳이 강나루였다. 그곳에 가면 언제든 기댈 수 있는 넉넉한 가슴들이 있으니까.

송아는 자전거를 정말 많이 사랑했나 보다. 지금은 어떤 말로도 송아를 위로하지 못할 것 같다. 태식은 그저 멍하니 송아의 울음을 지켜볼 수밖에 없었다. 태식은 호수의 잔물결 소리가 더 컸으면 좋겠다고 생각했다. 파도처럼 세차게 일렁거려 송아의 저 울음소리를 다 쓸어가 버렸으면 좋겠다.

혜림은 냉장고 속의 오래된 반찬들을 꺼내고 새로 만들어온 반찬들을 통에 넣어 가지런히 정리했다. 송아가 돌아오면 혹시 기분 나빠하지 않을까 걱정되었지만 꽉 찬 냉장고를 보는 마음 은 뿌듯하다.

부엌에서 나오니 태식은 여전히 사랑에서 정암 선생과 얘기 를 나누고 있었다. 얘기가 끝날 때까지 수선제를 둘러보아야겠 다. 혜림은 호기심 어린 눈으로 집을 살폈다. 말로만 듣고 늘 먼 빛으로만 보아오던 수선제는 직접 와서 보니 훨씬 더 멋지고 고 풍스러운 것 같았다.

정암 선생은 여름보다 훨씬 마른 듯했다. 송아가 정신이 없어 잘 챙겨 드리지 못하는 건 아닌가 걱정되었다. 잉어를 잡든지 메 기를 잡든지 해서 보신거리를 좀 만들어 드려야겠다.

"어르신, 잡수시는 거는 어떻습니꺼?"

"나는 괜찮네."

그러나 태식이 보기엔 전혀 괜찮아 보이지 않았다. 방금 만들 어온 죽도 겨우 서너 번 떠먹고는 수저를 놓아버렸다.

"마이 드셔야 되는데."

“아침 먹은 게 아직 소화가 되지 않아 그러네. 뒀다 먹을 테니 걱정 마시게.”

“저번에 말씀하신 시내 아파트 말입니더……”

“되었네. 이젠 소용없어져 버렸어.”

정암은 한층 풀이 죽은 목소리로 말했다. 그제야 태식은 정암 선생이 규원과 송아의 결혼을 염두에 두고 아파트를 장만하려 했다는 것을 알았다.

“괘씸한 사람……”

중얼거리듯 흘러나오는 정암의 목소리에 노기가 서려 있었다. 떠나 버린 규원의 존재는 송아에게는 물론 정암 선생에게도 깊은 상처를 남긴 듯하다.

방에서 나온 태식은 큰 소리로 혜림을 불렀다.

“가자, 혜림아!”

혜림은 한참 만에 뒤채 쪽에서 뛰어나왔다.

“벌써 갑니꺼? 아직 구경 덜했는데……”

혜림이 아쉬운 표정을 지었다. 수선제가 혜림의 취향에 딱 맞을 거라 생각했는데 역시나 몹시 마음에 든 모양이다. 진작 한번 데려올걸 하는 미안한 마음이 든다. 다음에 다시 오자고 달래어 횟집으로 돌아가는 길, 태식은 새삼스러운 마음으로 앞서 걷는 혜림을 바라보았다. 혜림은 덩치만 큰 게 아니라 마음도 큰 것 같다. 이런저런 소소한 일들은 물론 큰일들을 처리할 때도 혜림의 조언을 들으면 실수할 일이 없었다. 세상을 바라보는 눈도 마음도 넓고 깊다. 양산댁을 살피는 마음도 자식인 자신보다 훨씬 낫다. 어제 일하는 짬짬이 반찬을 만들더니 아침부터 수선제에 가보자고 부추긴 것도 혜림이었다.

"옴마야! 벌써 코스모스가 폈네?"

하늘거리는 코스모스를 바라보는 혜림의 눈이 소녀처럼 반짝였다. 혜림의 입에서 또 멋진 시 구절 같은 말이 흘러나오지 않을까? 바라보는 태식의 입가에 흐뭇한 미소가 지어졌다.

"혜림아, 니 진짜 스물세 살 맞나?"

뒤에서 어슬렁어슬렁 따라오던 태식이 웃으며 물었다.

"맞는데, 와예?"

혜림이 뽀로통한 얼굴로 쏘아보았다. 태식의 눈엔 자신이 여전히 지금보다 열 살이나 더 먹은 아줌마로 보이는 모양이다. 사람들이 생긴 것만 가지고 사람을 가늠할 때면 정말 화가 난다.

"못 믿겠어예? 민증 보여주까예?"

"아이다. 못 믿어서 그런 기 아이고……."

어슬렁거리며 다가온 태식이 혜림을 빤히 내려다보았다. 커다란 덩치와 앳된 얼굴이 어우러져 왠지 귀엽다는 생각이 든다.

"가끔씩 말이다, 내보다 니가 더 어른 같다는 생각이 들 때가 많아서 그런다."

혜림은 그제야 고개를 끄덕이다가 문득 장난스러운 웃음이 눈가에 번졌다.

"할매가 그 카시데예. 우리 태식이는 아직 알라다, 알라!"

무슨 일인지 혜림이 두어 걸음 물러나며 다시 말을 이었다.

"가끔씩 아저씨 보면 할매가 하시던 그 말이 하나도 안 틀리다는 생각이 들 때가 있어예."

호빵처럼 둥그런 얼굴이 눈앞으로 스륵 다가와 웃음을 던지고는 이내 저만치 달아나고 있었다. 잠깐 멈칫해 있던 태식은 그제야 혜림이 자신을 놀리고 달아났다는 것을 알았다.

"뭐라고! 알라?"

태식이 불끈한 얼굴로 따라가자 혜림은 걸음아 날 살려라 하고 달아났다.

"엄마야!"

멀리서 하늘을 닮은 호수가 일렁이고 붉은 잠자리 떼가 날아다니는 율현리의 가을.

코스모스가 하늘거리는 차도의 갓길로 뚱뚱한 혜림이 정신없이 달리고 있었다. 몸이 무거워 달리기도 느릴 거란 생각은 착각이다. 혜림은 백 미터를 13초로 주파하던 실력으로 강나루를 향해 달아났다.

무슨 가시나가 저래 달리기를 잘하노?

이미 잡을 수 없는 거리만큼 달아나 버린 혜림을 보며 태식은 오기가 불끈 인다. 비록 새파란 혜림에 비해 열일곱 살이나 많지만 그래도 아직은 팔팔한 나인데 이까짓 것 하나 못 따라잡을까. 태식은 입술을 앙다물고 속력을 붙였다. 어머니에 대한 걱정도, 송아 때문에 마음이 아픈 것도 앞에 달려가는 혜림이 반쯤은 가져간 듯해서 견디기가 훨씬 편하다.

니가 있어서 다행이다, 혜림아.

*

송아는 아침부터 온 집 안을 뒤집듯 대청소를 하고 있었다. 거의 한 달 만에 수선제를 청소하는 것이다. 구석구석 묻어 나오는 먼지를 보니 왠지 미안한 마음이 든다. 할아버지께도 신경을 쓰지 못해 죄송하고, 자신의 눈치를 살피느라 사무실에서 큰 소리조차 못 내고 있는 이진규에게도 미안했다. 강나루 횟집의 양산댁 할머니와 태식 아저씨, 그리고 혜림에게도 미안하고 고맙다. 생각해 보니 자신의 주위에는 고마운 사람들이 너무나 많다. 이렇게 따듯하고 좋은 사람들이 주위에 가득한데 뭐가 그렇게도 외로웠을까?

한바탕 청소를 하고 나니 무겁던 마음이 날아갈 듯 가벼워졌다. 윤기 나는 마루를 보니 마음마저 반짝인다. 역시 청소는 좋은 것이다.

오랜만에 할아버지와 마주 앉아 점심을 먹고 안마를 해드렸다. 모로 누워 애틋한 마음으로 송아의 손을 쓰다듬던 할아버지는 좀처럼 없던 낮잠에 빠져들었다. 송아는 이불을 다독여 주고 조심스럽게 방을 나왔다. 강나루에 가볼 참이다. 가서 혜림에게 원수를 갚아야겠다. 요즘 자신이 출근하고 나면 혜림이 거의 매일 와서 청소를 하고, 할아버지 점심을 챙기고, 저녁 반찬까지 만들어두고 간다는 걸 안다. 허락도 없이 남의 부엌살림에 손을 대다니! 그런 예의가 어디 있느냐고 좀 따져야겠다 생각하며 송아는 웃음을 지었다.

정원을 걸어 나오는데 대문 밖에서 차 소리가 들렸다. 얼른 내다보니 커다란 박스를 든 찬엽이 차에서 내리고 있었다. 승원의 장례식 후 농장으로 잠깐 찾아갔을 때 보고 처음이다. 희끗하던 머리칼이 한결 더 희어진 것 같다.

"선생님!"

"잘 있었니?"

박스 안에 든 고기와 나물, 그리고 각종 반찬을 냉장고에 챙겨 넣었다. 혜림이 챙겨놓은 것들과 합해져 냉장고 속 반찬이 넘쳐 날 지경이었다.

정암 선생이 잠들어 있는 것을 보고 찬엽은 송아의 방으로 들어갔다. 한참 후, 송아가 차를 들고 들어왔다. 하얀 찻잔 안에 조그만 국화꽃 한 송이가 동동 떠 있다.

"뒤채에 있는 들국화를 땄는데 잘 마르질 않아서 프라이팬에 구웠어요."

한 모금 머금자 은은한 국화향이 입안 가득 퍼진다.

"맛있구나."

"감잎차보단 못하죠?"

"이것도 괜찮아."

찬엽은 빙긋이 웃었다. 송아는 이렇게 새로운 차를 만들 때마다 찬엽에게 맛을 보이곤 했다. 그리고 찬엽의 입에서 어떤 평가가 나올까 눈을 반짝이며 바라보던 그 모습이 얼마나 예쁜지.

다시 차를 마시며 맛을 음미하던 찬엽이 힘겹게 입을 열었다.

"괜찮아?"

수척해진 얼굴을 보니 어떻게 지냈는지 다 짐작이 가지만 그렇게 물을 수밖에 없었다.

"괜찮아요…… 이젠."

"규원이가 많이 원망스럽지?"

"……."

원망스럽기도 하고 가엾기도 하고…….

"사실은 좀 화가 나요. 규원 씨의 슬픔을 이해는 하지만 과연 그렇게 떠나야만 했을까? 정말 우리가 함께 있었던 그 순간 때문에 승원 씨가 사고를 당했다고 생각하는지. 그럼…… 어쩌면 내가 원망스럽기도 하겠구나 싶어요."

"그럴 리가 있느냐?"

"우리가 함께했던 시간들, 그 마음들, 제가 느꼈던 그 감정들은 정말 아무것도 아니었을까? 한순간에 버리고 떠나도 될 만큼 가벼운 거였나? 사랑이라고 느꼈던 건 나 혼자만의 착각이었을까? 허무하다. 그런 생각이 들어요."

"규원이 마음이 그렇지 않다는 건 너도 잘 알잖아."

"모르겠어요, 이젠."

허무가 깃든 송아의 얼굴 위로 토하지 못할 눈물을 삼키던 규원의 얼굴이 겹친다.

바보 같은 녀석······.

"너로서는 이해 못하겠지만 규원이가 그런 행동을 한 걸 난 조금은 이해한다."

순간 송아는 발끈했다.

"제게 형제가 없어서 그 심정을 다 이해하진 못하지만 그래도 형제가 죽었다고 그런 행동을 하는 사람은 없을 거예요."

"규원이에게 승원인 특별한 형제다."

"쌍둥이어서요? 아님 장애가 있는 동생이어서요?"

"아니."

그럼?

"승원이 다리······ 규원인 그게 제 탓이라고 생각하며 살았다."

"그게 무슨 말씀이세요?"

"14년 전 그날, 규원이 자전거 뒤에 승원이 앉아 있었다. 내리막길에서 브레이크가 고장났고 대형 트럭과 부딪치려는 순간 규원인 자전거 핸들을 꺾었다. 덕분에 규원인 살았지만 승원인 척추 손상을 입고 하반신 마비가 되었지."

"어떻게 그런······."

"물론 브레이크가 고장난 건 규원이 탓이 아니었고, 핸들을 꺾은 것도 규원이를 탓할 일이 아니다. 누구든 그 상황이었으면 본능적으로 핸들을 꺾었을 거야. 하지만 규원인 그걸 못 견뎌했어. 가벼운 찰과상에 그친 자신에 비해 승원인 하반신이 마비되었으니까. 그 일로 정신과 치료도 받았었고 스스로 노력도 많이 했지만 완전히 떨치진 못했어. 그 아인 겨우 열다섯이었다. 가장 예민한 나이였고, 자신을 변명하기엔 너무나 순진했고 어렸어. 게다가 그 녀석은 여리기까지 하니까.”

어린 규원의 마음이 감당이 되지 않아 송아는 쉽게 입을 열 수 없었다.

“승원인 지나치다 싶을 만큼 긍정적인 녀석이었기 때문에 쉬웠지만 규원인 그 후로도 내내 힘들어했다. 죄책감을 떨치지 못했지. 그래선지 뭐든 승원이에게 양보만 하면서 살았어. 승원이 앞에선 언제나 죄인인 셈이었지. 한 번도 제 욕심을 부려보지 못했고, 저를 위한 선택도 하지 못했다. 그 녀석 꿈은 원래 문학 쪽에 있었는데 승원의 몸을 돌볼 목적으로 한의대를 갔어. 승원이의 손발이 되어서 산 지 14년이니 승원이 몸이 제 몸 같았을 거야. 승원이 목욕을 제 부모 손에도 맡기지 않을 만큼 지독한 희생이었다. 부모도 그렇게는 못해.”

겨우 열다섯 소년이 짊어진 죄책감이 송아의 마음을 아프게 했다.

“그런 규원이의 모습이 우린 늘 안타까웠고 승원이도 힘들어했어. 그래서 이곳으로 불러 내렸던 건데…….”

자전거에 부딪치던 그날, 규원은 그렇게 해서 은현리로 내려오는 길이었던가 보다.

"그랬던 녀석인데 제가 잠깐 없는 사이 승원이가 그런 일을 당했으니, 더군다나 너와 함께 있던 시간에 그런 일이 일어났으니 감당하기 힘들었을 거다. 스스로를 용서하기가 힘들었을 거야."

규원의 얘기가 너무나 아프면서도 송아는 화가 났다. 왜 좀 뻔뻔히 살지 못했을까? 그래서 흘러나오는 말도 뾰족하다.

"그래서 그 죄책감으로부터 도망을 친 거네요?"

"도망을 친 게 아니라 잠시 멀어진 거라고 생각한다, 난."

잠시 멀어져서 모든 걸 잊고 저를 돌아보다 보면 자신이 얼마나 소중한 존재인지도 깨달을 것이고, 과도한 죄의식도 사라지지 않을까? 여전히 열다섯에 갇혀 있던 이규원이 서른의 건장한 청년이 되어 돌아오지 않을까?

"규원이 인생 처음으로 이기적인 선택을 한 거다. 막다른 골목에 몰린 스스로를 구원하기 위해서 말이야. 내 말 무슨 뜻인지 알겠니?"

찬엽의 말을 알 것도 같고 모를 것도 같다.

"살다 보면 이기가 때론 이기가 아닐 때가 있어. 내가 튼튼하고 건강해져야 상대도 건강하게 사랑할 수 있는 거야. 규원인 아마 그래서 떠났을 거다. 그렇게 나약한 모습으로 무너지는 자신을 네게 보이고 싶지 않았겠지. 난 규원일 믿는다. 훨씬 건강해진 모습으로 돌아올 거라고 말이다. 다른 사람들 눈엔 규원이가 나약해 보였을지 모르지만 내가 보는 규원인 강한 녀석이야. 한 번도 거짓으로 자신을 숨기지 않았고 책임을 회피하지도 않았어. 나약한 녀석이었다면 제 죄책감의 원천인 승원이 곁에서 그렇게 오랫동안 버티지도 못했을 거다."

찬엽이 떠나고 송아는 내내 생각에 잠겨 있었다.

그래, 규원은 조용한 사람이었지 소심한 사람이 아니었다. 순하고 따뜻한 사람이었지 나약한 사람도 아니었다. 남들보다 조금 더 투명한 양심을 가졌기 때문에 더 아프고 힘들었던 것이다. 자전거를 이겨보려고 자전거를 탄다던 규원의 말이 떠올랐다.

"프로젝트명, 극복!"

눈물이 발등으로 툭 떨어졌다.

바보. 얘기라도 좀 해주지. 힘들다고, 아프다고……. 그랬으면 안아줬을 텐데. 내 눈앞에서 사라지란 말은 절대 안 했을 텐데. 기다려 달라고 했으면 이렇게 힘들지도 않았을 텐데. 그렇게 떠나 버리면 난 어떡하라고…….

발등 위에 또 눈물이, 그 위에 다시 눈물이 자꾸자꾸 떨어졌다.

#13

할아버지가 식사를 꺼리시는 것 외에 별다른 병증이 없었기에 가벼운 설사 증상으로 입원을 하셨을 때도 크게 걱정하지 않았었다. 그러나 입원 일주일 만에 호흡 곤란까지 겹치며 결국 눈을 뜨지 못하셨다. 당신의 유일한 핏줄인 송아의 손을 꼭 잡은 채였다.

감당할 수 없을 만큼 많은 손님들이 몰려왔다. 이름만 들어도 알 만한 지역의 정치인들과 관공서 수장들, 그리고 할아버지의 강연을 들었던 학생들까지, 문상 행렬이 끊이질 않았다. 그것은 할아버지의 삶이 부끄럽지 않았다는 것을 증명하는 것이었다. 그 앞에서 송아는 제 속의 슬픔을 다 드러낼 수가 없었다.

　장례식 후, 문중에서 수선제 문제를 들고 나왔다. 할아버지가 돌아가시기 전까지 수선제에 대해 어떤 언급도 하지 않으셨기 때문에 이제는 송아의 선택에 달려 있었다. 그들은 송아에게 문중에서 따로 집을 마련해 줄 테니 수선제 관리를 문중으로 넘길 것을 제안했다. 송아 혼자서는 아무래도 관리하기가 힘들 것이고, 또 결혼을 하면 출가외인이 될 것이기에 수선제를 맡길 수 없다는 것이었다. 그러나 송아는 단호히 거절했다. 수선제는 채송아의 뿌리이며 자존심이다. 어느 누구도 아닌 자신의 손으로 지키고 싶었다. 평생 독신으로 살더라도 수선제를 떠나지는 않겠다는 말로 문중 어르신들의 입을 막아버렸다. 문중 어르신들이라고는 하나 아버지 채영인까지 3대를 독자로 내려왔으니 대부분이 먼 일가들이라 송아의 결정에 왈가왈부할 입장들이 아니었다.

　차에서 내린 경진은 오래도록 수선제 앞에 서 있었다. 21년 만에 다시 보는 수선제지만 입구의 솔숲이 조금 울창해진 것 외에 변한 것이 없어 보였다. 죽을 때까지 두 번 다시는 찾지 않으리라 다짐했던 수선제를 다시 찾은 것은 시아버지 정암 선생의 별세 소식을 접한 때문이다. 천년만년 살 것처럼 꼿꼿하시던 분도 세월 앞에서는 어쩔 수 없었던 모양이다.

　한참을 망설이던 그녀는 천천히 문을 두드렸다. 손에 닿는 투박한 나뭇결이 그녀를 흥분시켰다. 안에서 아무 기척이 없자 이번에는 좀 더 세게 두드렸다. 한참 만에 마당을 뛰어나오는 발소리가 들렸다.

"누구세요?"

대문 너머에서 청량한 목소리가 들렸다. 경진은 문을 두드리던 손을 멈추고 꼼짝없이 서 있었다.

"누구세요?"

이번에는 조금 더 큰 소리로 묻는다. 경진은 대답 대신 다시 문을 두드렸다. 잠시 후, 끼이익 소리가 들리며 작은 대문이 조심스럽게 열렸다. 그리고 마르고 투명한 얼굴의 여자가 고개를 내밀었다. 머리에는 하얀 핀이 꽂혀 있었다.

"누구시죠?"

송아는 5, 60대쯤 되어 보이는 고운 얼굴의 여자를 물끄러미 바라보았다. 장례식을 치른 지 보름이 지났지만 아직도 문상을 오는 사람들이 많았다. 그래서 이 여자도 그런 사람 중 한 사람일 거라 생각했다.

"할아버지 뵈러 오셨어요?"

여자는 아무 대답 없이 송아를 뚫어질 듯 바라보았다. 그녀의 눈에 서서히 눈물이 고였고, 달막거리는 입가에는 경련이 일고 있었다. 그녀의 입술이 아주 천천히, 그리고 힘겹게 움직였다.

"……송아니?"

입원하기 며칠 전, 할아버지는 차나 한잔하자며 송아를 불러 앉혔다. 차를 끓여 들고 간 송아는 술잔을 부딪치듯 할아버지의 찻잔에 제 찻잔을 쨍 하고 부딪쳤다.

"건배!"

규원이 떠난 후 애틋하게 바라보는 할아버지의 눈길을 대할 때
마다 너무나 죄송스럽고 마음이 아파서 일부러 더 까부는 것이다.

서안 위에는 초안을 완성한 후 3년 만에 출간된 할아버지의 개
인 문집인 '정암집'이 올려져 있었다. 송아는 새삼스러운 마음으
로 그것을 가만 쓸었다. 문집은 지금까지 할아버지의 문체를 완전
히 탈피한 서정적이고 감성적인 글로 꽉 차 있었다. 그리고 내용
의 절반 이상이 송아에 대한 애틋함으로 채워져 있어서 보는 내내
마음이 찡했다.

할아버지는 책 위에 놓인 송아의 손을 꼭 잡았다.

"네 어미 말이다. 아직도 원망스러우냐?"

송아는 대답을 못한 채 앉아 있었다. 엄마 얘기만 나오면 자꾸
이렇게 몸이 굳어진다.

"그러지 말거라. 다 이 할애비의 욕심으로 빚어진 일이었다. 네
아비, 우리 영인이가 그 애한테 상처를 많이 줬다. 나 또한 마찬가
지였어."

"절 한 번도 찾지 않았어요."

"내가 막았다. 그게 너나 그 아이한테 옳은 일이라 생각해서 한
일이었는데 네게 그리 큰 상처가 될 줄은 몰랐다."

어느 날 갑자기 보이지 않았기에 아빠와 함께 죽은 줄 알았던
엄마가 재혼해서 잘살고 있다는 것을 안 것은 중학교에 입학하던

해였다. 그때 받은 상처가 좀처럼 극복이 되지 않는다.

"내가 막았어. 그러니 네 어미는 원망하지 마라."

송아는 끝끝내 그 말에 대답을 하지 못했다.

여자와 마주 앉고 보니 그제야 사진으로 보았던 얼굴이 하나하나 드러났다. 단정한 입술과 다소 차가워 보이는 눈매, 그러나 사진으로 보았던 날카로운 인상은 찾아볼 수 없었다. 대신 온화하고 따듯한 기운이 느껴진다. 나이 탓일까?

찻잔을 기울이던 그녀는 고개를 들어 자신을 빤히 바라보고 있는 송아와 눈을 마주쳤다. 송아는 그 눈을 피하지 않은 채 마주 보았다. 경진의 입가에 온화한 미소가 걸렸다.

"어릴 땐 날 닮았단 소리를 많이 들었는데 지금 보니 아빠를 많이 닮았구나."

송아는 다시 차를 마셨다. 21년 만에 엄마를 대하고도 송아는 전혀 동요의 빛이 없었다. 경진은 송아에게서 조용하지만 강인했던 시아버지 정암 선생을 느꼈다.

"문화원에 다닌다고?"

"네."

"힘들진 않니?"

"적성에 맞아요."

짧은 대화가 오간 후 다시 오랫동안 침묵이 이어졌다. 묻고 싶은 말도 많았고 하고 싶은 말도 태산 같았지만 경진은 아무 말도 하지 않았다. 사랑 없는 결혼으로 자신이 얼마나 힘들었으며, 기어이 송아를 떼어내고 자신을 떠나보냈던 시아버지가 얼마나 원망스러웠으며, 이곳을 떠난 후 자신의 삶이 또 얼마나 힘들었는지. 하지만 이제 와서 그런 것들이 다 무슨 소용이겠는가.

그녀는 조그맣게 한숨을 내쉬며 다시 고개를 들었다.

"할아버지의 마지막은……."

"편안히 가셨어요, 주무시는 듯."

"그래? 다행이구나."

그 꼿꼿하고 자존심 강하시던 분이 늙고 추한 모습을 보이지 않고 떠났다니 다행이다. 그리고 송아를 힘들게 하지 않고 떠나주신 것도 정말 고맙고 다행이었다.

치맛자락을 잡고 아장아장 걷던 다섯 살배기 송아, 그 어린것을 맡아 길러주신 분이다. 모질게 빼앗아 갔다고 생각했지만 실상은 떠나는 자신을 위해 그러셨다는 걸 안다. 어딜 가든 널 사랑해 주는 사람을 만나라던 시아버지의 마지막 당부가 떠오르자 그녀의 눈에 눈물이 고였다. 그녀는 손을 뻗어 송아의 손을 꼭 잡았다.

"고생…… 많았지?"

그러나 잠깐 잡혀 있던 송아의 손은 이내 빠져나가 버렸다.

"도와주시는 분들이 많아서 힘들지 않았어요."

송아에게서 강한 거부감이 느껴졌다. 경진은 힘겨운 마음으로 손을 거두었다. 송아의 거부감을 이해한다. 아무리 시아버지의 반대가 있었다고 하지만 한 번도 찾지 않은 것은 자신의 잘못이었다. 사는 것이 힘들었고, 수선제와 이 집안에 원망이 가시지 않았고…… 그런 이야기들은 송아 앞에서는 모두가 변명일 수밖에 없다. 어느 날 느닷없이 사라져 버린 엄마를 이해하기엔 그때의 송아는 너무나 어린 나이였다.

결국 그렇게 차갑게 엄마를 보내 버렸다. 그 밤 내내 송아는 이불 속에서 엄마의 손이 닿았던 자신의 손을 가슴에 품고 있었다. 어린아이처럼 자꾸 눈물이 나려고 했다. 혼자 견뎌내기가 너무도 힘이 든다. 누군가 곁에 있었으면 좋겠다.

"규원 씨……."

무심히 흘러나오는 그 이름에 눈물이 났다.

혜림이 송아를 찾아와 수선제에 있는 방을 하나 빌려주면 안 되느냐고 물어왔다.

"방?"

"할매하고 같이 자는 기 조금 불편해서예."

일찍 주무시는 할머니 때문에 책을 볼 수도 없고, 쉬는 날에도 혼자만의 시간을 가질 수가 없다는 것이다. 그러나 그 이면에 너른 수선제에 혼자 있는 자신을 걱정하는 마음이 있다는 걸 안다. 사실 밤이 되면 은근히 겁이 나기도 하는 차였다. 송아는 흔쾌히 고개를 끄덕였다.

"알았어요. 근데 방세도 주는 거예요?"

장난스러운 말에 혜림은 진지하게 고개를 끄덕였다.

"당연하지예!"

혜림은 좋아서 어쩌지 못하겠다는 듯 커다란 팔로 송아를 꽉 끌어안았다. 숨이 턱 막힌다.

그렇게 덩치와 목소리는 물론 마음씀씀이까지 넉넉한 혜림 덕에 수선제는 다시 사람이 사는 집처럼 온기가 돌았다.

횟집의 특성상 겨울은 비수기라 강나루 횟집도 쉬는 날이 많아지면서 혜림은 하루 종일 서책방에 틀어박혀 있는 날이 많았다. 서책방에는 어려운 고서만 있는 것이 아니었다. 송아가 어릴 적부터 성인이 된 지금까지 섭렵한 책이 고스란히 남아 있었고, 송아의 아버지인 채영인의 책도 꽤나 있었다. 특히나 문학을 전공한 채영인이 남긴 책들은 혜림의 취향에 딱 맞았다.

시장을 보기 위해 시내로 나왔던 태식은 송아의 퇴근 시간에 맞춰 문화원으로 갔다. 목을 움츠리고 나오던 송아가 태식의 봉고차를 발견하고 반갑게 달려왔다.

"시장 나오셨어요?"

"그래. 춥제? 얼른 타라."

정암 선생이 돌아가신 후 송아는 생각보다 잘 견뎌내는 것 같았다. 그런 것쯤 거뜬히 견뎌낼 만큼 어른이 된 것이다. 처음 이곳으로 와서 만난 상처 입고 방황하던 기억 속의 어린 송아를 이젠 그만 떠나보내야 할 것 같다. 길가에 차를 잠깐 세운 태식이 군고구마와 귤을 사 들고 와 송아에게 안겼다.

"집에 가서 무라."

"혜림이가 좋아하겠다!"

따듯한 군고구마 봉투를 품에 안으며 송아가 말했다. 함께 지내며 송아와 혜림은 어느새 언니 동생 하는 사이가 되었다. 그래서 서로의 호칭도 편하게 변했다.

혜림이란 소리에 태식이 입술을 실룩했다.

"혜림이는 요새 뭐 하노?"

"강나루에 안 가요?"

"눈이 너무 와서 장사 안 한 지 일주일이 넘었다 아이가. 아침마다 전화해서 장사 하나 안 하나 확인만 하고 끊는다."

태식은 혜림의 그 행동이 몹시도 서운한 모양이다.

"아마 또 서책방에 틀어박혀 있을걸요?"

"서책방에?"

"네, 제가 퇴근하는 것도 모른다니까요? 책이 그렇게도 좋은 걸 그동안 어떻게 참았나 몰라요."

태식은 무심한 얼굴로 운전대를 잡고 있었다. 그러나 마음은 전혀 무심해지지 않는다. 혜림인 언제든 제 꿈을 위해 떠날 준비를 하고 있는 것 같았다. 돈을 모으면 대학교도 가고, 그래서 언젠가는 시인이 되겠다는 꿈.

수선제 앞에 차를 세운 태식은 송아가 내리기를 기다렸다.

"잠깐 들어갔다 가지 않을래요? 혜림이도 볼 겸."

송아의 말에 태식은 고개를 흔들었다.

“됐다. 얼른 들어가라.”

책에 빠져 있을 혜림을 대하는 것이 어색하다. 태식은 잠깐 수선제를 바라보다가 차를 출발시켰다.

대문을 열고 들어서니 구수한 된장 냄새가 진동을 했다. 송아는 반가운 마음에 얼른 부엌으로 뛰어갔다.

“벌써 밥하는 거야? 이럴 줄 알았으면 아저씨 저녁 먹고 가시라 할걸.”

“아저씨예?”

휘릭 몸을 돌린 혜림이 금방이라도 뛰어나갈 듯한 몸짓으로 되물었다.

“응. 퇴근 시간에 도담에서 만나 같이 왔는데 잠깐 들어오시라니까 그냥 가버리시네?”

저녁에 퇴근하면 오늘은 무슨 책을 읽었으며 어떤 느낌을 받았는지, 무엇은 알겠고 무엇은 이해되지 않았는지에 대해 쉼 없이 재잘대던 혜림이 식사 시간 내내 조용하다. 무슨 일인가 생각하던 송아는 그제야 태식이 그냥 가버렸다는 소리에 실망하며 돌아서던 혜림의 모습을 떠올렸다.

“아저씨가 그냥 가서서 섭섭해?”

“아이라예! 언니는 무슨 그런 소리를 하십니꺼!”

얼굴이 빨개진 혜림이 소리를 버럭 지르자 송아는 더욱 미심쩍은 눈으로 혜림을 살폈다.

“아니긴 뭐가 아냐? 딱 그렇게 보이는구만. 다시 오시라고 전화할까?"

송아가 장난스럽게 핸드폰까지 꺼내 들자 혜림은 급기야 수저를 놓고 나가 버렸다.

"어디 가! 밥 마저 먹어!"

마루를 쿵쿵 지나 방으로 들어가는 소리가 들렸다. 키득 웃으며 다시 수저를 들던 송아는 문득 목구멍이 콱 막혀오는 느낌에 그만 수저를 내려 버렸다. 얼굴이 빨개지며 가슴이 두근거렸던 지난여름의 기억들이 울컥 밀려왔다.

밤을 새우며 걸었던 호숫가의 자갈길.

바람처럼 스친 첫 키스의 추억으로 남아 있는 반딧불.

뜨거웠던 그 여름의 길.

빨간 여름의 구름 길, 적하운도.

찬엽은 열다섯 소년의 죄의식에 갇혀 있던 이규원이 서른의 건장한 청년이 되어 돌아올 거라고 했다.

그가 스스로를 극복하고 돌아온다면 다시 사랑할 수 있을까?

그해 겨울은 유난히 눈이 많이 쏟아졌다. 버스를 타고 오다 보면 차창 너머로 솜덩이 같은 눈이 도담호로 소멸해 들어가는 모습이 보이곤 했다. 그것은 슬프고도 아득한 느낌이었다. 엄마를 미워하고 원망하고, 규원을 미워하고 원망하며, 안타까워하고 측은해하며 견딜 수 없이 아팠던 마음처럼 아득하고 슬펐다.

눈이든 비든 물이든 모두 눈에 보이는 형체는 다르나 그것들이 가진 성질은 결국은 하나라는 단순하고도 명확한 진리가 송아를 일깨웠다.

미움도 원망도 결국은 그리우니까 할 수 있는 것이다. 여전히 사랑하니까 그리운 것이다. 사랑하니까 아픈 것이다.

송아는 제 마음을 부정하지 않았다. 자신의 가슴속 사랑은 여전히 진행 중이라는 것을, 찬엽의 이야기를 듣는 순간부터 내내 규원 때문에 마음이 아팠다는 것을.

횟집으로 들어서던 혜림은 홀에 앉아 있는 태식을 못 본 척 지나쳐 양산댁의 방으로 향했다. 그 모습을 멀뚱히 바라보던 태식이 퉁명스럽게 말을 걸었다.

"오늘 장사 안 할 낀데?"

"할매 보러 왔어예."

뒤도 돌아보지 않은 채 그렇게 대답한 혜림은 양산댁 방으로 쏙 들어가 버렸다.

와 또 뿔이 났노?

태식은 어슬렁어슬렁 걸어 혜림을 따라 들어갔다.

"어, 춥다."

양산댁과 혜림 사이를 비집고 들어가 이불 속으로 다리를 쑥 넣었다. 발이 맞닿자 혜림이 얼른 다리를 오므렸다.

"송아는 출근했나?"

"그라면 지금 이 시간에 집에 있겠어예?"

톡 쏘아붙이는 대답에 무안해진 태식이 잠깐 입을 다물고 있다가 다시 물었다.

"밥은 잘 묵고 댕기나?"

"그래 걱정되시면 손수 챙기주시던가예!"

아침부터 와 짜증이고?

아침 일찍 횟집에 나타난 혜림이 반가워 따라 들어왔건만 말도 몇 마디 못 붙이고 짜증만 한 바가지 들었다. 태식이 불룩한 얼굴로 나가 버리자 혜림은 그제야 누워 있는 양산댁에게 다가앉았다.

"다리 주물러 드리까예?"

양산댁은 대답 대신 주무르기 쉽게 쪼그리고 있던 다리를 쭉 펴고 반듯이 누웠다.

"아침부터 와 으르렁거리노?"

"별일 아이라예."

말은 그렇게 하지만 혜림은 여전히 뽀로통한 마음이 풀리지 않았다. 송아는 어제 퇴근할 때 봤다면서 뭐가 또 궁금해 쪼르르 따라 들어와 묻는지 모르겠다. 일주일 만에 보는 자신과는 눈도 제대로 안 마주치면서 말이다.

송아는 아직도 규원을 못 잊어 밤에 잠도 잘 못 잔다는 걸 아는지 모르는지 오매불망 송아만 바라보는 태식이 답답하고 화가 났다. 수선제로 거처를 옮기면서부터 태식만 보면 왠지 자꾸 화가 났다. 수선제로 짐을 옮길 때도 태식은 혜림이 수선제로 옮기는 것이 섭섭하기는커녕 송아가 혼자 지내지 않아도 된다는 사실에 신이 난 듯했다.

목돈을 마련할 생각으로 양산댁을 따라왔고, 이곳으로 온 후 자신을 데려온 양산댁의 의도를 알고도 한 2년 바짝 돈을 모아서 대학에 가겠다는 그 생각에는 변함이 없었다. 솔직히 마흔 살이나 된 남자에게 무슨 마음이 생기겠는가. 그녀에겐 꿈이 있었고, 그 꿈을 이루기 위해서는 옆도 뒤도 돌아보지 않으리라 결심한 지 오래다. 그런데 어느 날부턴가 태식이 자꾸 눈에 들어왔다. 무뚝뚝하고 퉁명스럽게 내뱉는 말들이 밉지가 않고, 양산댁에게 어떻게 표현해야 할지 몰라 불룩거리는 모습도 안쓰러워 보였다. 무뚝뚝하고 퉁명스럽고 불룩거리지만 속 깊은 따듯함이 좋았다.

지금껏 살면서 그녀에게 따듯한 호의를 베풀어준 사람은 길러주신 아버지가 유일했다. 세상 어느 곳에서도, 누구에게도 조혜림은 환영받지 못하는 사람이었다. 뚱뚱하고 못생기고 가진 것도 없고 지켜줄 사람도 없는, 그래서 사람들은 혜림을 함부로 대해도 괜찮은 사람으로 아는 모양이었다. 아버지가 돌아가신 후 아버지와 호형호제하던 이웃집 아저씨는 늑대처럼 돌변해 그녀를 탐하려 했고, 이리저리 데려가 일을 시키고는 돈을 떼어먹는 사람들도 있었다. 그들은 혜림에게 세상이 얼마나 더럽고 무서운 곳인지 가르쳐 주었다.

그런데 이곳은 달랐다. 강나루 횟집은 오히려 얄팍한 마음이 통하지 않는 곳이었다. 그러나 이곳을 닮아가는 묵직한 제 마음이 혜림은 달갑지가 않다. 묵직하게 마음을 비집고 들어오는 태식과, 태식이 오매불망 바라보는 송아가, 그리고 엄마처럼 따듯한 양산댁 할머니가 있는 이곳이 자꾸 불편하다.

"날씨 따듯해지면 떠날까 싶어예."

삶아온 핫팩을 허리에 올려주며 혜림이 말했다.

"다시 강나루로 가려고?"

송아가 무심한 목소리로 물었다.

뭐 불편한 것이 있나, 늦은 밤에 걸어오는 게 힘든 걸까?

"아니, 그기 아이고…… 고향으로 갈라꼬예."

"왜 그래?"

송아가 놀란 얼굴로 돌아보았다.

"그냥. 집도 너무 오래 비워놨고, 할 일도 있고, 일자리는 거기 가서 또 구하면 되니까……."

"뭐 계획하는 일 있어?"

혜림은 대답 대신 배시시 웃었다. 이럴 때 보면 정말 귀엽다. 송아는 허리에 올려놓은 핫팩을 치우고 일어나 앉았다.

"무슨 일인데? 내가 알면 안 되는 거야?"

"대학교에 갈라꼬예."

"대학?"

혜림이 고개를 끄덕였다. 송아는 새삼스러운 눈으로 혜림을 바라보았다. 이렇게 야무진 꿈을 꾸고 있을 줄은 몰랐다. 한번 서책방에 들어가면 나오지 않는 혜림의 특성으로 보아 잘 선택한 길인 것 같긴 하지만 여건이 될까?

"들어가기만 하면 어떻게든 방법이 생기겠지예. 아르바이트를 해도 되고 장학금도 있고. 어쨌든 일하는 거는 겁나지 않아예."

그래도 경제적 기반 없이 고학을 한다는 게 여간 힘든 일이 아닐 텐데.

"아저씨껜 얘기했어?"

"아니, 아직. 나중에 말씀드려야지예."

혜림을 위해선 좋은 결정 같지만 할머니와 아저씨를 생각하니 또 아닌 것 같다. 그렇다고 그분들을 위해 남아달라고 부탁할 순 없는 일이었다. 송아는 조그맣게 한숨을 쉬며 다시 바닥에 엎드렸다. 혜림이 핫팩을 수건에 말아 다시 허리에 올려주었다.

"언니는 허리 때문에 큰일이라예. 병원에는 가보셨어예?"

"아니. 이러다 또 금방 괜찮아져."

"그래도 병은 키우면 안 되는 겁니더. 이 선생님한테 치료받아보면 좋을 긴데. 할머니 다리도 감쪽같이……."

순식간에 어두워져 버린 송아의 얼굴을 보고서야 혜림은 자신이 말실수를 했다는 것을 알았다. 규원의 얘기가 송아는 여전히 편치 않은 모양이다. 말없이 허리를 만져 주던 혜림이 다시 말했다.

"언니, 이 선생님 기다리지예?"

"……."

"자기 전에 꼭 대문 밖으로 나갔다 오고, 아침에도 눈 뜨자마자 대문부터 열어보고 그러잖아예."

그래, 조용한 그 남자가 돌아와서도 미안함 때문에 대문을 두드리지 못한 채 서 있을 것 같아서 자꾸 내다보게 된다. 어느 날 적하운도가 바람처럼 수선제를 스쳐 갈 것만 같아서.

"그래도 언니는 기다릴 수 있는 사람이 있어서 좋겠어예."

자신은 아무리 기다려도 돌아봐 줄 사람이 없다. 그것이 얼마나 외로운 일인지 겪어보지 않은 사람은 모를 것이다.

"저기, 혜림아."

"예?"

"아저씨 말이야……."

나이가 열일곱 살이나 차이가 난다. 그래도 두 사람, 참 많이 닮았고 어울린다고, 태식에 대해 어떻게 생각하느냐고 물어보고 싶은데 입이 잘 떨어지지 않는다. 혹시라도 그녀를 무시하여 그런 걸 물어보는 것으로 오해하지나 않을까 염려스러워서 물어보지 못하겠다. 정말 그런 마음 아닌데.

"아저씨, 참 좋은 사람이지?"

반짝이는 송아의 눈을 혜림은 물끄러미 바라보았다. 송아에게 태식은 참 좋은 사람이지만 사랑할 수 있는 사람은 아닐 것이다.

"예, 참 좋은 사람이라예. 꼭 진짜 오빠야 같고 아부지 같고……."

혜림이 태식에게 느끼는 감정이 오빠 같고 아버지 같은 그런 따듯함뿐이었나? 송아는 문득 혼란스럽다. 역시 남자로는 보아지지 않는 것일까?

송아는 다시 은근한 목소리로 말했다.

"얼른 장가를 가셔야 하는데……."

"인연이 생기면 가시겠지예."

대답하는 혜림의 음성은 너무도 덤덤하다. 역시나 마음에 없나 보다. 송아는 조그맣게 한숨을 쉬었다.

출근하지 않는 토요일, 한 달 만에 다시 엄마가 찾아왔다. 그렇게 차갑게 보냈으니 다시는 오지 않을 거라 생각했는데 의외다.

"혼자 지내는 게 아니라서 정말 다행이야."

정말 그것이 너무나 걱정되었던 사람처럼 안도의 한숨까지 쉬며 혜림에게도 인사를 했다.

"고마워요."

"아, 예."

혜림의 어색한 인사를 받으며 경진은 가져온 보자기를 풀었다. 갖은 밑반찬과 사골 세트, 과일 등 온갖 먹을거리가 쏟아져 나온다. 경진은 반찬과 과일을 냉장고에 챙겨 넣고는 마치 오래전부터 이 부엌을 드나들던 사람처럼 금방 곰솥을 찾아내더니 포장을 뜯고 사골을 쏟아부었다.

"우선 핏물부터 좀 빼자."

송아는 그 모습을 물끄러미 바라보았다. 마치 낯선 사람을 바라보듯 물끄러미.

사실 송아는 엄마를 어떻게 대해야 할지 몰라 당황하고 있었다. 여전히 차갑게 대하자니 자꾸 마음이 아프고 반갑게 대하기는 또 쑥스러웠다.

미워하고 원망하던 마음은 이미 없었다. 할아버지의 당부가 없었더라도 그것은 이미 오래전에 사그라진 마음이다. 내내 원망하는 척했던 것은 그런 식으로라도 표현하지 않으면 엄마를 영영 잊어버릴 것 같아서였다.

왜 그랬을까? 어린애같이. 만사에 어른스럽다는 말을 들으면서도 엄마를 생각하는 마음은 늘 투정부리는 어린애 같았다.

“핏물 다 빠지면 다시 물 받아 팔팔 끓여서 한 번 더 버리고 그다음에 우려내서 먹어.”

송아는 여전히 사골이 든 곰솥만 물끄러미 바라보았다. 무슨 말인가 더 건네려던 경진은 이내 포기한 듯 가방을 들고 일어났다. 무심한 송아의 눈을 오래 보고 있기가 힘들었다.

“난 그만 가봐야겠어. 또 올게?”

마치 허락을 받으려는 듯 송아를 빤히 바라보며 말했다. 혜림이 옆구리를 찔렀지만 송아는 이번에도 아무 말을 못했다. 자꾸 말문이 막히고 대답할 타이밍을 놓치는 것 같다.

머뭇거리던 경진이 마루를 내려서려는 순간 혜림이 팔을 붙들었다.

"안 바쁘시면 좀 있다가 가시지예? 오자마자 이래 가시는 법이 어디 있습니꺼? 차라도 한잔하시고, 아니, 저녁 잡숫고 가이소. 맞다! 오늘 횟집에 단체 손님 온다 캤는데 저는 저녁에 가면 아마 몬 올 거라예. 그러니까 여기서 주무시고 가시도 되고……."

그러면서 혜림이 송아의 눈치를 살폈다. 송아가 그다지 싫어하는 기색이 없다 싶자 혜림은 얼른 경진의 팔을 당겨 올렸다. 송아의 눈치를 살피던 경진도 마지못한 듯 끌려 올라왔다.

혜림이 없었다면 식탁에서는 아마 숨소리조차 들리지 않았을 것이다. 혜림은 식사 시간 내내 혼자서 떠들었다. 같이 분위기 맞추다가는 숨 막혀 죽을 것 같아서였다. 서둘러 옷을 챙겨 입은 혜림이 강나루에 가기 위해 수선제를 나섰다. 대문을 나서며 혜림은 송아의 귀에 조그맣게 속삭였다.

"언니, 진짜 못됐다."

그리고 눈까지 흘기고는 어둠 속으로 달려가 버렸다. 대문을 잠그고 송아는 돌아섰다. 그리고 수선제를 바라보았다.

방에 불이 환하다.

엄마가 왔다.

"난 네 할아버지가 무서웠다."

어둠 속에서 엄마의 목소리가 들렸다.

"무어라 하시는 것도 아닌데 그냥 어렵고 무서웠어. 기침 소리만 들려도 불안하고 불편하고. 날 바라보시는 못마땅한 그 시선…… 그래, 못마땅하셨겠지. 눈에 넣어도 아프지 않을 아가씨가 아닌 엉뚱한 여자를 며느리로 보았으니.”

경진의 음성에 약간의 분기가 실렸지만 이내 가라앉았다.

엄마가 기억하는 할아버지의 모습이 상상되지 않는다. 할아버지는 누구보다 이해심 많고 따듯하신 분인데 엄마에게는 왜 그러셨을까?

“어떻게 지내셨어요?”

송아는 처음으로 엄마의 안부를 물었다. 이곳을 떠나 어떻게 지냈는지, 행복했는지, 그리고 지금도 행복한지.

“그냥…….”

그리고 경진은 오랫동안 말이 없었다.

친정 부모님은 자식까지 떼어놓고 돌아온 딸이 혼자 사는 것을 원치 않았다. 그렇게 모질게 떠나왔으니 지난 일은 모두 잊고 새 출발을 하기를 바랐다. 아버지의 성화에 못 이겨 선을 보고 결혼한 남자는 술버릇이 고약했다. 술만 들어가면 시작하는 손찌검을 견디지 못해 3년 만에 그 집을 도망쳐 나와 장사를 시작했다. 고생도 많았고 실패도 많았지만 지금은 제법 큰 음식점을 두 개나 운영할 만큼 안정이 되었다. 중간에 좋은 사람을 만나 새로운 가정도 꾸렸다.

“그냥…… 잘 지냈어.”

구구절절 설명하고 싶지 않았다. 자신이 아무리 고생하고 힘들었다 한들 송아가 입은 마음의 상처만큼은 아닐 것이기에. 어느 날 갑자기 엄마, 아빠가 눈앞에서 사라져 버렸으니 다섯 살짜리 아이에게 그것이 얼마나 충격이었을까.

돌아보니 송아는 몸을 웅크린 채 뒤통수만 보이고 누워 있었다. 경진은 용기를 내어 송아의 어깨를 가만히 잡았다. 움찔했지만 달아나지는 않았다. 그녀는 다시 용기를 내어 조금 다가갔다. 그리고 마침내 뒤에서 송아를 품어 안았다.

"미안하다……. 미안하다, 송아야."

뜨거운 기운이 등줄기를 타고 흘렀다. 송아는 꼼짝도 못한 채 이를 악물고 있었다. 이 모든 것이 엄마의 죄가 아닌데 엄마는 죄인처럼 자신에게 용서를 빈다. 이미 자신은 여자로서 엄마를 이해할 만큼 나이가 들었는데, 그래서 머리로는 이해가 되는데 마음이 말을 듣지 않는다. 자꾸만 트집 잡고 싶고 화를 내고 싶은 이것은 아마도 엄마에게 부리고 싶었던 어리광일 것이다. 이렇게 못되게 굴어도 엄마는 다 받아주실 테니까.

"너 대학 다닐 때…… 그렇게 꼿꼿하시던 양반이 돈을 받으시더라. 자존심 다 구기고 돈을 받는 모습을 보며 약간은 통쾌하다는 생각도 했는데, 나중에 생각해 보니 그게 다 날 위한 배려였어. 당신 부족하고 못난 모습 다 드러내 보이면서 내게 기회를 주셨던 거야. 너 대학 다니는 내내 돈을 버는 게 얼마나 신이 났었는지 아니?"

그때를 회상하듯 약간 흥분한 듯한 엄마의 음성에 송아는 결국 울컥했다. 아무 말 없이 등록금을 건네주시던 할아버지를 보며 도대체 어디에서 돈이 나올까 싶었던 의문이 이제야 풀린다. 엄마는 내내 그렇게 자신의 등 뒤에 서 있었던가 보다.

"그때 그 일을 못했다면 난 아마 지금 이렇게 찾아오지 못했을 거다."

얼른 몸을 돌려 엄마를 안아주고 싶었지만 용기가 나지 않았다.

채송아, 너 왜 이렇게 소심하니? 꼭 누구누구처럼…….

밤새 자다 깨다 자다 깨다를 반복했다. 이마를 스치는 엄마의 손길, 엄마의 숨결, 엄마의 체취……. 마치 다섯 살 그때로 돌아간 것 같다.

눈을 뜨니 방 안이 환하다. 너무 늦게까지 잔 것 같아 일어나려던 송아는 멈칫했다. 등에 닿아 있던 엄마의 온기가 느껴지지 않는다. 밤새 안겨서 잤던 것 같은데, 꿈이었을까? 그녀는 두려운 마음으로 뒤를 돌아보았다.

이불이 깨끗하게 개켜져 있었다.

가슴이 덜컥 내려앉았다. 송아는 벌떡 일어나 마루로 뛰어나갔다.

댓돌 위에 신발도 없다.

엄마…….

슬리퍼를 신는 둥 마는 둥 마당으로 뛰어 내려갔다.

"엄마……."

안에서 꽁꽁 잠긴 대문을 확인하고 송아는 다시 정원으로 달렸다. 나무 사이를 뛰어 뒷마당으로, 그리고 중문을 지나 뒤채로 정신없이 뛰었다.

"엄마…… 엄마!"

엄마는 서책방 앞에서 문을 열고 안을 들여다보고 있었다. 눈물이 울컥 쏟아졌다.

"엄마!"

송아의 부름에 경진이 뒤를 돌아보았다.

"잘 잤니?"

달려간 송아는 경진을 꼭 안으며 가슴에 얼굴을 묻었다.

"가버린 줄 알았어요."

경진은 아이처럼 매달려 오는 송아를 놀란 눈으로 내려다보았다.

"그때처럼……. 그날, 꼭 안고 잤는데 아침에 눈을 뜨니까 엄마가 없었어. 엄마를 생각하면 언제나 그것만 생각나. 아무것도 기억이 안 나고 항상 그것만 생각났어."

어린 송아의 뇌리에 박혀 있는 자신의 모습이 너무도 잔인하여 경진은 울 수조차 없었다.

#14

　유리처럼 투명하던 호수 빛이 옅어지면서 바람이 한층 부드러워졌다. 봄이 오고 있는 것이다. 유난히 춥고 길었던 지난겨울, 할아버지를 떠나보내고 엄마를 찾았다.

　병원에서 눈을 감기 전 할아버지는 인생은 만남과 헤어짐의 연속이라며 너무 슬퍼하지 말라고 하셨다. 송아는 그 말씀을 지키기 위해 무던히도 애를 썼다.

　오랜만에 호숫가를 걷고 싶어 상계리 정류장에서 내렸다. 햇살은 봄이지만 바람은 여전히 차다. 호수를 감싼 산도 물빛도 아직은 건조하다. 빨리 여름이 왔으면 좋겠다. 저 마른 빛깔이 물이 올라 푸른빛을 발산한다면 마음도 한층 안정이 될 것 같다.

생각에 잠긴 채 걷고 있는데 무언가 휘릭 옆을 스쳐 갔다. 순식간에 옆을 지나쳐 저만치 달리는 것은 자전거다. 저도 모르게 울컥 뛰려던 송아는 이내 다시 멈추었다.

"아니네?"

자전거 색깔이 빨강색이 아니다. 그러니 그것은 송아에게 자전거가 아닌 것이다. 그녀에게는 어느새 적하운도만이 진짜 자전거 같아져 버렸다. 뭉게뭉게 피어난 저 구름 같았던 지난여름. 생각해 보니 지난여름 규원과 함께 걸었던 이 길도 빨간 여름의 구름 같았던 길, 적하운도였다.

평화롭던 마음이 또 싱숭생숭하다.

집으로 돌아온 송아는 곧장 사랑방으로 들어갔다. 그리고 장롱 서랍을 뒤적여 할아버지의 붓을 모두 꺼내었다. 서안에 올려 있는 붓이 적어도 스무 개는 넘을 듯하다. 송아는 그것을 키 순서대로 쪼르르 줄을 세우고 쪼그리고 앉았다. 그리고 주문을 걸듯 하나씩 짚어간다.

"온다, 안 온다, 온다, 안 온다……."

어릴 적 엄마가 보고 싶을 때마다 하던 놀이다. 붓이 줄어들면서 송아의 마음은 점점 불안해지기 시작했다. 마지막 붓이 '안 온다'에서 멈추자 송아는 붓들을 흐트러뜨리고는 다시 시작했다.

"안 온다, 온다, 안 온다, 온다……."

그리고 '온다'에서 붓이 끝나자 그제야 안도했다.

정말 보고 싶다. 아무리 어이없이 떠나 버렸더라도 채송아는 여전히 이규원을 사랑한다. 그게 마음의 답 같다.

　붓을 치우고 방을 나오려던 송아는 방 구석진 자리에 놓여 있는 조그만 수첩을 발견했다. 혜림이 들고 다니던 수첩이다. 항상 들고 다니며 생각날 때마다 무언가를 끼적이다가 밤이 되면 다시 노트에 옮겨 적곤 했다. 망설이던 송아는 조심스럽게 수첩을 펼쳐 보았다. 앞장이 다 찢어져 나간 수첩은 아주 얇았다. 글이 적힌 것은 단 두 장이었는데 미완성의 시 같았다.

일요일 아침에 비가 오면 그 느낌은 유난합니다.
어느 비라서 다를까마는
일요일 아침,
혼자서 조용히 듣는 빗소리는
내가 아주 오래된 무엇 같고
앞으로도 오랠, 무엇 같습니다.

뿌리가 다 젖는 느낌.

우주 한복판에서 나처럼 혼자,
혼자인 모두가 한데 섞여 풀리는 물의 길,
그 속으로 녹아 나가고 싶습니다.

　‘혼자인 모두가 한데 섞여 풀리는 물의 길’ 이란 표현이 두 눈에 박혀왔다. 그것이 꼭 우리의 삶 같다는 생각을 한다. 세상에 내려올 때는 모두들 우주의 단 하나의 존재로 내려오지만 결국은 하나의 물이 되고, 개울이 되고, 호수가 되는, 그래서 아름다운 풍경을 만드는 그것이 우리의 삶일 것이다. 이규원과 채송아도 그렇게 다시 만나 아름다운 풍경을 만들며 살 수 있을까?

송아는 페이지를 넘겨 다음 시를 읽었다.

내 그리운 마음을 그가 알아주기를 바라고
내 마음을 그가 안 것만으로 이미 위로가 되듯이,
그 또한 지금의 내 마음을 알 것이며
이 내 마음 그대로 그에게 위로가 되기를 바랍니다.

언제나 우리 생은 정점에 있으니,
지금 내가 사랑한다고.

송아는 마지막 구절을 조용히 읊조려 보았다.
"언제나 우리 생은 정점에 있으니, 지금 내가 사랑한다고."
마음이 따듯하게 벅차올랐다.

✳

올 때처럼 떠나는 짐도 단출했다.

양산댁은 내내 혜림의 손을 어루만지며 눈물을 흘렸다.

"혹시라도 힘들어 못 견디겠으면 바로 온나. 알았제?"

혜림은 대답을 못한 채 고개만 끄덕였다. 길러주신 아버지 외에 이렇게 따듯하게 대해준 사람은 없었다. 그래서 정말 떠나고 싶지 않지만 그 옆에 불룩한 얼굴로 서 있는 태식을 보니 한시라도 빨리 떠나고 싶은 마음뿐이다.

"그만 가볼께예. 몸조심하이소."

꾸벅 인사를 한 혜림이 가방을 들려는데 어느새 다가온 태식이 빼앗아 들었다. 그리고 순식간에 횟집 문을 드르륵 열고 나가 버렸다. 얼른 갔으면 싶은 모양이다.

터미널에서 혜림을 태워 보낸 후 태식은 종일 시내를 배회했다. 딱히 살 것도 없으면서 이 가게 저 가게를 기웃거리던 그는 잠깐 망설이다가 서점으로 갔다. 아무 책이나 끄집어내어 뒤적여 보지만 도무지 글자가 눈에 들어오지 않는다. 어릴 적 읽었던 만화책 외에 제대로 책을 읽어본 기억이 없다. 서점에서 직접 책을 산 것은 운전면허 책이 유일했다. 애들이나 보는 학습 만화책을 뒤적이던 그의 눈이 시집 코너로 향했다. 얇고 조그만 책들을 눈으로 살피던 그는 '그곳이 멀지 않다' 라는 제목의 시집을 집어 들었다. 그리고 정신을 집중해서 시를 읽어 내려갔다.

서점을 나오니 어느새 어둠이 내리고 있었다. 시장에 들러 부식거리를 샀다. 내일도 그는 살아 펄떡이는 생선의 비늘을 벗기고 뼈를 발라 살을 자르고 그것으로 돈 버는 일을 할 것이다.

"저는 시인이 될 거라예."

문득 그 목소리가 떠오르자 시동을 걸던 태식은 퉁명스럽게 중얼거렸다.

"가시나, 시는 무슨…… 어렵구로."

한 시간이나 넘게 읽고 또 읽어보아도 무슨 뜻인지 하나도 알 수 없는 시집을 탁 덮고 나오며 그는 혜림을 잘 보냈다고 생각했다. 고향으로 돌아간 혜림이 열심히 공부해서 제 꿈을 꼭 이루기를 바란다. 그리고 언젠가 '조혜림'이란 이름이 박힌 시집이 나오면 손태식 인생에서 난생처음 시집이란 걸 사는 일도 생기지 않을까?

정신없이 바빴던 3, 4월이 지나고 온 산이 짙은 초록으로 물드는 5월이 되었다. 산 그림자가 드리울 때면 도담호도 초록빛으로 물들었다. 상계리 정류장에서 내려 호숫가를 걸어 퇴근하던 송아는 강나루 맞은편 자갈밭에 서 있는 태식을 발견하고 걸음을 빨리했다.

태식은 담배를 피우며 일렁이는 호수를 바라보고 있었다. 혜림이 떠난 지 두 달이 지났다. 잘 도착했다는 전화 한 통 외에는 소식조차 없었다. 혜림에게도 이렇게 냉정한 구석이 있었나 싶다. 덩치만큼이나 정도 넘쳐서 쉽게 이곳을 잊지 못할 줄 알았는데 모질게도 소식을 끊어버렸다.

어무이한테는 연락을 할까?

당장에라도 뛰어가 물어보려던 마음을 가라앉히고 태식은 다시 담배를 피워 물었다. 자꾸만 혜림이 눈에 밟혀서 미쳐 버릴 것 같다. 처음엔 뚱뚱한 몸이 먼저 눈에 들어왔고, 그다음엔 입 댈 필요 없는 야무진 일솜씨가 눈에 들어왔고, 또 그다음엔 따라잡을 수 없는 깊고 넓은 마음이 보였다. 그리고 언젠가부터 호빵 같은 얼굴도 귀엽고, 큰 덩치도 편하게 느껴졌다. 간간이 시 같은 말을 할 때면 혜림이 꼭 정암 선생님이나 최찬엽 선생처럼 잘나 보이기도 했다.

어머니 말씀처럼 결혼을 할까 하는 생각을 안 한 것은 아니었다. 아니, 진심으로 혜림이와 함께 어머니 모시고 오순도순 살아 보고 싶다는 생각도 했었다. 그러나 차마 그 말을 꺼낼 용기가 나지 않았다. 혜림은 이제 겨우 스물세 살, 한창 피어날 꽃이지만 자신은 마흔을 넘기고 있는 중년이다. 이 나이에 혜림을 바라는 것은 욕심이다. 부모 없는 애라고 마음대로 데려와 억지로 끌어 앉힌다면 그것도 벌받을 일이다. 그래서 말 한마디 못하고 보냈는데 이제 와서 그것이 왜 이렇게 후회스러울까? 한 번쯤 붙잡아보았으면 어땠을까?

"아저씨!"

송아가 폴짝 뛰어와 옆에 섰다. 이 녀석은 언제나 생글생글 잘도 웃는다.

"인자 퇴근하나?"

“걸어왔어요.”

“걸어 댕기는 기 그래 좋나?”

“날씨도 따듯하고…….”

예전엔 도담호의 아름다움을 즐기기 위해 걸었지만 이제는 걷다 보면 규원이 떠올라서 좋았다.

호수를 바라보던 평화로운 눈빛과 부드러운 미소, 은밀하고 조심스럽게 다가오던 따듯한 입술……. 생각해 보니 규원은 할아버지를 많이 닮은 것 같다. 처음부터 규원에게 친근함을 느꼈던 것은 그 때문이 아닐까?

하나하나 되살아나는 규원의 모습은 지금의 송아를 견디게 하는 힘이었다. 그가 돌아오면 이번엔 절대 놓아주지 않을 거다. 아파도 내 옆에서 아프고 슬픔도 함께하면 되는 걸 왜 혼자 고민하며 떠나 버렸는지.

“아저씬 바쁜 시간일 텐데 왜 나와 계세요?”

송아는 대답 대신 태식에게 되물었다.

“그냥, 날씨도 따시고…….”

똑같은 대답을 하던 태식이 문득 송아를 돌아보았다. 그녀의 눈은 어느새 호수 끝에 머물러 있었다. 송아도 자신처럼 떠나 버린 누군가를 그리고 있을까?

“송아야.”

“네?”

“니 자전거 기다리나?”

갑작스러운 질문에 송아는 대답을 못하고 호수만 바라보고 있다. 한참 만에 다시 태식의 음성이 들렸다.

"나는 혜림이 안 기다린다."

송아는 놀란 눈으로 돌아보았다. 한 번도 혜림에 대한 감정을 드러내지 않았던 태식이다. 그래서 마음을 쉽게 간파할 수 없었다.

"혜림이는 여기 있는 거보다 고향 가서 지 꿈 펼치면서 사는 기 더 행복할 기다."

그래서 붙잡지 않고 보냈다는 뜻일까?

송아는 동그란 눈을 태식의 코앞으로 가져갔다.

"아저씨, 혜림이 좋아했어요?"

"……"

"좋아했구나!"

송아의 안타까운 외침에 태식은 눈을 어디다 두어야 할지 몰라 당황했다. 나이도 많은 사람이 딸 같은 어린애에게 욕심을 부렸다고 흉이나 듣지 않을까?

"왜 말하지 않았어요? 혜림이한테 말하는 게 어려웠으면 나한테라도 귀띔 좀 해주지!"

그랬다면 혜림이 그렇게 쉽게 떠나진 않았을 텐데.

속상해하는 송아를 보며 태식은 한숨 같은 웃음을 흘렸다. 빨리 시간이 갔으면 좋겠다고 생각하던 오래전 그때도 그렇고, 떠난 사람을 그리는 지금의 모습도 그렇고 송아와 자신이 참 많이도 닮았다는 생각이 든다. 그래서 말했다.

“우리 둘 다 바보 같다. 사람 하나 꼭 잡지 못하고…….”

그러나 송아는 그 말을 단박에 부인했다.

“아니! 전 아니에요. 전 여전히 규원 씨 놓지 않은걸요? 비록 잠깐 떠나긴 했지만 돌아올 거예요. 제가 여전히 규원 씨 사랑하고 규원 씨도 여전히 저 사랑한다는 거 아니까, 확신하니까 돌아올 거라는 것도 믿어요. 돌아오면 이번엔 절대 놓아주지 않을 거예요.”

짐작은 했지만 송아는 자전거를 조금도 잊지 못하고 있는 것이 분명했다. 어쨌거나 희망적인 송아의 얼굴은 왠지 부럽기까지 하다.

“근데 아저씨, 왜 한 번도 표현 안 했어요?”

자신 앞에서마저 감쪽같이 마음을 숨기고 있었던 태식에 대해 은근히 서운하다. 한참을 망설이던 태식이 들릴 듯 말 듯 중얼거렸다.

“내가 꼭 도둑놈 같아서.”

“도둑놈? 혹시 나이 차이 때문에 그래요?”

“그것도 그렇지만 혜림이는 내 같은 놈하고는 안 어울린다. 나는 책하고는 담 쌓은 사람이라 아는 것도 없고, 그래서 얘기하면 마이 답답할 기다. 혜림이는 마이 배우고 아는 것도 많은 유식한 사람을 만나야 된다.”

송아는 태식이 하는 말이 너무나 속상했다. 나이 차이는 좀 나지만 사랑을 나누지 못할 만큼도 아니고, 대화가 통하지 않을 만큼 무식한 사람도 아닌데 태식은 왜 스스로를 이렇게 비하할까? 지금껏 자신이 알던 태식의 모습이 아니다.

"와, 아저씨, 정말 못났다! 사랑하는데 나이가 무슨 상관이에요? 혜림이하고 얘기하면서 말 막힌 적 있어요? 사람이 꼭 많이 배워야만 유식한가? 그럼 아저씨, 나랑 얘기할 때도 그런 거 느껴요? 우리 규원 씨보고 박력 없다고 흉보더니 아저씨가 더하네, 뭐!"

송아의 흥분에 태식은 할 말이 없었다.

"도대체 뭐가 그렇게 자신이 없는 건데요? 얼굴도 이만하면 멋지고, 성격 좋고, 마음씨도 따듯하고, 3초에 한 번씩 웃겨주는 유머도 있고, 도대체 뭐가 모자란 건데요?"

"……."

"네? 아저씨가 어디가 어때서 혜림이 못 붙잡는 건데요?"

"……."

"손태식 사장님!"

그 소리에 태식이 눈을 번쩍 뜨고 바라보았다.

"아저씨 사장님 맞잖아요, 강나루 횟집 사장님!"

"강나루 횟집 사장님!"

송아가 불러준 그 이름표가 갑자기 가슴에 달려 버린 듯하다. 왠지 행동도 조심스러워지고 어깨도 묵직해졌다. 마지막 손님을 도담까지 태워주고 돌아오던 그는 불이 환하게 밝혀진 강나루 횟집을 바라보았다.

이 근처에 이만한 횟집은 드물다. 일 년 사시사철 손님이 끊이지 않고, 수선제와의 인연으로 시내 관공서의 크고 작은 모임도 자주 열릴 만큼 이름도 알려졌다. 그 이름에 걸맞게 횟집을 보수하고 인테리어 공사도 좀 하고, 정말 의욕적으로 장사를 한번 해볼까? 그동안은 뚜렷한 목표도 의욕도 없이 그저 장사만 했던 것 같다.

밤새 뒤척이던 태식은 벼락처럼 일어나 서랍을 열었다. 이런저런 통장이 와르르 쏟아졌다. 보험, 연금과 적금통장들을 제쳐 두고 이리저리 계획 없이 꽂아둔 돈만으로도 횟집을 수리할 돈은 충분히 될 것 같다. 그는 다시 적금통장들을 살폈다. 언제 이렇게 많은 돈을 벌었을까? 스스로에게 놀랄 만큼 통장에 모인 돈이 장난이 아니었다. 사실 그동안 돈을 벌어도 쓸 곳도 없고 쓰고 싶지도 않았으니 얼마를 벌고 모았는지 관심도 없었다. 그저 안면 있는 횟집 손님이 자기 은행이나 금고에 돈을 넣어주었으면 하고 부탁들을 하니 거절을 못해 만들었던 통장들이다.

태식은 벅찬 마음으로 통장을 들여다보았다. 이 정도면 혜림이 대학도 보내주고 원하면 대학원까지도 충분히 보내겠다.

"사랑하는데 나이가 무슨 상관이에요!"
"도대체 뭐가 그렇게 자신이 없는 건데요? 얼굴도 이만하면 멋지고, 성격 좋고, 마음씨도 따듯하고, 3초에 한 번씩 웃겨주는 유머도 있고, 도대체 뭐가 모자란 건데요?"

"네? 아저씨가 어디가 어때서 혜림이 못 붙잡는 건데요?"

통장을 바라보며 태식은 흥분해서 떠들던 송아의 음성에 제 말을 보태었다.

"이만하면 능력도 되고……."

무뚝뚝한 그의 얼굴에 웃음이 번진다.

마당에서 누군가에게 전화를 걸던 태식이 얼굴이 벌게져서 뛰어 들어왔다.

"어무이! 어딨습니꺼, 어무이!"

양산댁이 방문을 열고 삐죽이 내다보았다.

"와?"

방으로 뛰어든 태식은 다짜고짜 소리부터 질렀다.

"혜림이에게 찝쩍거리는 놈이 있다는 소리가 무슨 소립니꺼?"

"갑자기 뭔 소리고?"

"방금 청산 아제한테 전화 걸었더니 그카시는데 어무이는 모르십니꺼? 혜림이 하고 통화 안 하십니꺼?"

"내가 그 아하고 뭐 할라고 통화하노? 여기가 싫다꼬 지 발로 나간 아를."

양산댁의 퉁명한 대답에 태식은 안달이 났다. 자신은 무심해도 어머니는 내내 혜림을 챙겨줄 줄 알았는데 그게 아니었던 모양이다.

"어무이는! 아가 그래 갔으면 전화도 해보고 챙기야 될 거 아입니꺼!"

"야가 뭐라카노? 그 아하고 내하고 무신 상관이 있다고 챙기고 말고 하노? 갔으면 그만이지!"

"어무이!"

소리를 버럭 지르던 태식이 갑자기 장롱에서 옷을 꺼내 입기 시작했다. 그제야 양산댁의 얼굴이 진지해졌다.

"청산 아제가 뭐라 카더노?"

"동네에 더러븐 영감재이 하나가 자꾸 찝쩍거린다꼬 빨리 델꼬 가랍니더."

"하이고, 다 늙어빠진 기 그래도 사나라고 그 짓은 하고 싶은 갑제?"

"알고 계셨습니꺼?"

"그래, 그 마실에 옛날부터 행실 더러븐 놈이 하나 있다."

옷을 걸치던 태식이 다시 소리를 버럭 질렀다.

"와 빨리 얘기 안 하셨습니꺼!"

"얘기했으면, 이 멀리서 뭐 우짤 긴데?"

"일찍 알았으면 진작에 델꼬 왔을 거 아입니꺼?"

"델꼬 와가 우짜겠다고? 같이 살 마음 없으면 함부로 나서지 마라. 살날이 구만리 같은 안데 혼자 사는 것도 배워야 안 되겠나.

괜히 나서서 바람 넣지 말고 모린 척하는 기 도와주는 길이다.”

양산댁의 단호한 말을 무시한 채 태식은 옷을 갈아입었다. 그 모습을 물끄러미 바라보던 양산댁이 다시 물었다.

“델꼬 와가 우얄낀데? 무신 맘으로 데리로 가노. 그거부터 말해라.”

급하게 단추를 끼우던 태식의 손이 머뭇거렸다. 그러나 이내 다시 빠르게 단추를 끼운다.

“책도 마이 사주고, 대학교도 보내주고…….”

“또?”

“더 높은 학교도 가고 싶다 카면 보내주고…….”

“그라고?”

“그라고…….”

말을 못한 채 머뭇거리던 태식이 벌게진 눈으로 돌아보았다.

“보고 싶습니더. 그 가시나가 마이 보고 싶습니더, 어무이.”

물끄러미 바라보던 양산댁이 자리에서 일어나 옷을 주섬주섬 입기 시작했다.

“내가 갔다 오꾸마. 가서 그 더러븐 놈 혼구녕 좀 내주고 혜림이도 델꼬 올 테니까 걱정하지 말고 있어라.”

“제가 갑니더.”

“니는 그 마실에 몬 간다! 죽어도 발 들여놓기 싫다 안 했나.”

그것은 15년 전 그 마을을 떠나며 태식이 피토하듯 절규했던 소리다. 자신의 아이를 품은 사랑하던 여자가 호수에 몸을 던졌다. 여러 명이 한꺼번에 그 여자를 겁탈했던 것이다. 그것은 젊은 날 자신이 잘못 살아온 것에 대한 일종의 복수극 같은 것이었다. 다시는 발을 들여놓지 않겠다고 절규하며 떠났지만, 사실은 그곳에 더 머물다가는 살인을 저지르고 말 것 같아 도망치듯 떠났던 것이다. 다시 그곳에 발을 들여놓는 순간 태식이 무슨 짓을 저지를지 장담할 수 없었다. 양산댁은 지금 그것을 두려워하는 것이다.

태식의 입가에 작은 경련이 일다가 이내 사라졌다.

"괜찮습니더. 혜림이만 델꼬 조용히 나올 겁니더. 걱정 마소."

그리고 붙들 사이도 없이 나가 버렸다. 마당에서 차 시동 거는 소리가 들린다. 양산댁은 얼른 밖으로 나가 '오늘은 쉽니다'라고 적힌 팻말을 문고리에 걸었다. 그러다 다시 떼어내어 '오늘은'을 지우고 '메칠'이라고 고쳐 썼다. 혜림이 그 똥고집쟁이를 데리고 오려면 적어도 며칠은 걸릴 테니까.

✳

오랜만에 찾아온 찬엽에게 송아는 지난봄에 심혈을 기울여 만들어두었던 감잎차를 내놓았다. 한 모금 머금은 찬엽의 얼굴에 미소가 번졌다.

"맛있다."

너무나 쉬운 대답에 미심쩍은 듯 송아가 되물었다.

“정말요?”

“음. 지금껏 만든 차 중 내 입에 가장 맞는 것 같아.”

정말인 모양이네!

송아는 얼른 감잎차를 한 모금 머금고 그 맛을 음미했다. 녹차보다 부드럽고 보리나 옥수수보다는 조금 더 예민한 맛이 입 안에 번진다. 송아의 입가에 회심의 미소가 번지는 것을 보며 찬엽도 빙그레 웃었다.

정암 선생님이 돌아가신 후 송아는 훨씬 단단해진 것 같다. 규원이 떠난 후 잠깐 흐트러졌던 모습은 어디에서도 찾아볼 수가 없다.

기다려 주길 바랐는데 결국 정리해 버린 걸까?

“송아야.”

“선생님.”

망설이던 두 사람의 입에서 동시에 말이 나왔다. 찬엽은 먼저 말하라는 듯 고개를 끄덕여 보였다. 한참 망설이던 송아가 고개를 들었다.

“규원 씨…… 어디 있어요?”

의외의 말에 찬엽은 조금 놀랐다. 지난번 끝끝내 뾰족한 얼굴을 풀지 않던 송아를 보고 간지라 내내 마음이 편치 않았다. 그 후로 다시 한 번 달래볼 생각이었는데 갑작스러운 정암 선생의 별세로 다시 얘기할 기회를 놓쳤었다.

“지난번 선생님 말씀 듣고 생각 많이 했어요. 어린 시절 규원 씨의 상처를 알고 나니 그때 규원 씨가 왜 그토록 절망했는지 이해할 것 같았어요. 떠나고 싶었던 마음도요. 그래도 여전히 화는 나요. 그렇게 떠난 것에 화가 나는 것이 아니라 그 큰 아픔을 혼자서만 감당하려 했다는 것에 화가 나요. 제게 기대어도 되었을 텐데요. 혼자만 어른스러운 척……."

손가락으로 눈물을 닦아내는 송아의 모습에 가슴이 아려 찬엽은 한참이나 천장을 올려다보아야 했다.

"규원 씬……?"

"네팔에 있다. 내내 연락이 안 되다가 올 봄에야 연락이 닿았어. 그곳에서 의료봉사를 하면서 한의학에 대해 새로운 흥미를 느낀 모양이야. 의욕이 대단했어."

침통을 들고 히말라야 산자락을 떠돌아다닐 규원이 상상됐다.

"정암 선생님 소식 듣고는 네 걱정 많이 했다."

할아버지가 돌아가셨을 때의 막막한 심정이 떠올라 송아는 다시 울컥했다. 비록 곁에 없었지만 규원의 존재가 자신을 이만큼 버티게 해준 것 같다. 송아는 규원의 연락처를 묻지 않았다. 조급하게 그를 재촉하고 싶지 않아서다. 천천히, 천천히 스스로의 힘으로 다시 이곳으로 돌아오기를 바랐다.

"고맙다, 송아야."

찬엽은 송아의 손을 꼭 잡았다.

"사실 너희들이 이렇게 끝나 버릴까 봐 조마조마했었다. 우리 지엽이…… 그리고 네 아버지 영인이. 그 두 사람이 밟았던 전철을 너희들이 다시 밟을까 봐 두려웠어.”

송아는 그가 무슨 말을 하는지 알 수 없었다. 의아해하는 송아를 보며 찬엽이 말을 이었다.

“내 동생 지엽이와 네 아버지, 정말 많이 사랑하는 사이였다. 그런데 두 사람 사이에 오해가 생겼고, 그 오해를 풀지 못한 채 결국은 헤어졌지. 각각 다른 사람을 만나 결혼을 했지만 결코 행복하진 못했어. 규원이, 승원이 낳아 기르며 겉으로는 너무나 행복해 보였지만 지엽이가 온전히 행복하진 않았다는 걸 난 알아. 그 애의 마음이 내내 영인이에게 있었다는 걸 말이다. 네 아버지의 마음이 어땠다는 건 내가 말하지 않아도 잘 알 테고.”

엄마를 그토록 힘들게 만들었던 아버지의 사랑이 규원의 어머니였단 사실에 송아는 놀랐다. 할아버지가 너무도 아꼈던 아가씨가 있었다며 약간 분해하던 엄마의 모습이 떠올랐다. 그래서 규원을 바라보는 할아버지의 시선이 처음부터 그렇게 따듯했던 것일까?

“진짜 사랑한다면 그런 오해와도 싸워 이길 줄 알아야 해. 기껏 조그만 오해 때문에 돌이킬 수 없는 길을 가버리는 건 어리석은 일이야. 그렇지 않니?”

“네, 맞아요.”

송아는 다시 고개를 끄덕였다. 순간의 감정에 못 이겨 마음에 없는 선택을 하고, 마음에 없는 말을 하고, 돌아서서 후회하는 그런 어리석은 행동은 하고 싶지 않다. 자존심 바짝 세우며 규원을 외면하는 건 어리석은 짓이다.

"네 어머니 다녀가셨단 소식 들었다."

엄마는 한 달에 한두 번은 꼭 내려오신다.

"네 아버지와 지엽이, 그 두 사람의 어리석은 행동으로 가장 큰 희생을 치른 사람은 아마 네 어머니일 거야."

힘들고 아팠던 엄마의 마음을 잘 헤아려 주라는 뜻이다.

찬엽을 보내고 송아는 경진에게 전화를 걸었다. 먼저 전화를 거는 건 처음이다. 한참 만에 약간 상기된 엄마의 음성이 들렸다.

〈여보세요? 송아야!〉

"엄마."

〈응, 그래, 송아야. 무슨 일 있어?〉

"아니, 아무 일 없어요. 엄만 어때요? 괜찮지?"

〈그럼. 나야 괜찮지. 근데 정말 무슨 일이야?〉

"그냥, 엄마 보고 싶어서."

전화기에서는 한동안 아무 소리도 들리지 않았다.

〈……엄마가 내일 갈게. 아니, 지금 당장 갈까?〉

어린아이처럼 흥분한 엄마의 음성에 송아는 웃음이 났다.

"아냐, 엄마. 주말에 오세요."

〈어, 그래. 뭐 먹고 싶은 건 없니?〉

"음…… 엄마 가게 갈비."

〈알았어.〉

나풀나풀 날아온 나비가 햇살이 비치는 마루에 내려앉았다.

송아는 전화기를 귀에 댄 채 살금살금 걸어갔다. 손을 뻗으려는 찰나, 나비는 팔랑팔랑 날아올라 정원으로 날아갔다. 전화를 끊은 송아는 얼른 나비를 따라 정원으로 나갔다. 나비는 잡힐 듯 말 듯 팔랑거리며 뒷마당에 머물렀다가 다시 중문을 지나 문이 활짝 열린 서책방으로 들어갔다. 무슨 오기라도 부리는 양 송아는 나비를 따라 방 안으로 들어갔다. 애를 달구듯 이리저리 날던 나비가 책장 구석진 자리에 오래오래 앉아 있었다. 살금살금 다가가 손을 뻗던 송아는 책 사이 삐죽이 나온 종이를 발견하고 무심히 뽑아 들었다.

도담호를 배경으로 그려진 송아의 옆모습이었다. 그것은 언젠가 규원이 그리다가 잘못 그렸다며 숨기던 그림이었다. 송아는 그 그림을 들고 다시 마루로 나와 쪼그리고 앉았다. 그림 속에는 규원에 의해 움직였을 연필 끝의 예민한 선들이 햇살 아래 선명하게 드러났다.

그날의 바람을 닮은 연한 눈빛과 입가에 그려진 평온한 미소, 부드러운 턱선.

송아는 지난여름 규원이 보았던 채송아의 모습을 오래오래 들여다보았다.

햇살 따끈한 5월의 어느 휴일은 길고도 무료하다.

#15

자잘하게 부서지는 황금빛 물비늘을 바라보며 그는 깊은 심호흡을 했다. 까칠한 바람을 타고 물비린내가 풍겨오자 가슴이 뭉클해진다.

드디어 돌아온 건가?

지난여름, 설레는 마음으로 적하운도를 타고 달렸던 그 길 위에 그는 다시 섰다. 두 번 다시 뒤돌아설 마음도 없고 두려움은 더더욱 없었다. 일렁이는 물결을 바라보던 그는 천천히 페달을 밟았다.

굽이진 호숫가를 서너 번 돌아 직선으로 뻗은 길에 다다르자 멀리 왼편에 우거진 솔숲이 보인다. 규원은 더욱 빠른 속도로 페달을 밟았다. 솔숲에 이르자 그는 속도도 줄이지 않은 채 급하게 핸들을 좌측으로 꺾어 드디어 수선제 앞에 다다랐다.

수선제는 일 년 반 전 처음 대면했던 그 모습 그대로 그의 앞에 서 있었다. 그는 떨리는 손으로 굳게 닫힌 대문에 손을 대어 보았다. 투박한 나뭇결이 손끝에 닿자 그의 입가에 보일 듯 말 듯 미소가 지어졌다.

"채송아……."

나직이 읊조려 보는 그 이름에 코끝이 시큰해진다.

승원을 떠나보내고 그는 순간 세상을 잃었다. 존재에 대한 허무감과 무력감으로 움직일 수조차 없었다.

수원으로 가겠다는 승원을 막지 않았더라면, 좀 더 일찍 놓아 주었더라면, 그날 송아를 만나러 가지 않았더라면, 그때 내가 핸들을 꺾지 않았더라면…….

정신을 차릴 수 없이 몰아치는 회한들로 더 이상 은현리에 머물 수 없었다. 병원을 그만두고 송아를 만났던 그 밤, 기다려 달라고 말하지 못했던 것은 돌아올 자신이 없어서였다. 두 번 다시 그 끔찍한 죄책감의 무덤에 갇혀 살아갈 자신이 없었다. 그래서 그는 도망을 쳤다, 채송아를 두고.

무책임하고 비겁했다.

떠나자고 마음먹으면서 무작정 떠올린 곳은 히말라야였다. 그 설산으로 가면 죄의식에 함몰되어 버리기 전 내 원초의 마음을 만날 수 있지 않을까?

한 달여 그곳을 떠돌며 규원은 거대한 자연 앞에서 할 말을 잃었다. 자신이 왜 이곳에 서 있는지, 자신을 이곳으로 몰아낸 죄의식의 정체가 과연 무엇이었는지 그런 것은 중요하게 느껴지지 않았다. 그의 눈에 들어온 것은 그 산자락에 기대어 사는 사람들이었다. 거대한 자연의 힘 앞에 허망하게 무너지고 좌절하는 인간이 아니라, 끝없이 도전을 멈추지 않는 사람들을 보며 자신이 얼마나 나약하고 우둔한 삶을 살았는지를 깨달았다. 죄책감이란 결국 자기 방어이고 연민이었을 뿐임을 인정했다. 세상에 죄책감만으로 해결할 수 있는 것은 아무것도 없다는 것을 깨달았다.

그러던 어느 날 우연히 한국에서 온 한방 의료봉사단을 만나 그들 틈에 끼어 봉사를 할 기회를 얻었다. 그것은 아주 신선한 경험이었다. 승원을 위해 한의학을 선택했다고 생각했을 때는 가슴 한구석에 항상 회의감이 있었다. 그러나 그곳에서 규원은 이 일이 얼마나 보람된 일이며 가치 있는 직업인지를 깨달았다. 떠밀려서 선택을 했건 원해서 선택을 했건 그 선택으로 인해 자신은 지금 누군가에게 필요한 사람이 되어 있다는 것이 중요했다.

봉사단이 돌아가고도 오랫동안 혼자서 산자락을 떠돌아다니며 봉사를 계속하던 그는 고산병에 걸려 죽을 고비를 넘기고 난 후 곧장 한국행 비행기에 올랐다. 하고 싶은 일이 있었다. 해야 할 일이 있었다. 돌아가야 할 곳이 있었다. 미쳐 버릴 듯 그리운 사람이 있었다.

이승원에 묶인 이규원이 아니라 뚜렷한 자아를 가진 당당한 이규원으로 자신이 가장 원하는 일, 가치 있는 일을 하고 싶어서 돌아가는 것이다. 불안한 제 영혼이 기대고 싶은 사람이 있는 곳으로.

살짝 밀어보았지만 대문은 빗장이 걸려 닫혀 있었다. 굳게 닫힌 이 대문처럼 송아의 마음도 굳게 닫혀 버린 건 아닐까 걱정되지만 두렵지는 않다. 이제 그에겐 그 빗장을 밀고 들어갈 만큼의 용기가 생겼으니까.

나뭇결을 쓰다듬던 손을 떼고 문을 두드리려는 순간 안쪽에서 인기척이 들렸다. 규원은 얼른 자전거를 끌고 소나무 곁으로 비켜섰다. 잠시 후 끼이익 문이 열리고 시원스럽게 생긴 남자가 걸어 나왔다. 그 뒤를 따라 송아가 걸어 나왔다.

남자가 빙긋 웃는 얼굴로 내려다보자 송아는 성가신 듯 흩날리는 머리칼을 뒤로 모아 손으로 감아쥐고 그를 올려다보았다.

“다음 주에 또 와도 되죠?”

“다음 주엔 안 될 것 같은데요. 출근해야 해요.”

“그럼 일요일은 어때요? 저녁 시간도 괜찮고…….”

“강시원 씨.”

“송아 씨만 시간 되시면 전 언제든 대기 상탭니다.”

당당하게 내려다보는 남자의 눈을 빤히 바라보던 송아의 얼굴에 약간의 짜증이 묻어난다 싶더니 딱딱하게 굳은 음성이 들렸다.

"차라리 책을 대여해 가시는 건 어때요?"

"그건 제가 싫은데요. 책을 훼손할 위험도 있고, 또 송아 씨를 볼 기회를 놓치는 거니까요."

이번에는 눈까지 찡긋하며 노골적으로 감정을 드러내었다. 그러나 그 모습이 조금도 불량스러워 보이지 않는다. 시원스러운 이목구비에 성격마저 망설임이 없는 시원한 사람이다. 함께 있으면 저절로 웃음이 나는. 그러나 송아는 이런 노골적인 만남이 불편했다. 이진규의 낯을 보아 단호하게 거절하지 못했지만 이렇게 노골적으로 마음을 드러낸다면 더 이상 받아들일 수 없다.

약간 불편한 기가 느껴지던 송아의 얼굴이 단호해지면서 가벼운 웃음이 번졌다.

"강시원 씨."

"네."

"제가 강시원 씨를 수선제에 불러들인 것은 할아버지의 서책을 보고 싶어 하셨기 때문이에요. 우리 할아버지 잊지 않고 기억해 주시는 거, 그게 참 고마웠거든요. 하지만 이젠 그만 오셨으면 좋겠어요."

남자의 얼굴이 당황한 듯 일그러졌다.

“왜요? 왜죠? 제가 불편하게 한 점이라도 있다면 말씀해 주세요.”

“강시원 씨의 사적인 감정이오. 그게 불편해요.”

남자는 한동안 말없이 서 있었다. 남자를 잠깐 살피던 송아가 정중하게 인사를 했다.

“책 목록을 적어주시면 이 선생님을 통해 전해 드리겠습니다. 그럼.”

남자가 돌아서는 송아의 팔을 재빠르게 낚아챘다.

“미안해요. 제가 좀 성급했던 것 같아요. 다시 말할게요, 다시. 진지하게, 천천히 저 만나주시면 안 될까요?”

남자가 간절한 눈빛으로 말했다. 그 모습이 너무도 진지해서 말이 쉽게 나오지 않았다. 송아는 한참 만에 팔을 잡고 있는 남자의 손을 떼어내었다.

“안녕히 가세요.”

단호하게 인사를 남기고 그녀는 안으로 들어가 버렸다. 한동안 멍하니 서 있던 남자가 신경질적으로 머리를 헝클어뜨리며 돌아섰다. 남자가 차에 올라타려는 순간 안쪽에서 타다다 달려 나오는 소리가 들리더니 대문이 벌컥 열렸다. 남자가 탄 검은 승용차는 이미 큰길 쪽으로 빠져나가고 있었다. 금세 떠나 버린 남자에게 실망한 걸까? 돌아서는 송아의 어깨가 축 처졌다. 문이 닫히려는 순간 규원은 송아를 불렀다.

“송아 씨!”

바람이 거칠었다. 마음이 혼란스러울 만큼.

한 달 가까이나 수선제에 드나들었던 강시원에게 다소 무례할 정도로 냉정하게 대했던 것도 그 탓이었다. 서책방을 둘러보는 내내 그의 눈은 집요할 정도로 그녀를 따라다녔고, 그것이 송아의 마음을 흔들어 버렸다. 그의 눈길이 성가신 만큼 규원이 그리웠다. 규원과 함께 책을 읽고 얘기를 나누고 가슴이 설레었던 그 방에 자신에게 관심을 나타내는 낯선 남자가 들어와 있다는 것이 몹시도 불편했다.

강시원에게 정중하게 인사를 하고 들어와 다시 서책방으로 향하던 송아는 문득 걸음을 멈추었다. 무언가를 본 것 같았다. 우거진 솔숲 사이에 비치던 붉은 빛깔의 무언가를.

고개를 흔들고 두어 걸음 걷던 송아는 다시 걸음을 멈추었다. 그리고 뒤돌아 달렸다. 대문을 벌컥 열고 주위를 둘러보았다. 역시나 마음이 혼란스러워 헛것이 보인 걸까? 저만치 멀어지는 강시원의 차를 보며 돌아서는데 이번에는 이상한 소리까지 들린다.

"송아 씨!"

멈칫하던 걸음을 다시 떼는데 조금 더 또렷한 소리가 들린다.

"송아 씨."

송아는 천천히 몸을 돌렸다. 강시원의 차가 떠난 자리에 적하운도가 서 있었다.

내 뜨거운 여름을 밟고 사라졌던, 그리고 내내 다시 다가올 여름을 기다리게 했던 바보 같은 그 남자, 이규원도 함께 서 있다.

송아는 주먹을 그러쥐고 입술을 앙다물었다. 참을 수 없이 치밀어 오르는 이것은 화일까, 울음일까? 조금씩 다가오는 규원을 보며 송아는 온몸이 한기가 든 듯 떨렸다. 희던 피부는 구릿빛으로 그을었고, 그 탓인지 여리던 눈빛은 날카로움이 느껴진다. 흡사 휠체어에 앉아 있던 승원이 벌떡 일어나 다가오는 느낌에 송아는 저도 모르게 한 발 물러났다. 말없이 얼굴을 살피던 눈이 그녀의 눈과 마주치자 굳게 다물고 있던 입술이 아주 천천히 움직였다.

"잘 있었어요?"

너무도 담담한 음성에 화가 치밀었다. 그는 너무도 멀쩡한 모습으로 돌아왔다. 그 눈에는 더 이상 상처도 절망도 없어 보인다. 훨씬 건강해지고 단단해 보인다. 자존심 때문에 그를 밀어내는 어리석은 짓은 하지 말자고 내내 다짐했지만 이 순간 송아는 그것을 잊었다.

"내 눈앞에서 사라져 달라고 했던 말, 잊었어요?"

흘러나오는 목소리가 이토록 떨리는 것은 화 때문일 것이다. 규원은 경직되어 떨리는 송아의 손을 내려다보았다.

"잊지 않았어요."

잠깐 말을 멈춘 규원은 감당할 수 없는 마음으로 송아를 내려다보았다.

“그리고…… 돌아올 거냐고 묻던 그 말도 잊지 않았어요.”

떨리는 송아에 비해 그의 목소리는 너무도 담담했다. 돌아서는 옷자락을 붙들며 돌아올 거냐고 묻던 그 말이 규원에게는 꼭 돌아오라는 말처럼 들렸었다. 그것이 이렇게 돌아올 용기를 준 것인지도 모른다.

자신이 어떻게 떠나 버렸는지에 대해서는 기억조차 못하는 듯 뻔뻔하기까지 한 규원의 모습에 화가 났다. 너무나 느닷없었던 헤어짐의 상처가 가시처럼 돋아 올라 또다시 송아의 마음을 할퀸다. 그래서 자꾸만 마음에도 없는 말들이 튀어나온다.

“떠나고 싶으면 떠나고, 오고 싶으면 오고…… 저 그렇게 규원 씨 마음 내키는 대로 해도 되는 여자 아니에요. 제가 그렇게 만만해 보여요?”

목소리는 여전히 떨렸지만 눈빛은 어느새 단호하고 차갑다. 송아의 이런 모습은 이미 예상했던 일이라 그다지 놀랍지는 않다. 다만 마음이 아팠다. 따뜻하고 행복했던 송아의 얼굴이 보이지 않았다.

“송아 씨가 무슨 말을 해도 전 할 말이 없어요. 내 고통을 이기지 못해 송아 씨를 외면했으니까. 무책임하고 비겁했어요. 우리의 사랑을…… 모욕했어요.”

거침없이 흘러나오는 말에 송아는 당황스럽다. 규원을 미워하고 원망하며 마음속으로 쏟아내었던 말들이 다시 규원의 입을 통해 흘러나오고 있다. 그는 스스로 비난을 회피하지 않고 있다.

"송아 씨한테 다시 한 번 기회를 얻으러 왔어요. 용서해 달라고는 하지 않을게요. 어떤 비난도 감수할 각오가 되어 있어요. 그러니까 한 번만 더 기회를 주시면 안 돼요?"

다가서는 규원을 피해 송아는 다시 물러났다. 자꾸만 모진 말이 쏟아져 나올 것 같아 규원을 마주 보고 서 있을 수가 없다. 어떤 모습으로든 규원이 돌아오기만 하면 따듯이 안아주려고 했는데 원망이 먼저 침범해 버렸다. 원망하고 미워하며 상처 주는, 그러나 결국은 후회하고 말 그런 바보 같은 행동은 정말이지 하고 싶지 않다.

무슨 말인가 하려던 송아가 갑자기 돌아서더니 대문 안으로 들어가 빗장을 걸어버렸다. 그녀의 예상 못한 행동에 당황하며 규원이 문을 두드렸다.

"송아 씨, 문 열어요! 내 말 좀 들어봐요! 송아 씨! 채송아!"

정신없이 문을 두드리던 규원의 손이 문득 멈추었다. 마른 바람 소리에 섞여 들려오는 소리는 숨죽인 송아의 울음소리다. 누구에게도 들키고 싶지 않은 비밀처럼 송아는 목젖이 터지도록 꾸역꾸역 울음을 밀어 넣고 있었다. 규원은 숨소리조차 내지 못한 채 그 소리를 듣고 있었다. 자신이 떠나 있던 지난 일 년, 송아의 마음이 어땠을지는 도무지 짐작이 가지 않는다. 송아의 상처는 어쩌면 자신이 상상하는 그 이상으로 클지도 모르겠다.

아침부터 주방에서 부산하게 움직이던 태식이 양산댁이 깨서 나오기라도 할까 눈치를 보며 부리나케 방으로 들어왔다. 들고 온 상을 윗목에 놓은 그는 조심스럽게 이불을 들춰보았다. 보름달 같던 혜림의 얼굴이 반쪽이다. 다른 사람들의 눈엔 전혀 변화가 없어 보이겠지만 태식의 눈엔 수척해지는 모습이 하루하루 감지되었다.

무슨 입덧을 이래 오지게 하노?

볼을 쓰다듬는 손끝에 안타까움이 가득하다.

고향으로 내려가 꼬박 일주일을 설득해서 혜림을 데리고 왔다. 청혼을 하고 가을에 있을 결혼식을 손꼽아 기다리던 중 덜컥 아이가 생겨 버렸다. 무섭게 시작된 입덧은 한 차례의 입원을 하고도 가라앉지 않았다. 그래서 결혼식마저 미루고 있는 상태다.

"혜림아, 일나 봐라."

어깨를 살살 흔들자 혜림이 부스스 눈을 떴다.

"와예?"

아침부터 깨우는 태식의 손길이 귀찮은 모양이다.

"전복죽 끓이 왔다."

"안 묵고 싶은데……."

"싫어도 한 숟가락만 묵어라. 어제도 아무것도 안 묵고, 이러다가 진짜 탈 나면 큰 난다."

이렇게 이른 아침에 죽이 넘어갈 리가 없겠지만 태식의 정성
이 고마워 혜림은 억지로 몸을 일으켰다. 고소한 전복죽 냄새가
웬일인지 싫지 않다. 음식 냄새만 맡아도 코를 틀어막던 혜림이
멀쩡한 얼굴로 일어나 앉자 태식이 반가운 얼굴로 수저를 내밀
었다.

한 숟가락 떠먹던 혜림이 태식을 보며 말했다.

"맛있어예."

태식의 얼굴이 일순간에 환하게 펴졌다. 그 모습에 혜림은 또
코끝이 찡해진다. 사실 입덧이 심하다고는 하지만 이제는 어느
정도 가라앉아 걱정하지 않아도 될 만큼 충분히 먹고 있고, 견디
기 힘들 정도도 아니다. 태식이 워낙 호들갑을 떨어대니 오히려
없던 증상까지 나타날 지경이다.

"할매 거는……?"

"어무이 거는 남가놨으니까 걱정하지 마라."

이젠 어머니라 고쳐 불러야 하지만 아직 쉽지 않다. 오랜만에
죽 한 그릇을 말끔히 비운 혜림이 고마워 태식은 눈물이 다 찔끔
날 지경이다.

"오늘은 아무것도 하지 말고 방에 가마 있어라. 바쁘면 송아
부르면 되니까……."

"송아 언니는 부르지 마이소."

"와?"

아직도 자신이 송아를 좋아한다고 생각하는 걸까? 태식은 불

편한 마음으로 혜림을 바라보았다. 고향으로 찾아가서 혜림에게
처음 그 말을 들었을 때 경악했지만 완전히 부정하지는 못했다.
그러나 송아는 피붙이 같은 느낌이 더 강한 애다. 정말 동생 같
고 조카 같은 그런 느낌. 송아를 향한 자신의 마음은 여자를 바
라보는 그런 마음과는 종류가 다르다는 것을 설명하고 설득하기
가 힘들었다. 자신을 따라오겠다고 결심하며 그 부분에 대해서
는 혜림이 다 이해한 것으로 생각했는데 아닌 걸까?

혜림이 걱정 말라는 듯 피식 웃으며 속삭였다.

"토요일이잖아예. 이 선생님이 하루 종일 수선제에 있을 긴데
언니를 부르면 우짭니꺼."

아, 맞다!

고개를 끄덕이며 나가려던 태식이 문득 물었다.

"그런데 송아는 언제까지 자전거를 그래 대할 거라더노?"

송아는 한 달째 규원을 그림자 취급하고 있었다. 송아에게 저
런 면이 있었나 싶을 만큼 차고 냉담한 모습에 규원이 안쓰러울
지경이지만 그는 꿋꿋이 견디고 있었다. 이제 그만 용서하고 받
아들일 때도 된 것 같은데.

"모르지예. 아마 오래는 못 갈 깁니더. 송아 언니가 이 선생님
을 얼마나 기다렸는지 아저씨도 아시잖아예."

그래, 잘 알지. 그래서 자전거가 돌아온 것을 누구보다 기뻐
한 태식이다. 자신이 혜림을 만나 행복을 찾았듯 송아도 자전거
와 다시 행복한 미래를 꿈꾸었으면 좋겠다.

시장을 보기 위해 차를 막 출발시키려던 태식은 휘릭 스쳐 가는 빨간 자전거를 발견하고 급하게 시동을 걸어 따라붙었다. 빵빵, 경적을 울리자 규원이 자전거를 세우고 돌아보았다. 태식은 자전거 곁에 차를 세우고 창으로 고개를 내밀었다.

"수선제에 갑니까?"

규원이 고개를 끄덕였다. 멀리 떠났다 오더니 훨씬 뻣뻣하고 묵직해진 느낌이 든다. 아마도 검어진 피부와 힘이 붙은 눈빛 탓 같다.

무슨 할 말이 있는 듯 멀뚱히 바라보던 태식이 이내 포기하고 다시 차를 움직였다. 고개를 갸웃하며 자전거를 다시 움직이려는데 저만치 갔던 차가 빠른 속도로 후진을 하더니 바로 앞에서 섰다. 그리고 창밖으로 얼굴을 불쑥 내밀었다.

"이 선생 니!"

시비를 걸 듯 부르는 소리에 규원이 고개를 들었다.

"송아 한 번만 더 울리면 직이뿐다!"

그리고 험악한 눈을 희번덕이며 굴리더니 매연을 뿜으며 떠나 버렸다. 멀어지는 태식의 차를 바라보던 규원은 다시 천천히 페달을 밟았다.

이곳 사람들은 모두 자신에게 험악한 눈빛들을 보낸다. 그러나 그 눈빛이 모두 비난만을 담고 있다고는 생각하지 않는다. 무사히 돌아와서 다행이라는 안도이고, 다시는 떠나지 말라는 부탁이고, 송아를 놓치지 말라는 응원의 표현이라는 것을 안다. 그

응원들을 받으며 오늘도 그는 전장에 나가는 병사처럼 결연한 마음으로 수선제로 가고 있었다.

비스듬히 열린 대문을 보며 규원의 마음에 바람이 인다. 어쩌면 오늘은 송아가 눈을 마주쳐 줄지도 모르겠다.

송아는 뒤채 마당에서 풀을 뽑고 있었다.

"이건 내가 할 거라고 하지 말라고 했잖아요!"

다소 화가 난 듯한 규원의 음성이 들리자 일어서던 송아가 허리에 손을 얹은 채 한동안 꼼짝도 않고 앉아 있다. 한참 만에 일어난 그녀는 찌푸린 얼굴로 장갑과 호미를 규원에게 건넸다. 그를 보는 마음이 여전히 불편한 모양이다. 송아가 걸레를 들고 느린 걸음으로 서책방으로 들어가는 것을 보고서야 규원은 호미를 들고 앉았다.

오랫동안 풀을 뽑지 않은 듯 담장 밑은 잡풀이 수북했다. 지난 한 해 가꾸지 못한 그들의 사랑에도 이런 잡풀이 우거져 있는 건지도 모른다. 사람의 손길이 닿지 않으면 금방 폐허가 되어버리는 오래된 집처럼 사랑도 그럴 거라고, 그래서 송아의 마음이 저렇게 꽁꽁 닫힌 거라고 생각했다. 다시 아름다운 집으로 가꾸기 위해서 얼마만큼의 노력이 필요할지 알 수 없지만 결코 그만두는 일은 없을 거라는 다짐을 하며 그는 송아의 마음을 어루만지듯 정성을 다해 풀을 뽑았다.

풀을 다 뽑고 들어가니 송아는 그때까지 걸레를 들고 서책방을 훔치고 있었다. 책꽂이를 살피던 규원은 자신이 없는 사이 많은 사람이 이 방을 스쳐 갔다는 것을 알았다. 책들이 혼잡스럽게 꽂혀 있었던 것이다. 그는 작심한 듯 팔을 걷어붙이고 책을 한 권 한 권 다시 정리하기 시작했다. 어떤 책이 어느 위치에 꽂혀 있었는지 다 기억이 날 만큼 이곳을 그리워했다.

책을 정리하던 규원이 혼잣말처럼 중얼거렸다.

"히말라야 마칼루봉 근처 셰르파 마을에서 나앙루이란 사람을 만났어요. 겨우 마흔인데 오십은 훨씬 넘어 보였고 자식도 여럿 있었어요. 젊을 때는 많은 등반가들이 다투어 찾을 만큼 꽤 알아주는 셰르파였다는데……."

송아는 이야기를 듣는지 마는지 방바닥만 훔치고 있다.

"그런데 그 사람, 두 다리의 무릎 아래가 없었어요. 제대로 된 의족도 없이 다니다 보니 허리와 관절에 무리가 많이 왔더라고요. 한 달 가까이 그곳에 머물며 침과 뜸 치료를 해주었는데……."

송아는 여전히 규원의 이야기에는 관심이 없는 듯 허리에 손을 얹은 채 밖을 내다보고 있었다. 잔뜩 찌푸린 이마와 꽉 깨물린 입술을 보는 규원의 마음은 편치 않다. 자신의 이야기를 듣는 것이 저렇게 불편할까 싶은 생각에 이야기를 그만두려다가 다시 입을 열었다.

"십여 년 전에 프랑스 등반 팀의 안내를 맡아 마칼루봉을 오르다가 눈사태를 맞아 고립이 됐었대요."

식량은 바닥을 드러내고 있었고 구조 요청도 할 수 없는 상황이었단다. 고립 이틀째 되던 날 밤, 프랑스인 등반 팀은 셰르파들만 남겨둔 채 남은 식량을 챙겨 떠나 버렸다. 그들의 뒤를 따라 내려오던 나앙루이와 동료들은 자신들을 버리고 떠났던 프랑스인들이 사고를 당한 것을 발견하고 그들을 구하기 위해 최선을 다했다. 우여곡절 끝에 구조되어 산을 내려왔지만 두 명의 셰르파가 목숨을 잃었고 나앙루이는 무릎 아래 두 다리를 잘라내야 할 만큼 동상이 심했다. 그러나 프랑스인 등반대는 다친 사람 한 명 없었다고 한다. 나앙루이는 그것을 자랑스러워했다. 달아났던 그들을 구하느라 시간을 지체하지 않았다면 그의 다리는 멀쩡했을 텐데도 말이다. 그는 그것이 셰르파의 운명이고 의무라고 했다.

"세상은 히말라야를 정복한 사람들을 힐러리나 고상돈 같은 전문 산악인들이라고 생각하지만 사실은 아니에요. 진정으로 히말라야를 정복한 사람들은 나앙루이 같은 셰르파들이에요. 그들에게 히말라야는 등정하고 정복해야 할 산이 아니라 삶이고 생활이었어요. 산이 주는 무한한 가능성에 그들은 늘 감사해해요."

늘 한의사는 자신이 진정으로 원했던 길이 아니라는 생각에 사로잡혀 살았다. 그 선택을 한 것도 승원 때문이고, 더 깊이 공부를 하려는 이유도 승원을 위해서였다. 그러나 항상 떠밀려 왔다고만 생각했던 자신의 인생이 결국은 자신의 선택이었다는 것을 깨달으며 한의사로서의 삶에 새로운 눈을 뜨게 되었다. 그는 히말라야를 정복하여 이름을 알리는 산악인이 아니라 그 산을 삶의 터전으로 삼고 살아가는 이름 없는 셰르파 같은 삶을 살려고 한다. 그 생각과 함께 배우면 배울수록 절망만 안겨주던 의술이 드디어 희망으로 다가왔다. 늘 그를 감싸고 괴롭히던 죄의식도 사라졌다.

규원은 책을 꽂으려던 손을 멈추고 송아를 돌아보았다. 송아는 여전히 똑같은 자세로 얼굴을 찌푸린 채 앉아 있었다. 무언가 불편해 보였다. 단순히 심기가 불편한 것만은 아닌 듯 보인다. 규원은 이상한 생각이 들어 송아에게로 다가갔다.

"왜 그래요, 송아 씨?"

송아는 이마를 찌푸린 채 규원을 올려다보았다. 아침에 일어날 때부터 시작된 허리 통증이 좀처럼 가시지를 않는다. 움직일 때마다 덜걱거리는 느낌에 뼈가 어긋난 건 아닐까 두려움이 울컥 밀려왔다. 걱정이 가득한 규원의 눈이 다가오자 그제야 조금 안심이 된다.

"어디가 아픈 거예요?"

"허리…… 허리가 많이 아파요."

그리고 송아는 주저앉았다. 그녀의 표정과 행동을 보니 그저 단순하게 아픈 게 아닌 것 같다.

"우선 방으로 가서 누워요."

송아를 부축해 사랑채로 온 규원은 이불을 깔고 그 위에 송아를 눕혔다.

“잠깐 엎드려 볼래요?”

규원의 단호한 명령에 송아는 순순히 돌아앉더니 이내 배를 바닥에 깔고 엎드렸다. 규원의 손이 조심스럽게 허리를 더듬었다.

“어디예요? 여기?”

몇 번 고개를 흔들던 송아가 어느 부분에 이르자 짧은 신음 소리를 내며 고개를 끄덕였다. 규원이 엄지손가락으로 통증을 호소한 부분을 조심스럽게 눌렀다. 송아가 움찔했다. 굳어 있던 규원의 얼굴이 조금 펴졌다. 생각했던 만큼 심각한 부위는 아닌 것 같다. 통증의 반응으로 보아 뼈에 이상이 있는 것 같지도 않다. 좀 더 정밀한 검사를 해보아야겠지만 우선은 안마와 침만으로도 충분히 통증을 호전시킬 수 있을 것 같다.

“허리 말고 다른 데는 아픈 곳 없죠? 빈혈이 있거나 그럼 곤란한데…….”

기운이 떨어진 상태에서 침을 맞으면 침의 자극을 견디지 못한 부작용으로 훈침이 나타날 수도 있다. 빈손으로 온 터라 당장 침을 놓을 수는 없으니 우선은 마사지로 통증을 완화해 주어야 할 것 같다.

“낮잠 잔다 생각하고 30분만 누워 있어요.”

그리고 그는 천천히 허리를 주무르기 시작했다. 처음엔 커다란 손가락이 허리를 누를 때마다 불편했지만 시간이 흐를수록 신기하게도 시원한 느낌이 들었다. 벌어진 문틈으로 정원의 나뭇가지가 흔들리는 모습이 보였다. 나뭇잎이 후두두 떨어지는 모습도 보인다.

가을인가 봐. 몰랐어. 계절이 이렇게 흘러 버린 줄.

뜨거웠던 여름이 끝나고 어느새 가을이 왔다. 그리고 규원이 옆에 있다.

스르르 눈을 감는 송아의 입가에 평온한 미소가 지어졌다.

송아가 다시 눈을 떴을 때 문은 꽁꽁 닫혀 있었고, 문살을 뚫을 듯 비추던 햇빛이 저만치 멀어져 있었다. 점심시간이 훌쩍 지났다는 뜻이다. 나른한 잠기운을 떨치지 못하고 다시 눈을 감던 송아는 불현듯 눈을 떴다. 벌떡 일어난 그녀는 대청마루를 지나 댓돌 위에 놓인 신발을 신는 둥 마는 둥 하며 정신없이 마당을 가로질러 대문간으로 달렸다.

대문이 활짝 열려 있었다.

가슴속에서 무언가가 쿵 떨어져 내리는 소리가 들렸다. 다급히 밖으로 달려 나오니 구석진 자리에 적하운도가 바람을 맞으며 서 있다.

송아에게서 고른 숨소리가 들리는 것을 느끼고 고개를 기울여 보니 어느새 잠들어 있다. 이불을 꺼내어 덮어주고 규원은 한동안 그녀의 얼굴을 들여다보다가 뒤채의 서책방으로 왔다. 서안 위에 올려 있는 연필과 종이를 한참이나 노려보던 그는 천천히 그림을 그리기 시작했다. 그의 손은 물을 만난 물고기처럼 재빠르게 움직였다. 그러다 문득 따가운 시선을 느끼고 고개를 들어보니 서책방 문 앞에 송아가 서 있었다. 그녀의 얼굴이 잔뜩 찌푸려져 있다.

"왜 그래요? 허리가 여전히 아파요?"

연필을 던져두고 다급히 다가온 규원이 손을 뻗었다. 송아는 그 손을 피해 한 걸음 물러났다. 대문간에서 쿵 내려앉았던 가슴이 다시 요동 쳤다. 잠이 깨어 짧은 순간 규원이 떠나 버렸을지도 모른다는 생각을 했다. 너무도 고집스럽게 밀어내는 자신의 태도에 지쳐 그 마음 여린 남자가 다시 떠나 버렸을지도 모른다고.

대문 앞에 세워진 적하운도를 발견하고 서책방으로 달려오기까지 그 짧은 시간이 규원을 기다려 온 지난 일 년보다 더 길게 느껴졌다. 뻗어오는 규원의 손을 피했던 것은 제 몸의 떨림을 들키고 싶지 않아서였다.

"여기서…… 뭐 해요?"

서책방에 마음대로 들어와 있는 것조차 불편하다는 듯 그녀는 여전히 이마를 찌푸린 채 물었다.

"그림요. 나중에 내가 보여준다고 했잖아요."

"왜 옆에 없었어요?"

"……?"

"왜 옆에 없었냐고요! 가버린 줄 알았잖아요. 다시……."

그제야 그녀의 젖은 눈이 눈에 들어왔다. 하얗게 질린 얼굴도 눈에 들어왔다. 규원은 다급히 손을 뻗어 그녀를 당겨 안았다. 놀란 가슴이 품 안에서 팔딱거린다.

"송아 씨를 두고 내가 가긴 어딜 가요. 이제 다시는 떠나지 않아요."

규원은 달아나려는 송아의 몸을 강인한 팔로 감싸 안았다. 꼼짝도 못한 채 안겨 있던 송아에게서 울음소리가 새어 나왔다.

할아버지가 돌아가시고 그 막막했던 순간 오로지 규원만 생각났다. 그가 곁에 있었다면 그렇게 무섭고 두렵진 않았을 것이다. 이 수선제가 감당할 수 없는 존재로 느껴지지도 않았을 것이다.

조그맣게 새어 나오던 눈물은 어느새 아이 같은 울음소리로 변했다. 규원은 그저 송아를 꼭 껴안고 다독일 뿐 아무 말도 할 수 없었다. 한동안 이어지던 울음소리가 서서히 잦아들었다. 규원은 안고 있던 팔을 풀고 손수건을 내밀었다. 손수건을 받아 든 송아는 눈물을 닦아내고 코를 팽 풀며 중얼거렸다.

"이렇게 쉽게 용서할 생각이 아니었는데…… 억울해 죽겠어, 정말."

그리고는 정말 분해 죽겠다는 듯 다시 눈물을 쏟았다.

그가 돌아오면 말없이 안아주어야겠다고 생각했었다. 아무것도 묻지 않고 따지지도 말고 그저 따듯이 안아주겠다고 생각했었다. 그러나 송아는 그러지 못했다. 아이처럼 뿌리치고 외면했다. 꼭 엄마가 찾아왔던 그때처럼, 그를 어떻게 받아들여야 할지 알 수 없었던 것이다.

"그래도 돌아왔으니까, 이렇게 무사히 왔으니까 다 용서할게요."

송아는 그제야 규원을 온전히 끌어안았다. 매일 밤 기다렸다고, 언제 돌아올지 몰라 대문조차 잠글 수 없었다고 고백했다.

송아는 규원의 가슴에 얼굴을 꼭 기대고 그의 심장 소리를 들었다. 규칙적으로 울리는 그 소리가 멀리서 달려오는 자전거 소리 같기도 하고, 휠체어 소리 같기도 했다. 규원의 가슴속에서 그 두 바퀴는 이렇게 영원히 돌 것이다. 이 바퀴들이 그의 가슴에서 다시 엇갈리거나 상처의 흔적을 남기지 않기를 빈다.

규원이 농장에서 수확한 사과를 들고 왔다. 그는 김치냉장고의 저장 온도를 야채로 맞추고 사과를 챙겨 넣었다. 그리고 다시 냉장고를 열어 챙겨온 반찬들을 정리해 넣었다. 가스레인지 위에 올려 있는 냄비 뚜껑을 열어 국을 한 숟갈 떠먹던 송아의 눈이 반짝 떠졌다.

"와! 내가 정말 좋아하는 추어탕이다!"

송아의 환성을 들으며 규원은 웃음 지었다.

매운탕과 곰탕에 이어 추어탕까지. 채송아가 좋아하는 음식들은 하나같이 이곳 어른들의 입맛을 닮았다. 그것을 잘 알기에 지난주 친구들을 만나 저녁을 먹을 때도 한식집으로 예약을 했었다. 한식을 즐기지 않는 몇몇 친구들이 타박을 했지만 상관하지 않았다. 자신에게는 채송아가 맛있게 먹는 것이 가장 중요하니까.

"하여간 살림 하나는 끝내주게 한다니까."

깔끔하게 정리된 냉장고를 들여다보며 송아가 하는 말이다. 규원의 부엌일은 송아가 두 번 다시 손을 대지 않아도 될 정도로 완벽에 가까웠다. 규원은 어깨를 으쓱하며 외투를 걸쳤다.

"옷 입고 나와요."

방으로 들어가 외투를 걸치던 송아의 얼굴이 잠깐 심각해졌다.

정말 가도 괜찮을까?

규원이 갑자기 승원에게 가자고 했다. 그가 돌아오고 다시 받아들이고 나서도 승원에 대한 얘기는 서로가 피했다. 본인 입으로는 괜찮다고 하지만 송아는 여전히 규원의 마음이 걱정된다. 대문 밖으로 나오니 규원이 자전거를 세우고 기다리고 있었다.

"차 가지고 온 거 아니었어요?"

말하고 보니 자전거 뒤에 못 보던 자리가 만들어져 있다.

"자전거 점에 부탁했더니 금방 만들어주더라고요. 어때요? 감쪽같죠?"

정말 뒷자리는 처음부터 그렇게 있었던 것처럼 전혀 어색한 모양이 아니다.

"타요!"

규원은 기분 좋은 얼굴로 뒷자리를 손으로 툭툭 쳤다. 사고 후 규원은 더 이상 자전거를 타지 못했다고 했다. 누구를 뒤에 태우는 것은 더더욱 상상할 수 없는 일이었을 것이다. 그런 그가 채송아를 태우고 승원을 만나러 가겠단다.

“이 녀석을 이겨보려고요. 프로젝트명, 극복!”

정말 극복한 것일까?
규원이 다시 한 번 재촉하고서야 송아는 자전거 뒤에 올라탔다. 규원은 옷자락을 어정쩡 붙잡은 그녀의 손을 이끌어 허리에 둘렀다.
“꼭 잡아요!”
그 소리와 함께 규원은 페달을 밟았다. 도담호의 물빛이 푸르게 일렁거렸다. 송아는 까칠한 바람을 피해 규원의 등에 얼굴을 기댔다. 아버지 등에 업혀 있던 그때처럼 따뜻하다. 그래서 안심이 된다.
두 사람은 보현사 대웅전의 승원의 위패 앞에 섰다. 승원이 조그만 위패 위의 이름으로 두 사람을 맞았다. 잠시도 가만있지 못하고 휠체어를 덜컹거리던 사람인데 답답하지는 않을까? 송아는 문득 그런 생각이 들었다.
“승원아…….”
돌아보니 규원의 눈이 촉촉하게 젖어 있다. 송아는 규원의 손을 꼭 잡아주었다. 규원은 승원에게 다시 말을 걸었다.

"인마, 좋냐?"

그곳에서 승원은 어머니도 만나고 아버지도 만났을까? 족쇄 같던 휠체어를 벗어 던지고 마음껏 뛰어다닐까? 그렇게 좋아했던 축구도 실컷 하고 자전거도 탈 수 있겠지? 엄마가 너 쫓아다니시느라 힘드시겠다. 그러니까 조금만 천천히 다녀. 조금만 조심하면서 다녀.

야생마처럼 뛰어다닐 승원과 그런 승원을 불안한 얼굴로 쫓아다닐 어머니를 생각하니 저절로 웃음이 나왔다.

"이제부턴 진짜 형이라고 불러. 송아 씨한테도 채송화라고 놀리지 마. 형수한테 그런 말버릇은 정말 아니지."

송아가 놀라 돌아보자 규원이 '우리 결혼해요'라고 했다. 그러나 송아는 이해 못한 사람처럼 다시 물었다.

"뭐라고요?"

"결혼하자고요, 우리."

풍경 소리가 은은하게 들려왔다.

＊

태식과 혜림의 결혼식은 문화원 앞마당에서 전통 혼례로 치러졌다. 첫눈이 폴폴 날리던 12월의 어느 날이었다. 그리고 그날, 규원은 가방을 들고 수선제로 찾아왔다.

"밥도 해주고, 청소도 해주고, 밤에는 멍멍이처럼 집도 지켜

주는 그런 하숙생 하나 들여놓지 않을래요?”

“무슨 소리예요? 이 가방은 또 뭐고요?”

“말 그대로 여기서 하숙하려고요.”

도대체 무슨 소린지……

“송아 씨 혼자 지내는 거 불안해서 안 되겠어요. 오늘처럼 눈이라도 오면 밤에 달려오기도 힘들고. 그래서 아예 여기서 지내려고요.”

“안 돼요.”

“뭐가 안 돼요?”

“결혼도 안 한 처녀총각이 한 집에서 지낸다는 게 말이 돼요?”

“곧 할 거잖아요.”

“그래도 안 돼요.”

“내가 잡아먹을까 봐 무서워요?”

스륵 다가와 들여다보는 눈이 어이가 없다. 이 남자가 언제부터 이렇게 뻔뻔해졌나 싶다.

“다른 사람들이 뭐라 그러겠어요? 최 선생님도 그렇고 아저씨도 그렇고, 엄마도 자주 오신단 말이에요.”

“외삼촌께는 이미 허락 받았고, 손태식 씨는 뭐라던 내가 상관할 바가 아니고, 장모님껜 전화 드릴 거예요.”

언제 봤다고 장모님 소리가 저토록 쉽게 나오는지.

절대로 늑대의 본성을 드러내지 않겠다는 약속까지 하며 막무가내로 들어오는 규원을 밀어내지 못한 채 겨울을 함께 보내기로 했다. 처음 며칠은 밤마다 문고리를 걸어야 하나 말아야 하나를 고민하다가 잠이 들었지만 이내 적응이 되었다. 아무래도 규원이 늑대의 본성을 드러낼 것으로는 보이지 않았기 때문이다.

규원이 한방병원에 다시 출근하게 되면서 함께 출근한 두 사람은 저녁 무렵이 되어 다시 만나 함께 집으로 왔다. 할아버지가 돌아가시고 잠깐 함께 살았던 혜림마저 떠나고 봄, 여름, 가을, 세 계절을 혼자 보낸 송아이기에 규원의 존재가 너무나 크고 새삼스럽게 느껴졌다. 송아가 저녁을 준비하는 사이 서책방에 불을 지피고 들어온 규원이 부엌 가득 풍기는 냄새를 맡으며 다가왔다.

"냄새 좋은데?"

"할머니가 매운탕 만들어주셨어요. 맛볼래요?"

수저로 국물을 떠주자 규원이 얼른 맛을 보았다. 그리고 엄지손가락을 치켜 올렸다.

"역시 최고다!"

"지난번엔 맛없다고 하더니?"

"그땐 형님이 만든 거니까 맛이 없었고."

참 별일이다. 아저씨가 만든 게 할머니가 만든 거고 할머니가 만든 게 아저씨가 만든 건데 꼭 저렇게 까탈을 부린다.

"아저씨를 왜 그렇게 싫어하는데요?"

“싫어하는 게 아니라 그쪽에서 먼저 자꾸 나한테 시비를 거니까 그렇지.”

볼을 불룩하는 규원을 보며 송아는 한숨을 내쉬었다. 단합대회를 한번 하든지 해야지 이대로는 안 되겠다. 그러자면 채송아의 그 잘 부르는 노래를 또 들려줘야 하는데 어쩌나?

키득 웃으며 돌아서는 송아를 규원이 알 수 없다는 눈으로 바라보았다. 저녁을 먹는 동안 매운탕을 너무나 맛있게 먹는 송아를 보며 규원은 강나루의 매운탕 비법을 반드시 알아내고야 말겠다고 다짐했다.

그날 밤, 두 사람은 늦은 밤까지 서책방에 머물렀다. 겨울이 되면서 출입이 뜸했는데 오늘은 일부러 불을 지폈다. 규원은 서안 앞에서 책을 읽었고 송아는 그 옆에 탁자를 펼치고 앉아 사무실에서 들고 온 일거리를 처리했다.

정자로 반듯반듯 써 내려가는 글씨를 바라보던 규원의 눈에 길고 가느다란 손가락이 보였다. 반짝이는 손톱이 예쁘다. 그의 눈은 다시 귀 옆으로 흘러내린 머리칼을 거쳐 불빛을 받아 반짝이는 이마에 닿았다. 무엇을 느꼈는지 송아가 고개를 들었다. 규원은 재빨리 눈을 돌려 책을 들여다보았다. 무슨 일인지 글자가 하나도 보이지 않는다.

송아는 다시 고개를 숙여 하던 일을 계속했다. 그녀는 지금 내년에 있을 문화원 행사 계획표를 짜는 중이었다. 결혼식을 4월이나 5월에 올리기로 했는데 아직 날짜를 정하지 못했다. 그러나 아무리 머리를 싸매어보아도 빡빡한 일정 중에 여유로운 날을 만들기란 쉽지 않다. 특히나 4, 5월은 온통 행사의 계절이니.

한숨을 폭 쉬며 다시 일을 하려던 송아의 손이 멈칫했다. 또 느껴진다. 감당할 수 없는 따끔한 눈길. 부지런히 움직이는 글씨를 따라다니는 규원의 눈, 얼굴에서 한참 머물렀던 그 눈이 어깨를 스쳐 허리를 스륵 훑어가는 것도 느껴진다. 일부러 머리칼을 흘러내려 그 눈을 피해보지만 그러면 그럴수록 더 따갑게 느껴진다. 바람이 휘이잉 문풍지를 흔들고 지나간다. 어디선가 늑대 우는 소리가 들리는 것 같다. 어우웅~

송아는 화들짝 놀라며 널브러진 종이를 끌어모았다.

"머, 먼저 가서 자야겠어요."

"갑자기 왜 그래요? 몸이 안 좋아요?"

"아뇨! 그냥 피곤해서 그래요. 규원 씬 나중에 와요."

종이를 화르륵 끌어모아 가슴에 안고 송아는 서책방을 나왔다. 규원이 부르는 소리가 들렸지만 뒤도 돌아보지 않은 채 사랑채로 달렸다. 마루를 뛰어올라 방으로 들어서고서도 콩닥거리는 가슴이 진정되지 않는다. 송아는 문에 기대고 있던 몸을 스르륵 주저앉혔다.

마당을 타다, 달려가는 발소리를 들으며 규원도 서안을 정리하고 서책방을 나왔다. 공기가 살을 에는 듯 차갑다. 어슬렁어슬렁 걸어 사랑채로 나온 그는 쉽게 방으로 들어가지 못하고 정원을 서성거렸다. 볼펜을 쥔 야무진 손가락과 불빛에 반짝이던 이마가 새삼스럽게 너무도 예뻐 보였다. 늘 그녀의 얼굴을 바라보며 느꼈던 감정과는 또 다른 느낌의 설렘이다. 마치 자신이 알지 못하던 채송아의 어떤 부분을 발견한 느낌. 그래서 한순간 몸이 뜨거워져 버렸다. 흘러내린 옆머리를 귀 뒤로 쓸어 넘기는 단순한 행동도 매혹적으로 비쳤고, 어깨를 거쳐 굽이진 허리선을 스윽 훔쳐보며 그는 침까지 꿀꺽 삼켜야 했다.

후, 답답한 숨을 토해내며 그는 더운 가슴을 식혔다. 수선제에 들어와 살기로 마음먹으면서 서너 달 눈도 닫고 가슴도 닫고 고고한 선비가 되어보자 결심했는데 온 세상이 꽁꽁 언 이 겨울밤, 스산한 바람처럼 가슴속에서 늑대가 운다.

마루에 올라서면서 보니 송아의 방은 깜깜하다. 피곤하다더니 벌써 잠이 든 모양이다. 다시 한 번 태산 같은 한숨을 내쉬고 방으로 들어가려는데 송아의 방에서 둔탁한 소리가 들렸다. 규원은 조심스럽게 문 앞으로 다가갔다.

"송아 씨."

방 안은 쥐 죽은 듯 고요하다.

"무슨 일이에요?"

역시나 고요.

잘못 들은 건가 생각하며 돌아서려는 순간 다시 둔탁한 소리가 들린다. 그리고 이어 들리는 작은 신음 소리에 규원은 문을 벌컥 열었다.

"무슨 일이에요? 괜찮아요?"

“괜찮아요. 책상에 걸려 넘어졌어요.”

그제야 앉은뱅이책상 옆에 주저앉은 검은 물체가 보인다.

“왜 불도 안 켜고 있어요?”

“고장났나 봐요.”

벽을 더듬어 스위치를 눌러보던 규원은 웅크린 송아에게로 다가갔다.

“어디 다쳤어요?”

“정강이…… 아니, 괜찮아요.”

다가오는 손을 느끼며 말을 바꿨지만 이미 때는 늦었다. 바지를 걷어 올린 규원의 손이 다리를 더듬어 올라오고 있다. 스르륵 올라온 손이 볼록 부어오른 부분에서 멈추었다.

“여기예요?”

손가락으로 살짝 누르자 송아에게서 비명 소리가 들렸다.

“아!”

“약을 발라야겠는데?”

손가락이 다시 부어오른 부위를 문지르자 송아는 다리를 뒤로 뺐다.

“괜찮아요.”

아픈 정강이보다 콩닥거리는 심장 소리가 더 신경 쓰였다. 규원의 손가락이 다리를 더듬어 올라올 때는 정말 심장이 터지는 줄 알았다. 얼굴도 아마 빨갛게 달아올랐을 거다. 안 보이는 게 천만다행이지.

달아나는 송아의 다리를 잡으려 몸을 움직이던 규원이 책상에 다리가 걸리며 앞으로 덜컹 넘어졌다. 그의 몸은 정확하게 송아 위에 포개어져 버렸다. 아찔한 느낌을 받으며 규원은 눈을 떴다. 열린 문 사이로 들어온 하얀 달빛이 송아의 얼굴을 비쳤다. 그녀의 얼굴은 두려움에 경직되어 있었다. 까만 눈동자 속에 달빛이 흔들렸다. 가슴 사이에 꼭 낀 손가락이 꼼지락거리며 갈비뼈를 건드렸다. 심장이 멎어버린 듯 숨이 잘 쉬어지지 않는다.

"약속을……."

떨리는 규원의 음성이 들렸다.

"지킬 수 없을 것 같아."

뜨거운 숨결이 다가온다.

"미안해요."

규원은 하얀 달빛이 내려앉은 송아의 입술을 삼켰다. 삼킬 듯 빨아 당긴 입술에서 송아의 심장 소리가 들리는 것 같다. 규원은 팔딱이는 그 입술에 제 심장의 소리를 들려주었다.

"사랑해, 채송아."

스르륵 문 닫히는 소리와 함께 송아의 팔이 규원의 목을 감싸 안았다.

"달빛이 너무도 밝아요."

송아는 규원의 가슴에 등을 기대며 속삭였다. 규원은 송아를 더욱 꼭 끌어안으며 창살을 파고드는 하얀 달빛을 응시했다.

“바람도 잔잔하네? 너무 조용해.”

세상에 오로지 두 사람만 존재하는 듯 소중하고 절박하게 느껴졌다. 규원은 송아의 목덜미에 입술을 내렸다. 상큼한 솔 향이 풍겨온다. 이불 속 그녀의 몸이 오그라들자 규원이 다시 귓불을 깨물며 말했다.

“4월 19일은 어때요?”

“뭐가요?”

“우리 결혼.”

날짜를 뺄 수 있을까?

“왜 기어이 4월이에요? 2월도 있고 3월도 있는데?”

규원의 손이 겨드랑이를 파고들어 와 가슴을 감쌌다. 그리고 허리 밑으로 들어온 또 다른 손이 배를 따듯하게 감쌌다. 허리 아래 따듯한 살갗이 엉키며 웅크린 그녀의 몸이 그의 가슴에 폭 싸였다.

“그건 4월이 참 아름다운 계절이라서 그래요. 오래전부터 꽃비가 풀풀 날리는 계절에 결혼하고 싶었거든요. 그날이 혁명의 날인 것도 좋고, 모두들 잊기 힘든 날이어서 더 좋고. 벚꽃 잎이 슬슬 지는 봄날이라서……”

뜨거운 그의 중심이 그녀 속으로 들어왔다.

어색하고 아팠던 처음과는 다른, 묵직하고 뭉클한 무엇이 심장으로 들어오는 느낌.

송아는 가슴에 놓인 그의 손을 꼭 잡았다. 그에게서 거친 숨

소리가 들렸다. 뜨거운 열기가 뿜어나는 방 안에 또 하나의 숨소리가 들린다. 그것은 아마도 규원이 주는 절정의 행복에 답하는 자신의 숨소리이리라. 아득해지는 눈앞으로 분홍색 꽃비가 분분히 흩날렸다.

에필로그

　수선제 담장 아래에 새롭게 꾸며진 꽃밭이 드나드는 이들의
눈을 사로잡았다. 통통하게 물이 오른 초록색 잎들 사이 한 송이
두 송이 피기 시작한 채송화가 어느새 띠처럼 수선제를 두르고
있었던 것이다. 자주, 노랑, 분홍, 흰색의 조그마한 꽃들이 아침
이면 기지개를 켜듯 온몸을 펼쳐 이슬을 받아먹었다. 그리고 한
낮 햇볕에 잠시 몸을 웅크렸다가 어스름 저녁이 되면 다시 얼굴
을 빼꼼히 내밀곤 했다.

　채송화의 이런 습성에 대해 잘 알지 못했던 규원은 새삼스러
운 마음으로 꽃을 들여다보았다. 아기의 손등처럼 오동통한 줄
기와 잎, 새벽이슬을 머금고 수줍은 듯 핀 여린 꽃잎이 애틋하고

아름답다. 규원은 소복이 모인 대여섯 송이를 모종삽으로 퍼 올려 작은 화분에 옮겨 심었다.

송아는 여전히 한밤중이다. 어제저녁 늦게까지 일을 붙들고 있더니 피곤한 모양이다. 규원은 모기장을 걷고 안으로 들어갔다.

민소매 원피스 잠옷과 단발보다 조금 긴 머리, 통통한 볼과 수줍은 듯 꼭 다문 붉은 입술.

잠든 송아의 모습이 방금 보고 들어온 채송화 꽃을 연상시켜 규원은 빙그레 웃었다.

"잠꾸러기 아줌마, 그만 일어나지?"

"으음…… 몇 시예요?"

"여섯 시."

"나 아침 안 먹을래요. 푹 잘 거야."

송아는 눈도 뜨지 않은 채 중얼거렸다. 시골의 여름 아침 여섯 시면 이미 한나절 일을 끝마칠 시각이지만 송아는 정말 일어나고 싶지 않았다. 정말이지 너무 피곤하다. 어제저녁 늦게까지 일을 한 탓도 있지만 그것보다 더 큰 이유는 바로 이규원 때문이다. 정말 늑대가 따로 없다.

송아가 꼼짝도 하지 않자 규원은 흘러내린 머리칼을 귀 뒤로 넘겨주며 그녀의 볼을 쓰다듬었다.

"정말 안 일어날 거야?"

"……."

“잡아먹어 버린다?”

순식간에 다가온 규원의 입술이 목덜미를 울컥 물자 송아는 화들짝 놀라 눈을 떴다. 규원의 눈에 뜨거움이 가득한 것 같다. 커다란 손이 잠옷 아래 드러난 하얀 종아리를 쓸더니 순식간에 허벅지를 타고 올라왔다. 그리고 빈들 웃기까지 한다.

이 남자가 정말!

정말 화가 난 듯 치켜뜨는 눈을 보며 규원은 키득 웃었다. 그리고 달래듯 다시 볼을 쓰다듬으며 속삭였다.

“얼른 일어나. 서울 가자.”

갑자기 서울은 왜?

“점심 먹고, 영화 보고, 저녁까지 풀코스로 예약해 뒀는데?”

“왜요?”

“오늘이 우리 결혼한 지 백 일째 되는 날이야.”

정원의 나무에서는 새들이 지저귀고, 햇살이 어느새 마당으로 쏟아져 들어왔다.

다시 찾아온 뜨거운 여름, 그리고 우리의 결혼 백 일.

이런 날에 퍼져 누워 있는 건 정말 예의가 아니지!

송아는 재촉하듯 내려다보고 있는 규원의 목을 안고 진한 입맞춤을 했다. 그리고 발딱 일어나 모기장 밖으로 나갔다. 마루를 지나 통통 뛰어가는 송아의 모습을 보며 규원은 피식 웃었다. 저럴 때보면 피곤하다던 말이 다 거짓말 같다.

씻고 나오니 규원은 어느새 청소를 마무리하고 빵까지 구워

놓았다. 다가오던 송아의 눈이 식탁 위에 놓인 조그만 화분으로
향했다. 비닐로 포장하고 리본까지 매어진 걸 보니 누구에게 선
물할 모양이다.

"웬 화분이에요?"

"장모님 드리려고."

"엄마?"

"음. 송아 씰 줄 순 없으니 이거라도 드려야지."

그리고는 싱긋 웃었다. 한 달에 한두 번 내려오는 경진이 돌
아갈 때마다 송아의 손을 쉽게 놓지 못하는 모습이 규원은 늘 안
타까웠다. 송아의 모습도 마찬가지였다. 자신이 아무리 사랑해
준다 해도 엄마의 사랑은 또 다른 종류다. 자신은 오래전에 이미
받았던 관심과 사랑을 송아는 이제야 받고 있는 것이다. 그래서
두 사람을 볼 때마다 규원은 행복하면서도 늘 마음 한 켠이 아팠
다.

어릴 때 이름 때문에 하도 놀림을 많이 받아서 송아는 채송화
를 별로 좋아하지 않았었다. 아침저녁으로는 팔팔하지만 햇빛만
받으면 풀죽어 있는 그 꽃의 습성도 마음에 들지 않았었다. 그런
데 오늘 아침 조그만 화분에 담긴 이 채송화가 세상 그 어느 꽃
보다 아름다워 보인다. 그 속에 담긴 규원의 마음이 코끝을 찡하
게 한다.

송아는 화분을 당겨 꽃을 들여다보았다. 애틋하고 아름다운
꽃이 수줍게 얼굴을 내밀고 있었다.

“예쁘다.”

앞으로는 이 꽃을 정말 좋아하게 될 것 같다.

“송아 오늘 어디 간다 카더나?”

“몰라예. 아무도 없어예?”

“응. 대문 잠가 놨던데? 차도 안 보이고.”

태식은 들고 나갔던 떡과 매운탕 냄비를 다시 탁자 위에 내려 놓았다.

오늘은 태식의 아들 대호의 백일이다. 마음 같아서는 거한 잔치를 하고 싶었지만 귀한 자식일수록 자랑하면 안 된다는 양산댁의 만류에 어쩔 수 없이 가족끼리 조촐한 식사를 했다. 그래도 송아에게는 알려야겠다는 생각에 떡과 매운탕을 들고 갔는데 수선제 대문이 자물쇠로 채워져 있었다. 다른 건 다 잊어도 대호의 백일을 잊을 송아가 아닌데…… 저도 모르게 섭섭한 마음이 인다. 송아의 결혼식이 있던 날, 갑작스럽게 진통을 하는 혜림을 병원에 데려다 놓고 태식은 결혼식장으로 갔었다. 그가 다시 병원으로 돌아왔을 때 혜림은 이미 아기를 낳은 뒤였다. 그 일은 두고두고 혜림에게 미안하다.

“둘이 어디 놀러 갔겠지예. 신혼 아닙니꺼. 아, 맞다! 오늘이 두 사람 결혼한 지 백 일째 되는 날 아닙니꺼. 그거 기념하러 갔을 겁니더.”

혜림의 말에 태식은 뜨악한 표정을 지었다.

　설마, 그런 것까지 챙길까 싶다가도 이규원이니까 그럴지도 모른다는 생각이 들었다. 봄 내내 담장 밑에 매달려 있더니 수선제를 채송화로 담장을 쳐버린 이규원이다. 매년 나오는 소책자인데 무슨 출판기념회하듯이 파티를 열어주더니 지난달에는 송아와 만난 지 2년째 되는 날을 기념한다며 열흘 동안이나 양산댁에게 매달려 매운탕 비법까지 전수받아 갔다. 규원이 그런 행동을 할 때마다 태식은 뜨악한 마음으로 흘겨보았다.

　사나자식이 좀생이같이 별거를 다 기억하고 챙긴다 싶다가도 어쩌면 저럴 수 있나 싶어 흘깃거리게 한다. 아직 붓기도 덜 빠진 몸으로 쟁반을 들고 홀을 오가는 혜림을 보기가 미안하고, 그런 마음을 표현조차 못하는 무뚝뚝한 제 성격이 원망스럽기도 하다.

　무엇이 화가 나는지 불룩한 얼굴로 문을 열고 나가던 태식이 다시 돌아왔다. 그리고 아기를 안고 있는 혜림을 빤히 내려다보며 말했다.

　"우리도 올 여름에 동해안으로 해수욕 가까?"

　"휴가철이라서 손님들 마이 올낀데예? 아깝구로."

　"그라면 우리 결혼기념일에 여행 가까? 대호는 어무이한테 맡기고?"

　"그때는 연말이라서 회식 손님들 많을 긴데……."

　혜림의 입에서 다시 '아깝구로'라는 말이 나오려는 순간 태식은 버럭 고함을 질렀다.

“며칠 문 닫는다고 횟집 안 망한다!”

찻길을 건너 자갈밭으로 나온 태식은 분풀이를 하듯 담배를 뻑뻑 피웠다. 횟집 인테리어를 다시 하자는 말도, 일하는 아주머니를 더 들이자는 말도 모두 혜림의 반대로 무산되었다. 이렇게 일만 시키려고 다시 데려온 것이 아닌데…… 혜림을 위해서라면 무엇이든 해줄 자신이 있는데 혜림은 어머니 양산댁보다 더 무서운 구두쇠였다.

“와 성은 내고 그카십니꺼?”

어느새 나왔는지 혜림이 옆으로 다가섰다. 그녀는 고개를 기울여 태식을 들여다보았다.

“아저씨.”

“……”

“대호 아빠.”

“……”

“태식 씨.”

달덩이같이 커다란 얼굴이 코앞으로 불쑥 들어왔다. 그리고 배시시 웃으며 커다란 덩치를 기울여 팔에 매달렸다.

“저는 지금 세상에 아무도 부러운 사람이 없어예. 우리 대호 보면 밥을 안 묵어도 배부리고, 우리 어무이 같은 시어무이도 이 세상에 없을 기고, 그리고 당신 같이 속정 깊은 사람이 옆에 있는데 뭐가 부럽겠어예.”

“혜림아.”

"저는 저 우주 속에서 혼자 뚝 떨어져 나온 돌멩이처럼 그래 살았심더. 그기 제 운명인 줄 알았어예. 그래서 누가 무시해도 말도 몬하고……."

"누가 니를 무시한단 말이고!"

눈을 희번득 치켜뜨며 버럭 지르는 고함 소리에 혜림은 웃음을 터뜨렸다. 이렇게 무서운 남편이 있는데 누가 감히 무시할 수 있단 말인가! 세상에 둘도 없는 든든한 울타리를 가진 이 조혜림을 말이다. 혜림은 커다란 머리를 태식의 어깨에 기댔다.

"여행은 대호 좀 더 크면 그때 다닙시더. 엄마, 아빠랑 함께 다니니까 재미있다, 행복하다, 이런 생각할 정도 되면 그때. 대호한테 보여줄 기 너무너무 많아예."

자신이 받아보지 못한 사랑, 느껴보지 못한 행복, 너무도 꿈꾸었고 바랐던 그런 삶의 모습들을 들려주고 보여주고 싶다. 그것을 위해 지금은 열심히, 악착같이 살아야 할 때다.

태식은 혜림의 말뜻을 알아들었다. 자신보다 나이도 어리면서 늘 어른 같은 말만 하는 혜림이 고마우면서도 미안하다.

"그래도 공부는 늦추지 마라. 니 나이도 벌써 스물다섯이다. 내년에는 꼭 대학교 가야 된다. 알았제?"

"예."

"학원 보내주까?"

"됐어예. 집에서도 충분히 할 수 있어예."

"그래도……."

"제가 이래 봬도 학교 댕길 때는 공부를 쪼매 했어예. 인터넷 강의만 들어도 충분합니더."

그래, 혜림은 정말 공부를 잘 했을 것 같다. 태식은 자랑스런 마음으로 혜림의 어깨를 꼭 감쌌다.

그날 자정이 넘은 시각에 규원과 송아가 강나루 횟집으로 들이닥쳤다. 모두들 곤히 잠들어 있던 시각이었다. 두 사람은 보행기와 아기 옷과 신발, 그리고 장난감까지 한 아름을 안고 들어왔다.

"늦어서 미안해. 대호 백일 지나기 전에 오려고 했는데."

"이런 거 안 사 오셔도 되는데 언니……."

혜림이 미안한 얼굴로 보행기를 받아 들었다. 태식도 잠이 덜 깬 얼떨떨한 얼굴로 옷과 장난감을 받아 안았다.

"어디 갔었더나?"

"네, 저기……."

"장모님 뵈러 갔었습니다."

규원은 '결혼 백 일도 기념할 겸' 이란 말을 꿀꺽 삼켰다. 혼자만 신혼인 척 티내지 말라던 송아의 충고를 받아들여서다. 혜림이 뭐라 하는 건 아니지만 규원의 유별난(?) 행동들 때문에 가끔 태식이 난감해한다는 걸 그때서야 알았다.

송아가 혜림과 얘기를 나누는 것을 보며 태식은 규원을 데리고 마당으로 나왔다. 한참을 망설이며 담배만 피우던 그가 드디어 입을 열었다.

“이 선생.”

“예, 형님.”

“며, 며칠 있으면 혜림이가 여기 처음 왔던 날이 되는데 우, 우째 해주면 좋겠노?”

더듬더듬 질문을 하던 태식이 고개를 돌리고 다시 담배를 뻑뻑 피웠다. 스스로의 질문이 낯간지러워 견딜 수 없다는 표정이다. 싱긋 웃으며 한참을 고심하던 규원이 진지하게 말했다.

“음, 혜림 씨의 성향으로 보았을 때…… 형님의 진심이 담긴 편지 한 통이면 최고의 선물이 될 것 같은데요?”

“펴, 편지를 쓰라고?”

“예. 혜림 씨가 좀 문학적이지 않습니까.”

차라리 돈을 주는 게 낫지 편지는 죽어도 못 쓸 것 같다. 뜨악한 태식의 표정을 보며 규원이 얼굴을 가까이 가져가 다시 진지하게 말했다.

“사랑을 표현할 때는 말입니다, 형님. 상대의 마음을 읽어주는 게 가장 중요하다고 생각해요. 한마디로 말해서 감동을 주는 거죠. 혜림 씨가 가장 감동받을 일이 뭔지 한번 생각해 보십시오.”

태식은 수선제 쪽으로 멀어지는 차를 멀뚱히 바라보았다. 학교 다닐 때 말썽을 피운 뒤 썼던 반성문 외에 글이라고는 써본 적이 없는 자신에게 편지를 쓰라니, 이게 무슨 고약한 조언인가 싶다. 이래서 이웃을 잘 둬야 한다는 거다. 별스런 행동들로 남의 입장을 난처하게 하더니 이제는 자신에게까지 그런 낯간지러운 일들을 시킨다. 정말 재수 없는 자전거가 아닌가! 입술을 실룩 비틀며 돌아서던 그는 다시 문득 멈추었다.

"편지를 쓰라고? 내보고?"

쏟아질 듯 박힌 별들을 올려다보며 그는 태산 같은 한숨을 내쉬었다.

그날부터 태식이 편지지를 끌어안고 며칠 밤을 설쳤다는 것을 아는 사람은 아무도 없었다.

"잘 있었어, 승원아?"

규원은 보현사 대웅전에서 승원의 위패를 바라보고 있었다. 이젠 승원의 위패 앞에서도 마음이 아프지 않다. 눈물도 나지 않는다. 장난스럽게 휠체어를 울컥거리던 승원을 떠올리며 규원의 입가에 미소가 지어진다.

나 지금 정말 행복해, 승원아.

사랑하는 송아와 함께하는 수선제에서의 삶은 더없이 만족스럽고 평화롭다. 새롭게 다가선 한의사로서의 삶도 예전보다 한층 더 보람을 느낀다. 좀 더 깊은 공부를 위해 가을 학기부터는 모교에도 다시 다닐 계획이다. 규원의 꿈은 뛰어난 한의사에서 이제 후학을 기르는 일을 해보고 싶다는 쪽으로 바뀌었다. 그것을 위해 서울까지 출퇴근하는 불편도 거뜬히 감수할 계획을 세운 것이다. 규원은 앞으로 자신이 어떻게 살아갈 것인지를 안다.

승원의 못다 한 삶까지 사랑도 인생도 누구보다 행복하고 치열하게 살아갈 것이라는 것을.

마지막으로 다시 한 번 합장을 하고 나오는데 휴대폰에서 문자음이 울린다.

〈물빛이 너무 아름다워요.〉

데리러 나오라는 송아의 메시지다.

산문을 나와 자전거에 올라탄 그는 힘차게 페달을 밟았다. 짧게 이어진 숲길이 끝나고 이내 찻길로 들어선 자전거는 거침없이 율현리로 달린다.

상계리 정류장에서 내린 송아는 재빨리 규원에게 문자를 보냈다. 아직 호수는 보이지도 않지만 눈앞에 일렁이는 호수가 있는 듯 물빛이 아름답다고 했다. 그래야 규원이 빨리 출발할 테니까.

오늘부터 규원은 휴가다. 여름휴가로 울릉도 여행 계획을 세웠는데 어쩌다 보니 날짜가 서로 맞지 않아 다음으로 미뤘다. 실은 일주일간이나 수선제를 비워둔다는 게 내키지 않아 망설이던 차이기도 했었다. 요즘 들어 부쩍 수선제를 찾는 손님들이 늘어서다. 할아버지의 마지막 문집이 뒤늦게 입소문을 타고 팔리기 시작하더니 어느새 3쇄까지 발행되었다. 그리고 소리 소문 없이 사장되어 버렸던 두 권의 책들에 대해서도 재판 요청이 들어온 상태다.

할아버지께서 계셨다면 수락하셨을까? 거절하셨을까?

송아는 여전히 그것에 대한 답을 얻지 못하고 있었다.

언덕을 오르자 도담호가 한눈에 들어왔다. 규원에게 보냈던 문자 그대로 노을이 내려앉은 호수의 물빛이 너무도 아름답다. 잠시 정신을 놓고 바라보던 송아는 다시 걸음을 옮겼다. 호수를 따라 굽이굽이 이어진 도로가 보이고 산자락 어디선가 언뜻 자전거가 스쳐 지나는 것이 보였다. 그리고 한참 후 큰길 도로 끝, 저 멀리서 달려오는 자전거가 보인다.

뜨거운 여름을 뚫고 달려오는 빨간 자전거, 적하운도.

송아의 걸음도 팔랑팔랑 가벼워졌다.

자갈밭에 나와 담배를 피우던 태식은 멀리 찻길에서 걷고 있는 송아를 발견했다. 빨간 자전거가 쏜살같이 달려가는 것도 보인다. 저 두 사람은 이 뜨거운 여름에 차를 두고 왜 저러는지 도무지 모르겠다. 자전거가 송아의 주위를 빙글빙글 도는 것이 보이고, 송아가 허리를 꺾는 모습도 보인다. 까르륵 넘어가는 웃음소리가 여기까지 들리는 듯하다.

횟집으로 돌아가던 태식은 길옆에 흐드러지게 핀 개망초꽃을 발견하고 멈칫 섰다. 이곳에 이렇게 많은 꽃이 피어 있다는 것을 처음 알았다. 아니, 잡풀처럼 보이던 개망초가 꽃으로 보이는 것이 처음인 것 같다. 그는 개망초꽃을 한 움큼 꺾었다. 천하 쓸모도 없는 잡풀을 꺾어 들어서는 그를 보며 어머니는 미쳤냐고 하실지도 모르겠지만 혜림은 '쪼맨한 꽃들이 슬프도록 아름다워 예!' 라고 말할 것이 분명하다.

태식은 피식 웃으며 횟집 언덕을 올라갔다. 재수 없는 자전거가 사나이 손태식을 희한하게도 만든다고 생각하면서.

"채송아! 지금 배고파?"

"아니, 아직 괜찮은데 왜요?"

"그럼 얼른 이리 와봐."

규원은 옷을 갈아입고 나오는 송아의 허리를 낚아채 화장실로 들어갔다.

꺄악!

송아의 비명 소리.

규원의 웃음소리.

쏟아지는 물소리.

조그만 신음 소리.

그 소리를 감춰주는

매~앰 매미 소리.

수선제의 여름 저녁이 익어가는 소리들.

The End

　글을 쓰면서 나도 모르게 그 글에 몰입되어 슬프기도 하고, 힘들기도 하고, 또 행복하기도 한데 이번 글을 쓰면서는 유난히 편안했다. 글의 흐름이 편안한 것도 있었지만 글에 소개된 소재와 인물들이 익숙해서 더 그랬던 것 같다.

　강나루 횟집과 태식 모자는 내가 아주 잘 아는 실제의 인물들이다. 내 고향 근처의 어느 댐에 기대어 횟집을 하는 사람들이었는데 두 모자가 노래를 어찌나 잘 부르는지 그 집을 드나드는 단골손님들은 일부러 그들의 노래를 청해 듣곤 했다. 그리고 주위의 온갖 반대를 무릅쓰고 띠 동갑의 나이 차가 나는 태식과 결혼에 골인한 나의 후배, 김모 양—혜림과는 달리 삼대가 함께 사는 다복한 집안의 귀한 딸이었다.—이 혜림의 모델이 되었다.
　그 외에도 솔숲으로 덮여 있던 고택과 송아가 근무하던 문화원, 시청 앞 정류장, 시골의 작은 학교에 있던 거대한 플라타너스, 히말라야시다 숲으로 덮인 교문의 내리막길, 호숫가의 자갈밭과 반딧불이, 그리고 빨간 자전거 적하운도.
　그 모두가 내게는 그립고 아련한 추억의 풍경들이다.

그 그리운 풍경 속에 송아와 규원을 불러들이면서 이 이야기가 만들어졌다.

글을 쓰면서 조용하지만 따듯한 규원의 사랑도 좋았지만 뚝배기 같은 태식의 사랑이 나는 참 좋았다. 송아를 향한 마음이 처음에는 스스로도 헷갈려 할 만큼 아리송했지만 사실은 처음부터 정말 오빠 같고 아빠 같은 그런 마음이 아니었을까? 물론 혜림의 입장에서는 속상했을 일이지만 현명한 사람이니 잘 이해하고 판단했을 것이다.

착하고 순한 남자가 환영받지 못하는 시대에, 착하고 순한 규원을 한눈에 알아보고 그의 그런 면을 사랑해 준 송아가 참 예뻤다. 비록 중간에 실망스러운 모습을 잠깐 보였지만 규원이기에 그럴 수밖에 없었고, 규원이기에 다시 돌아올 수 있지 않았을까?

떠나온 지 이미 20여 년이 지나 그곳의 풍경이 희미했었는데 이 글을 마친 지금은 선명한 그림이 되어 다시 내 속에서 살아났다.

지금이라도 그곳에 가면 호숫가 언덕 위의 강나루 횟집에서는 양산댁과 혜림이 끝내주는 매운탕을 만들어내고, 열심히 손님을 실어 나르

다 잠깐 짬을 내어 자갈밭으로 나온 태식이 호수를 바라보며 담배를
피우고 있을 것만 같다.

그리고 저 멀리 호숫길을 따라 걷고 있는 송아와 자전거도 보이지
않을까?

어쩌면 지금쯤 혜림은 시인이 되었을지도 모르고, 수선제 너른 정원
에서는 아이들의 웃음소리가 흘러나올지도 모르겠다고, 혼자서 그런
즐거운 상상도 해본다.

항상 응원해 주고 기다려 주시는 고마운 독자님들~ 감사합니다.

2년이 넘도록 잠자고 있던 글을 다시 끄집어내어 들여다볼 기회를
준 청어람 출판사에도 감사드립니다.

인생의 새로운 출발점에 선 이정우 군에게도 파이팅을 전합니다.

잘할 거라고 믿어. 언제나 그래 왔으니까.

1
2
지중해의 불꽃
Chungeoram romance novel
효진 장편 소설
청림

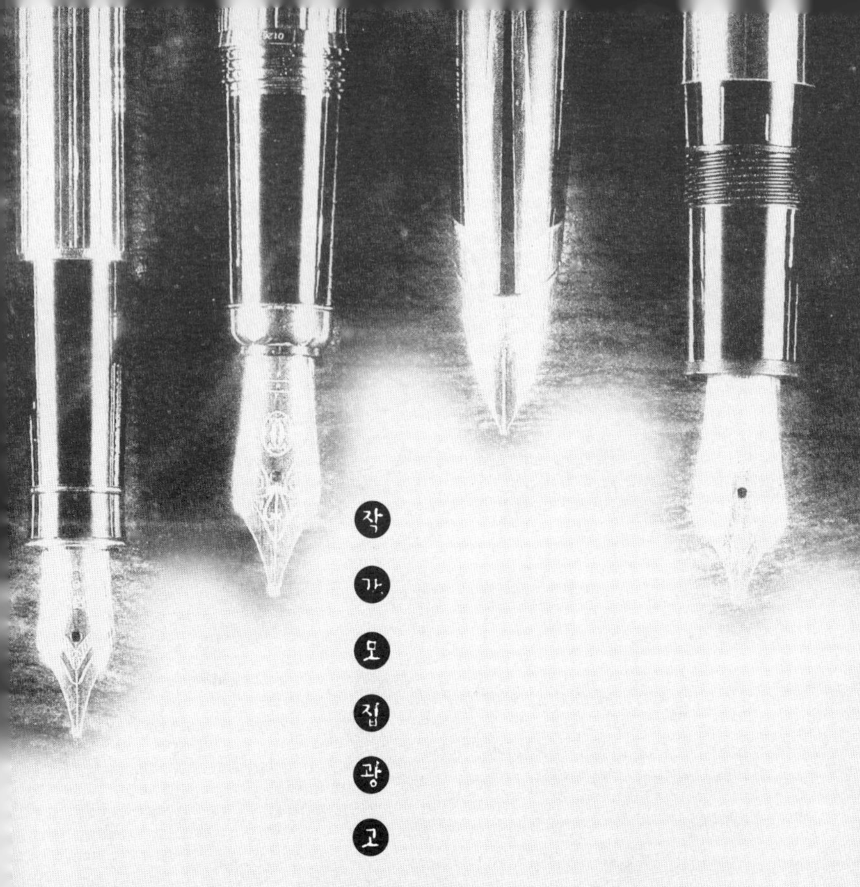